他人的脸

〔日〕安部公房 著
杨伟 译

人民文学出版社
PEOPLE'S LITERATURE PUBLISHING HOUSE

图书在版编目(CIP)数据

他人的脸/(日)安部公房著;杨伟译.—北京:
人民文学出版社,2017
(安部公房作品系列)
ISBN 978-7-02-013515-8

Ⅰ.①他… Ⅱ.①安… ②杨… Ⅲ.①长篇小说-日本-现代 Ⅳ.①I313.45

中国版本图书馆 CIP 数据核字(2017)第 270736 号

责任编辑 **陈 旻 杜玉花**
装帧设计 **汪佳诗**

出版发行 **人民文学出版社**
社　　址 **北京市朝内大街 166 号**
邮政编码 **100705**
网　　址 **http://www.rw-cn.com**

印　　制 **上海利丰雅高印刷有限公司**
经　　销 **全国新华书店等**

字　　数 **138 千字**
开　　本 **890 毫米×1240 毫米 1/32**
印　　张 **7.375**
版　　次 **2018 年 8 月北京第 1 版**
印　　次 **2018 年 8 月第 1 次印刷**

书　　号 **978-7-02-013515-8**
定　　价 **45.00 元**

如有印装质量问题,请与本社图书销售中心调换。电话:010-65233595

目录

穿过遥远的迷途的褶皱，你终于走到了。凭借着从“他”那儿得到的地图，你总算找到了这个隐身之处。这儿是你迈着不乏醉意的步子还一边发出风琴的踏板似的声响，爬上一道阶梯后的第一个房间。你屏住呼吸敲了敲门，却不知为什么竟然没有回音。不过，至少应该有一个少女宛如一只小猫似的跑过来，为你打开房门的。你会试着问，是否有什么留言。岂知那少女一言不答，只是留下一丝冷笑便逃掉了。

为了找到“他”，你往里面窥探。然而，“他”自不用说，就连“他”的踪影也无处可寻。这是一个散发着废墟的恶臭、充满死亡的房间。那早已忘却表情的墙壁回望着你，使你不禁毛骨悚然。当你心存内疚地刚要撤退时，桌子上的三册手记和附在上面的一封信蓦然映入了你的视线，同时你也终于明白了：自己中了圈套。无论心中涌起何等苦涩的情愫，也毕竟无法抵御那故弄玄虚的诱惑。用颤抖的手撕开信封后，现在你开始阅读那封信……

或许你心中不乏愤怒与屈辱吧，但还是请忍耐一下，别让那动辄就要游离而去的视线从信笺上移开，想办法一直读完那封信吧。

我是怀着怎样的心情热切地祈盼着你平安地穿越这一瞬间，朝着我这边再跨出一大步啊！究竟是我惨败在了“他”的手下，还是“他”被我降服了呢？总而言之，假面的戏剧至此已降下了帷幕。是我杀死了“他”。作为犯人，我要通报自己的姓名，毫无保留地坦白一切。无论是出于宽容还是恰恰相反，反正我想请你一直读下去。拥有审判权利的人，同时也有义务倾听被告的申述。

是的，倘若你对如此下跪着的我弃而不顾的话，说不定你也会被莫须有地怀疑为同谋犯。喂，还是慢慢坐下来，先放松放松吧。假如房间的空气太闷，你可以立即打开窗户；假如你需要，厨房里还有茶壶和茶杯。一旦你躬身坐下，这儿便由迷途尽头的隐身之处摇身变成了一个法庭。就在你审查嫌疑犯期间，为了使这假面戏剧的结尾变得更确定更清晰，我打算一边往幕布的破绽处缝缀补丁，一边等待下去。因为哪怕仅仅只有“他”的追忆，眼下也大可不必担心会感到无聊和郁闷。

——那么，在此让我们暂时追溯一下我的时间吧。或许是在距现在三天前的午夜零点。那种夹着如同融化的蜂蜜一般的雨滴的大风，今夜也死乞白赖地摇晃着整个窗棂。即使白天里热得人汗涔涔的，可一旦日头垂暮，人们就又禁不住怀念起那种暖和劲儿来了。据报纸上的消息，寒冷又将卷土重来，但是，有一点是显而易见的，即白昼已经拉得很长。如果这一次雨过天晴，夏天将接踵而至吧。一想到这儿，我便不由得坐立不安。我目前的处境就好比蜡制工艺品，在炎热面前不堪一击。哪怕只是在脑海里凭空想到那种火辣辣的太阳，皮肤的表层也会顷刻间开始沸腾起来。

因此，我打算在夏天到来之前设法了结这一切。据长期的天气预报，近三四天内将出现大陆高气压，形成夏季型气象布局。也就是说，如果我能在三天内做好迎接你的准备，让实际发生的事与这封信的起始部分刚好吻合相接，那么一切都将会无可挑剔。但是，三天很难说是一个充足的时限。毕竟正如你所看见的那样，这份重大事件的记录是被密密麻麻地写在三册大开本的笔记簿中，并且时间跨度长达一年的东西。一旦真的要以一天一本的进度对它进行增删、订正，以形成一个让人信服的东西，无疑是一个规模庞大的工程。精神大振的我买来夹满大蒜的肉包子以供消夜食用，而且今天比平时还早了两三个小时返回这里。

然而结果呢？……可气的是，又一次痛感了时间的绝对不足。说实话，再次重新浏览自己所写的东西，对其中两种过分带着辩解的语气，就连我自己也深感厌倦。在这个平白无故也很容易感到忧郁的、雨蒙蒙水汪汪的深夜里，更是对那种潮湿阴郁耿耿于怀，所以，这无疑是一件万不得已的事情。终场是颇为惨淡的，对此我毫无否定的意思，尽管如此，我依旧按照自己的方式，确信自己一直处于清醒的状态中。倘若失去了这种确信，我便不可能毫不厌倦地一直书写这些不知会成为我不在现场的证据，还是相反会成为我有罪的物证的记录。说真格的，并非出于不服输的心理或别的什么，我至今仍顽固地坚信着，我所被迫陷入的迷途最终只是一种逻辑上的受难。……但与预期的刚好相悖，我的手记恰似一只被关了禁闭的野猫，以颇为哀怨的声音不停地吼叫着。干脆就抛开三天这个时限好好地加工一番，以达到满意为止吧。

不，已经够了，够了。在好容易决定公开一切的当口，那种类似于一根嚼不烂的肉筋有一束卡在了喉咙半道上的感觉，我早已不能再忍受了。那发出呻吟似的部分总归属于细枝末节，所以，假如你能够适当地跳过不读，问题便解决了。比如说，电钻、蟑螂，还有摩擦平板玻璃的响声，尽管令人大为恼火，但你却并不会因此而断言：这些属于人生的重大事件。或许你也会大致推测到，关于电钻的联想是源于牙科医生的器械，但关于其后的两者，却只能说是一种心理性荨麻疹的产物。还从未曾听说过被荨麻疹夺去生命的事例呐。

还是适可而止、言归正传吧。关于辩解的辩解，无论怎样重复叠加，都是无济于事的。重要的是，此刻你正在阅读这封信。我的时间就这样原封不动地与你的时间叠合在了一起。而你，你还会接着阅读我的手记……你将坚持着阅读到最后一页，在这最后一页里我将追赶上你的时间……

（此刻你是否感到轻松惬意了一点？是的，煎茶放在那个矮矮的绿色陶罐里。开水也是刚刚煮沸的，装在热水瓶里，所以，请你先用点茶。）

黑色手记

——顺便声明一句，手记的顺序按封皮的颜色，依次分为黑、白、灰三种。颜色与内容之间，并没有任何关联，只是为了便于区别而任意选定的。

* * *

首先还是从这个隐身之处开始说起吧。其实，究竟从哪里开始说起，都并没有太大的差异。只不过从那天的事情开始，比较便于展开话题罢了。约摸是在半个月之前，我决定去关西出差一周那天的事儿。因为是出院之后第一次像样的旅行，所以，我想对于你来说，也肯定是一个印象匪浅的日子。旅行的名目是去大阪某个印刷油墨工厂视察工艺管理。当然，这只不过是一个借口，事实上打那天以后，我就一直躲在这个公寓里，着手完成这个计划。

翻开当天的日记，上面是这样记述的：

五月二十六日。雨。凭借着报纸上的广告，前来S公寓察看情况。一瞥见我的脸，一个正在前面的庭院中玩耍的小孩便“呜呜”哭了起来。不过，这儿的地理条件不错，房间的布局也颇为理想，所以决定选择这里。崭新的木材与涂料的气味具有很大的刺激性。隔壁似乎还空着，无人居住，但愿能想办法不被人疑心地把隔壁的房间也租借下来……

但我在S公寓里既没有使用化名，也不打算伪装身份。或许看来有点草率莽撞，但我有自己的打算。如今，我的这张脸仅仅靠要点小聪明，是完全无用的。以至于眼前那个在大门口玩耍、像是就要上小学的某个地方的小姑娘，刚刚才瞅了我一眼，就如同做了一连串噩梦似的开始号啕大哭起来。不过，那个作为关键人物的管理员，或许是出于生意上的考虑吧，倒显得出奇的和蔼可亲……

不，和蔼可亲的倒并不只是管理员一个人。遗憾的是，与我相遇的所有人几乎都毫不吝惜地对我支付了他们的和蔼可亲。只要我不企图从某一点上去深入探究，谁都显得慷慨大度。这也没什么奇怪的。即使不愿意正面瞧瞧我的脸，至少也得表现出和蔼的态度呀。多亏了这样，使我得以避免被人加以无用的追问。被那堵和蔼的墙壁严严遮挡着，以至于我一直处于彻底的孤独之中。

或许是由于S公寓竣工不久吧，十八间屋子有近半数都是空着的。我还没有说出自己的要求，管理员就一副什么事都早已心领神会的模样，为我选定了二楼最靠里的那间屋子，它正好处在安全楼梯的旁边。总之，事情就是这个样子。不过，那间房确实只有特意为我挑选的价值。浴室自不待言，尽管算不得上等，但桌子旁边配有两把椅子，还有一扇别的房间所没有的阳台模样的向外突出的窗户。而且安全楼梯下面是一处可以容纳四五辆汽车的停车场，从那里可以径自走到旁边的胡同里。当然，房价也相应地很贵，但是，我从一开始便打定主意要进行某种程度的投资，所以，当场便付清了三个月的押金。顺便让附近的被褥商店送来了一套卧具。管理员越发流露出喜不自禁的神情，喋喋不休地说着房间的通风条件和日照状况。不久，当话题就要接近尾声时，他又摆出一副要拉家常的架势来。但幸运的是，就在他递给我房间钥匙之前，钥匙发出尖厉的声响从他手中滑落到了地面上。管理员一脸尴尬，慌忙撕掉煤气总开关上的封条，匆匆地退场了。我终于舒了口气……倘若谎言上涂抹的最后一层伪装总是如此容易剥落的话，那么，该是多么令人轻松快活的事啊……

天色已暗，甚至数不清在面前张开的手指头。还不曾有人入住过的这个房间，显得那么冷漠凄清。但比起那些和蔼可亲的人们，倒是它的冷漠让我觉得好受得多。打那次事件以后，我开始对所谓的“黑暗”这种东西有了一种相当亲近的感觉。说实话，假设这个世上的所有人都在转瞬之间丧失了眼球，抑或忘却了光的存在，那将是何等美妙的事情啊！很快和解将会在各种“形式”上得以成立。三角形的面包也好，圆溜溜的面包也好，反正面包就是面包这一点将会得到众人的一致首肯。……这样说来，就连刚才的那个小姑娘也只需要闭着双眼听听我的声音就可以了。如此一来，或许我们就会成为一起出发去游乐园、并排吃冰淇淋的伙伴了……正因为有一星半点的光，她才会硬是咬定，三角形的面包不是面包，而是三角形。光线这玩意儿自身是透明的，但却常常把映照出来的对象物几乎全部变成了不透明的东西。

然而，既然现在有光线存在，那么，黑暗就充其量只是一种带有期限的缓刑。一旦打开窗户，那夹着雨滴的大风就会像黑色蒸汽一般涌入屋子，让人禁不住咳嗽不止。一旦取下墨镜揩去眼泪，就会看见商店街那隔街而立的电线、电线杆的顶部、鳞次栉比的屋檐等等，它们在来来往往的汽车灯的照射下，犹如没有擦拭干净的黑板上残留的粉笔印一般淡淡地闪着白光。

响起了脚步声，有人从走廊上走了过来。我用娴熟的动作重新扶了扶墨镜。卧具店的人送来了一套卧具。这是我通过管理员订购的。我从门下边把货款塞了出去，让对方把被褥放在走廊上就可以回去了。

这样一来，似乎所有的前期工作都已准备停当了。我脱下上衣，打开衣橱，只见橱门背后镶嵌着一面镜子。再次摘下墨镜，取掉口罩，一边观察着镜子里头，一边开始解开脸上的绷带。缠了三层的绷带吸收了大量的汗水，明显地涨大了，让人觉得沉甸甸的，好像已有早晨刚刚缠上时的两倍重量。

过了不一会儿，在绷带完全解开了的地方，有一群水蛭正往我的脸上爬将而来……一群相互纠集在一起、红黑红黑的、鼓胀着身体、带着瘢痕疙瘩的水蛭……多么丑恶啊！这已几乎成了我的日课，不断地重复发生，甚至让人觉得似乎应该对它们见惯不惊似的……

我对自己那种故作夸张的惊讶更是感到心烦意乱。想来，这无非是那种捕风捉影的不合理的感性在作祟而已。那些部位充其量不过是人的容器，而且只是极少的一部分脸的皮肤罢了，干吗要那么大惊小怪呢？当然，那种偏见和固定观念也算不上稀奇。比方说，巫术信仰……种族歧视……对蛇所抱有的莫名恐惧（抑或像刚才在信中所提及的蟑螂恐惧症）。……可是，倘若我还是一个生活在憧憬之中满脸粉刺的毛头小子的话，那种表现倒也没什么奇怪的，然而，我毕竟是承担着某个体面的研究所的某个重要部门的负责工作，被人用船锚一般的重量与世间牢牢地拴在一起的人，如果竟然也为那种心理性荨麻疹大伤脑筋，就不免让人尴尬万分了。尽管我知道，除了对水蛭窝有一种直接的厌恶感以外，其他并无特别的理由。可我仍然无法铲除自己的苦恼，这使我难以忍受我自己。

毋庸置疑，我相信自己也按照自己的方式进行了某些努力。与其徒劳地逃避退缩，不如直面并习惯于整个事态吧。一旦我自己习以为常了，那么对方也就肯定不会再顽迷固执了。想到这儿，我决定即使在研究所里，也不主动把自己的脸作为一个话题。比方说，把自己比喻成电视漫画中出现的蒙面怪人，故意夸张地大加嘲弄。还故意夸大其辞地炫耀对方看不见自己的表情，而自己却能够尽情窥视对方的好处，装出一副自得其乐的模样。无疑，让对方来适应自己，是使自己去适应对方的最佳捷径。

而且，似乎还不乏成效。不久，在研究所里我开始不再那么尴尬拘谨了，蒙面怪人也不再是单纯的虚张声势了。我开始感觉到，蒙面怪人们不厌其烦地反复出现于电视上和漫画书中确实自有其根据。的确，只要蒙面的背后是水蛭筑巢的现实不复存在，那么，蒙面所带来的惬意感也就是一个事实。如果说用衣裳来包裹肉体是文明的进步，那么，也就无法保证将来蒙面不会成为一种常态。从前在举行重大仪式和祭祀时，蒙面也曾经被经常使用，尽管难以准确地表述，但蒙面与裸脸相比，不是把与他人的关系擢升为了一种更普通的东西吗？

我也并不是不曾相信过，自己脸上受的伤尽管缓慢，但确实在走向痊愈了。可当时我对脸的可怕性还不曾真正了解。在此期间，在绷带的下面，水蛭的侵蚀正一点一点地推进着。尽管医生保证，液体空气所引起的冻伤等远不如烫伤那么影响深远，因而其恢复的过程也理应更加迅速，但是……我一会儿内服四羟醌，一会儿注射可的松，一会儿照放射线，想尽了种种办法，可水蛭的部队却逾越了这重重防线，接二连三地调兵遣将，把占领区扩展到了我的脸部深处。

比如说某一天的事情吧……恰逢我与同僚们在开完与其他部门的联络会议后返回办公室午休……一个今年刚从学校毕业的年轻女助手，一边翻弄着某本书的页码，一边走了过来，脸上的表情像是有什么难言之隐。

"瞧，老师，这是一幅多么有趣的画啊。"在她含笑的纤细手指之下，是一幅克利①的题为《伪装的脸》的钢笔素描，画上的那张脸被几条平行线水平地切割开来，从某个角度看去，不能说不像是用绷带一层层地包裹着。唯有眼睛和嘴巴处形成了一条狭窄的分割线，以至于那无表情的表情被强调到了残酷的地步。我蓦地被一种难以言喻的屈辱感攫住了。当然她不可能有什么恶意，而且，使她萌生这一念头的原因，毋宁说正好在于我自己有意识的诱导……是的，要冷静一点！如果在这儿大动干戈的话，那么，处心

---

① 克利（1879—1940），瑞士出生的德国画家。

积虑的计划不就会化为泡影吗？——尽管我这样自言自语道，可最终还是没能忍耐到底。过了一会儿，在我眼里，那幅画甚至俨然化作了映入她视线中的我自己的脸……只能被人观察却不能观察别人的伪装的脸……一想到自己正被她那样凝视着，毕竟是难以忍受的。

突然，我动手把那画册撕成了两半。与此同时，我的心也被撕了个粉碎。我的内脏从那撕开的裂缝中如同腐烂的鸡蛋一般往外流淌着。变成了一副空壳的我将撕开的页码重新合在一起，战战兢兢地还给了她。但已经为时过晚。如果是在平时，那个恒温槽装置传出的声音是想听也听不见的，可现在它竟然发出了一阵像是要折弯白铁皮板般的夸张响声。她在裙子下面使劲地摩擦着两只膝盖，就像是要把它们揉搓成一根木棒似的。

* * *

当时的那种狼狈劲儿背后所潜藏的意义，我至今尚未真正明白过来。尽管羞愧得无地自容，可究竟是为什么，我却无法准确地把握。不，如果真想把握的话，或许倒也并不是做不到，可出于本能，我回避了探究其深层的含义，而让自己隐匿在所谓“小孩气的行为”这类陈词滥调的背后。无论怎么想，在人这一存在之中，脸都不可能占据那么大的比重。人的重量应该最终依据其工作的内容来加以衡定。这是一个即使与大脑皮质有某种关联，也绝对没有脸插嘴的余地的世界。倘若因为脸的丧失，而在天平的刻度上出现了显著的变化，那么，也无非是因为它本来就空洞无物的缘故。

但不久……确实是在那次画册事件后的几天……我不得不痛感自己脸的比重远远超过了上述那种期望的观测。这一警告悄无声息地从内部溜了出来。我一直只留心着防备外部，没想到遭到了如此的突然袭击。而且这突然袭击来得那么猛烈，以至于我被打翻在地上，却很久没法回过神来。

那天夜里，我回到家中，突发奇想要听巴赫①。其实倒也并不是非听巴赫不可，但对于我那振幅缩短、长满倒戗刺的心境而言，最合适不过的音乐似乎不是爵士乐，也不是莫扎特，而恰恰是巴赫。我绝不是一个优秀的音乐欣赏家，或许只能算一个良好的利用者吧。诸如工作进展缓慢时，选择与那种困难相适应的音乐；暂时中断思考时，便选择富有刺激性的爵士乐；想增加跳跃的发条时，便选择思辨性的巴托克；想获得一种自由感时，便选择贝多芬的弦乐四重奏；想让思路集中到某一点上时，则选择螺旋运动式的莫扎特；而选择巴赫则是在最需要精神的均衡状态之时。

不过有一瞬间我甚至怀疑自己是不是放错了唱片。否则，就肯定是机械发生了故障。因为乐曲是那么狂乱，以至于我还从不曾听到过这种巴赫。假如把巴赫当作灵魂的药膏，那么，现在听到的这玩意儿便不外乎不痛不痒的普通泥块，让人觉得毫无意义、愚蠢透顶。当它从我身边通过时，几乎变成了沾满尘埃的手捏糖人儿。

你沏了两杯红茶，走进房间，正好就是在这个时候。我沉默不语着，使你以为或许我正听得出神入化吧，于是，就那样蹑手蹑脚

---

① 巴赫(1685—1750)，德国作曲家，巴洛克盛期代表人物。

地退了出去。这时，我发现，狂乱的原来是我自己！尽管如此，却又难以置信：脸上的伤痕居然会影响到一个人的听觉……既然无论怎样侧耳倾听，融化掉的巴赫都无法恢复原样的话，那么，除了这么想又能怎么想呢？我一边把香烟塞进绷带的裂缝中，一边诚惶诚恐地四处环顾，察看是否还有另外的东西也与脸一起消失而去了。看来，我那种关于脸的哲学不得不进行根本的修正了。

然后，如同时间之床蓦地坍塌了一段似的，我突然掉进了三十年前的记忆之中。打那以后从不曾想起过的一件往事，倏地以彩印的逼真感重现于我的脑海之中。事情的起因是姐姐的假发。尽管很难用语言表述清楚，但我的确从假发中感到了一种无法形容的猥亵感和不道德的东西。我悄悄把它丢进火中烧掉了，可不知为什么竟然被母亲发现了。她格外生气，连声责问我。尽管我自认为施行了正义，可一时被人责问，却又无言以答，落得一筹莫展，面红耳赤。不，如果非回答不可的话，或许也并不是不可能的，但那种事情是即使仅仅说出口来，也会感到污秽不堪的。我想是一种洁癖感迫使我噤口不语的。……而且，倘若把“假发”换成“脸”这个词，那么，那种难以忍受的焦灼感就会原封不动地与崩溃了的巴赫那空虚的回声重合在一起。

我关掉唱机，像是被人追撵着似的走出了书斋。此时，你正好在擦拭排列在饭桌上的玻璃杯。接下来所发生的事情，那是一种自己也无法追踪溯迹的发作式的冲动。似乎是在遭遇了你的抵抗之后，我才恍然明白了自己行为的意义。我用右手摁住你的肩头，想将左手插入你的裙子下面。你发出一阵呻吟，然后猛地如弹簧一般伸展开膝盖跳将起来。只见椅子被掀倒了，一只玻璃杯掉在地上打了个粉碎。

中间夹着那倒下的椅子，我们一直相对呆立着，甚至没有喘一口大气。或许我的做法的确太过粗暴，但我也多少有自己的理由。这是我为了一举夺回自己被脸上的伤痕所遮蔽，以至于就要迷失了的东西而奋不顾身做出的一种尝试。自从那次事故发生以后，我们一直断绝了关系。或许我一边光在理论上说一些只承认脸仅仅具有附属性意义之类的话，一边却又东躲西藏，回避与脸的对决。但既然已被逼到这步田地，也就只能正面反击了。我似乎是想利用这一行为来证明：脸上的方格子其实只不过是一种幻影罢了。

但这种尝试也以失败而告终了。你大腿内侧那种像是撒满了蜡石粉一般的触觉，化作了小小的磷火，让我的手指燃烧发烫。充满棘刺的呐喊纠集在一起，螫刺着我的喉咙，想要说点什么，但——尽管想说的话堆积如山——反而一句话也说不出口。辩解？……安慰？……抑或是谴责？……倘若要说出口，就不得不把纷乱的东西整理成其中的某一样，可光是整理一下，似乎又于事无补。如果是选择辩解和安慰的话，那还不如像烟雾般消失而去。但假如是选择攻击……是的，或许我就会搔破你的面孔，把你变成一个至少与我相同，甚至更丑陋的怪物吧。突然间你号啕大哭起来。那种哭法就像是从断了水的水龙头里漏掉了空气一般，让人不知所措。

顷刻间，在我的脸上有一个幽深的洞穴张开了血盆大口。那洞穴被挖掘得如此深大，以至于让我整个身体爬将进去也还绰绰有余。从腐烂的虫牙中流出的脓一般的液体，正不知从什么地方往外渗透，发出啪嚓啪嚓的声响往下滴落。能听见那种声响的整个房间中弥漫着的所有臭气，从椅子的腹部、从壁橱的角落、从冲洗槽的排水口、从因昆虫的尸骸而变了色的灯罩中……犹如蟑螂似的汇集在一起。什么都行，我需要一个能堵塞住自己脸上洞穴的塞子。我巴不得赶快结束这种如同没有鬼的鬼游戏一样的行为！

至此，距假面的计划只剩下一步之遥了。本来作为一种想法，假面的计划无异于下贱的杂草种子之类的东西，只需要一丁点儿容纳它的地面和滋润它的水滴便足够了。没有激情荡漾，也没有大动干戈，我就像是早已深思熟虑好了一样，从第二天起便开始查寻过期的学会机关杂志的目录。作为问题焦点的有关塑料人工器官的记事，我想应该是在前年夏天登载的。是的，制作一个塑料假面来遮掩脸上的窟窿，这正是我的目的。不过，根据某种说法，假面并非只是一种单纯的填充物质，而且是试图蜕变成某种超越自身的东西的颇为形而上学的愿望的表现。其实，我也并没有把它看作一种与可以随意脱换的衬衫、裤子同等的东西。不过，如果是虔信偶像的古代人、青春期的年轻人的话，则另当别论，可要是为了第二次人生而将假面装饰在祭坛上，那却是徒劳无益的。无论有多少个面孔，在我就是我这一点上都不可能有任何改变。我只是试图在一出小小的“假面戏剧”中，将打开得过了头的人生帷幕的空间加以填充弥合。

想找的杂志马上就找到了。据上面的文献记载，如果只是讲究外观的话，完全可以制作出与实物相差无几的东西来。但这最终只限于形态，至于其运动性，似乎尚有很多悬而未决的地方。不过，要是真的想做一个假面，毕竟还是有表情的为好。我想要的是那种伴随着表情筋脉的运动，能够有哭有笑、自由伸缩的东西。从目前高分子化学的水平来看，即使不排除成功的可能性，但仅凭现有的知识，似乎也大有力所不能及之感。然而对于现时的我来说，哪怕仅仅是依赖于这种可能性，它也不失为一剂绝好的退烧药。眼下如果还不能医治虫牙的话，至少也得吃点止痛药吧。

我决定先去见见那位撰写人工器官报道的 K 先生，听听他是怎么说的。

接电话时 K 先生的应答显得非常简慢冷淡，好像有点心不在焉。或许是对我这一个同样从事高分子工作的人，有一种抵触感吧。尽管如此，他还是答应我，四小时以后，腾出一个小时左右的时间来接待我。

我吩咐加班组的负责人继续检查开关，自个儿却收拾好剩下的两三张单据后便马上出发了。街道就像是被打磨了一般明亮光洁，桂花树的芳香随风飘散着。对那种明亮和芬芳，我感到一种刺痛般的嫉妒。在等待计程车时，我仿佛觉得四面八方的人们正虎视眈眈地盯着我，那眼神俨然是在睨视着一个从外面闯入的窃贼。——但是，这一切无异于一张黑白颠倒的底片，一旦假面到手之后，正片就会立刻冲洗出来。我这样思忖着，静静地忍耐着那过于明亮的阳光。

我前往的建筑物位于环形线车站附近那片杂沓拥挤的住宅区中间。除了门上挂着“K 高分子化学研究所”这个不太醒目的标牌外，完全是一栋司空见惯的普通住家。在一进门的地方，胡乱地堆放着三只饲养兔子的木箱。

在狭小的会客室里，只放着陈旧的木制长凳、带脚的烟灰缸和几本过期的杂志。……我开始莫名地后悔起来。所谓研究所，名字倒是冠冕堂皇，可这与街边的那些江湖医生又有什么两样呢？难道不是同样揪住患者的痛处浑水摸鱼的骗子吗？再回头一看，在一个有些脏兮兮的木框里镶嵌着两张照片。其中的一张是一个下颚残缺、长着一副老鼠相的女人侧影。而在另一张照片上面，可能是她在接受了整形手术之后吧，那多少变得中看了一些的脸上正朦朦胧胧地浮现出淡淡的微笑。

长久的失眠淤积在一起，化作了沉重的疙瘩，开始在眉间深处扩散开来。正当我坐在坚硬的板凳上越来越难以忍受时，护士终于走过来把我引进了另一个房间。日光透过遮帘沉淀为一片乳白色，窗边的桌子上尽管并没有堆放着注射器，但却排列着好几种陌生器具，怪吓唬人的。它们的旁边是病历存放架、带扶手的转椅……对面是患者使用的转椅……在稍远的地方，铁框的屏风旁是一个齐腰高、带着车子的更衣筐。……这种按形状分门别类做好准备工作的架势使我越来越陷入忧郁之中。

我给香烟点上了火。我想找一个烟灰缸，所以站了起来。一看见桌上搪瓷盘子里的东西，不由得大吃一惊。一只耳朵、三根手指、一个手腕、半张从眼睑到嘴唇的脸……它们被胡乱地摆放在那儿，散发着刚刚被撕扯下来的鲜活感，我感到一阵胸痛气闷。它们比实物更像实物。我从没想到，所谓的惟妙惟肖会带给人如此残酷的感觉。倘若看看它的切口，就会发现它的确只是一个塑料模型，但是，某种像是被迫嗅到了呛鼻的死臭似的错觉还是攫住了我。

蓦然间K先生从屏风后面出现了。他那显得出人意料的温和的长相让我大舒了一口气。微微卷的头发、像杯子底部一样厚厚的无边眼镜、不胖不瘦的下颚……而且在 K 先生的身体周围弥漫着一种平常嗅惯了的药品气味，让人颇感亲切。

不过，这一次该轮到他局促不安了。他一副惊呆了的表情，不断地来回审视着手里拿着的我的名片和我的脸，好一阵子都一声不吭。

“那么，您是……”K 先生结结巴巴地嘟哝着，又一次把视线投落在名片上，用与接电话时截然不同的、十分克制的声调说道：“作为患者光临本所的吗？”

没错，当然是作为患者。但是，无论 K 先生如何技术超群，都不可能完全满足我的愿望，我所能期待的至多是一番忠告。尽管如此，如果一本正经地把这些和盘托出，肯定会伤害对方的，这也未免太过幼稚。看来 K 先生把我的沉默判断为胆怯所致，于是安抚似的说道：“请坐下吧……您怎么啦？”

“实验时，液体空气爆炸了。因为平常一直使用的是液体氮气，所以粗心大意了……”

“是瘢痕疙瘩吗？”

“正如您所看见的那样，满脸都是。我好像属于那种很容易留下瘢痕的体质呐。连给我看过病的医生也说，如果医治不当的话，反而会形成一种刺激引起它再度复发的，所以就这样不管我了。”

“不过，你嘴唇四周不是好像没事吗？”

我随即摘下墨眼给他看，说道：

“托您的福，眼睛也没事儿。或许戴了一副近视眼镜是一种幸运吧。”

“可真算幸运啊!”就像是自个儿的事情一样,他充满了热情,“无论怎么说,眼睛和嘴巴毕竟是最重要的呀……唯有这两样东西,如果不能活动是不行的……无论把造型制作得多么精致,也是很容易露出马脚的。”

看来他是一个对工作燃烧着热情的男人。他一直目不转睛地看着我的脸,仿佛他的心中正在构思着一幅草图似的,为了不让对方失望,我突然改变话题道:

“您的大作我已拜读了,好像还是在去年的夏天吧。”

“是的,是去年夏天。”

“尽管读过,可我还是吃了一惊,没想到实物会是这么精巧的东西。”

K先生心满意足地拿起一根枯干的手指,在手掌上静静地鼓捣着,说道:

“这可是一件需要耐心的工作呐。瞧,指纹什么的,也与实物一模一样吧?以至于警察也跑来提出什么奇怪的要求,要我去办理登记手续。”

“取模还是用石膏吗?”

“不,用的是一种糨糊状的硅酮。因为石膏无论如何也会漏掉一些细部……瞧,就连手指指甲根部的肉刺也一目了然吧……”

我小心翼翼地用指尖捏了捏看,果然有一种黏糊糊的活物的触感。明知这是一个人工制品,却又禁不住联想到死亡,心里真不是个滋味。

“……不知为什么有一种亵渎的感觉……”

“人的身体,反正就是这样一种东西罢了。”K先生得意忘形地又抓起另一根手指，将断面朝下，垂直地竖立在桌子表面上。那情景就像是一个死人戳破了桌子的面板，从下面将手指高高支起一样。“另外，像这样故意制作得脏兮兮的，正是一大诀窍呐。太干净的话，配在患者身上，就会显得格外不协调……比如说，这是一根中指。故意在第一关节的背面着上这样的色斑。瞧，有点像烟油子吧？”

“是用笔或别的什么来涂抹的吗？”

“哪里哪里……”K先生第一次放声大笑了，“涂抹的话，不是很快就会脱落吗？其实是把不同的色料从下面依次重叠起来。比方说，在指甲部分用醋酸乙烯……有必要的话，还要加上一点指甲垢……关节部分、皱纹的阴影……沿着静脉的地方要稍带点青色，如此等等。”

“那不是和工艺品差不离吗？并不是谁都能做到的……”

“说来也是，”他微微抖动着膝盖，“但比起脸部的制作来，这些才只是头道工序呐。无论怎么说，还是脸部最难……首先，有所谓表情这东西吧？……即使是只有零点一毫米左右的皱纹和隆起，一旦放置在脸上，也就具有了重大而深远的意义。”

“但不可能让它动起来吧？”

“那是不可能的。”K先生伸展开双膝，转过身来说道，“制作外观已经花费了九牛二虎之力，已无法腾出手来顾及其运动性。毕竟只能挑选运动较少的部位进行局部填充，更何况存在着透气性问题。比如说您吧，不亲自见您一面，是根本就无法知道的……看得出来，在您的绷带上面也好像浸透了不少汗水……或许是汗腺还没有死掉吧。既然汗腺存活着，就不能用没有透气性的东西将脸部遮拦无遗。这不仅会给生理上带来弊病，而且首先会造成呼吸困难，这样的话，你连半天也忍受不了的。这种事还是适可而止为好呐。就跟老年人长着一口孩童般的雪白牙齿显得十分滑稽是一码事。毋宁说，修正得没有人能够发现已经修正了这一点，才是更富有成果的。您能自己取掉绷带吗？”

“取掉倒是能取掉，不过……”我一边忖度着，该怎样来告诉对方自己并不是他所想象的那样一种患者，一边说道，“说实话，我还没有打定主意，现在正犯愁呐……我认为事到如今，已没有必要采取那种权宜之计来计较脸上的伤疤了吧……”

“当然有必要，”K先生像是在鼓励我一样，加强了语气，“身体，特别是脸部的创伤，并不是单靠形态上的问题便能解决的。毋宁说它属于精神卫生学的领域吧。否则，谁还会心甘情愿地致力于这种近乎歪门邪道的事业呢？就连我也还有医生的自尊心呐。我决不甘心于只做一名生产仿制品的匠人。”

“这我明白。”

“怎么样？”他的嘴角掠过一丝嘲讽的神色，“说我的工作与制作工艺品没什么两样的人，可是你呀。”

“我倒不是在那种意义上说的那番话。”

“别担心……”K先生用那种大脑敏锐的老师所惯用的傲慢劲儿说道，“到节骨眼儿上犹豫不决的人，并不只是你一个人。对脸部的加工有抵触感，毋宁说是一种普遍的情绪。或许是近世以后的想法吧……然而，至今那些土著人还在毫不在乎地对脸进行加工呐……那些想法的根据究竟在哪儿呢？遗憾的是，不是研究这个专业的我就不得而知了……但从统计的角度看是相当清楚的，比如说外伤的例子吧。数据显示,脸部受伤者比四肢受伤者几乎要多出一点五倍。尽管如此,实际上求医治疗的人,倒是四肢,特别是手指受伤的人占了八成以上。显而易见,人们对脸有种禁忌。关于这一种禁忌,即使在医生们中间也没有太大的差别。情形严重时,甚至有人把我的工作视为以赚钱为目的的高级美容师……”

“但比起外观更注重内容,也并不是什么可笑的事吧。”

“您是说注重没有容器的内容吗? ……真难以置信……我坚信,人的灵魂是寄宿于皮肤之上的。”

“当然。如果是作为一种比喻的话……”

“这可不是什么比喻……”他的语气平和而肯定,“人的灵魂存在于皮肤之中……我就是如此坚信不疑的。这是我在战争期间作为军医从军时所获得的切身体验。战场上,手脚被炮火打断,脸部被毁损无遗,乃是家常便饭。但对受伤的士兵来说,您认为什么是他们最关心的事情呢?既不是生命,也不是功能的恢复,而是外表的复原。最初我只是置之一笑,因为这是在战场上,这儿除了衣领上佩戴的星徽数量与身体的健壮之外,不再通行任何一种价值……然而有一天却发生了这样一件事:一个除了面部备受毁损以外,别无任何障碍的士兵,竟然在出院之际突然自杀了。这真是一个打击呐……我开始认真观察负伤士兵们的情况,便是在那以后……并且最终得出了一个可悲的结论,即外伤,特别是面部受伤程度的严重,会像写生画一般原封不动地转化为精神上的创伤而留存下去……”

“那……那种情况……也不是没有吧。但我却认为,无论有多少事例,只要缺乏理论上的证据,就不能看作一般性的法则。”倏然间我的内心涌起一种难以忍耐的焦躁感。要知道我并不是来进行生活咨询的。

“现在我自身并没有发展到那么深刻的地步……实在对不起……承蒙您在百忙之中不吝赐教，结果我却只是问问情况罢了……”

“喂，您等等，”他信心十足，甚至不出声地微笑着，“或许听起来有点强加于人，不过，我是有充分自信才那么说的……如果放任不管的话，您肯定会缠着绷带终其一生。因为您现在正在做的事情本身就证明，您认为假面至少比被埋没在绷带下面要强一些。目前，您受伤前的面孔还好歹继续存活于周围人们的记忆中吧……但时不我待，那记忆也将淡薄稀释下去……而且不知道您面孔的人将一个个出现，最终将向您宣告，由绷带担保的支票已被拒绝兑现……尽管您活着，实际上却被世间掩埋掉了。”

“您是在夸大其词！您究竟想说些什么？”

“同样是身体受伤者，手足不便的人随处可见。就连盲人和聋哑人也并不罕见……但是，您在哪儿看到过没有面孔的人吗？大概没有吧。您认为，他们究竟蒸发到了哪儿呢？”

“不知道。我对他人的事情毫无兴趣！”我不由自主地厉声说道，就像是遭到抢劫后去派出所报案，反倒给警察教训了一番，结果只是不得不买了一把大锁一样。但对方也不甘示弱。

“好像您还没有完全明白。所谓脸，也就是指的表情。所谓表情嘛……怎么说好呢？……总之，就好比表达与他人关系的方程式之类的东西吧。是联结自己与他人的通道。一旦这条通道由于塌方或别的某种原因而被堵塞住了的话，那么，或许好容易有人打一旁通过，也会以为这是一间无人居住的废屋扬长而去的吧。”

“行啊，没有必要强求别人走近自己。”

“就是说，您要自己走自己的路吧？”

“难道不可以吗？”

“即使在幼儿心理学等等当中，这也成了一个定论，即人这种东西只能借助他人的眼睛才能确认自己。您观察过白痴或者精神分裂症患者的表情吗？如果让通道一直堵塞不畅，最终甚至会忘记存在着通道这码事的。”

为了不被他穷追猛打，我在没有找准靶心的情况下便试图进行反击。

“好吧，就权当作表情是如此吧。但不是有些自相矛盾吗？只在脸的某个地方或局部套上暂时性的面罩，你的这种做法究竟怎么才能实现表情的恢复呢？”

“别担心，在这一点上，我想请您包在我身上。因为这是鄙人的专业。至少我有比绷带强的自信。……总之，想请您摘掉绷带，允许我拍几张照片，以此为基础，使用分段消去法，依等级顺序选出恢复表情所必需的要素，从中尽可能挑选活动性较少、容易固定的部位……”

“对不起……”我的脑子里只有一个念头，那就是赶快逃跑，以至于忘记了体面，开始哀求他，“与其那样，难道不能出让一根手指给我吗？”

这下连K先生也怔住了，他一边用手腕子的内侧摩挲着膝盖周围，一边说道：

“手指？您是指这根手指吗？”

"如果手指不行的话,耳朵或别的什么也行啊……"

"可您不是为了脸上的瘢痕才来的吗?"

"对不起。如果不行就算了。"

"我可真是被搞糊涂了。不过……也不是不能出让给您……但这种东西也格外昂贵呐……无论如何也得一个个地用锑来取模哟……光是材料费也得五六千日元吧……而且这还只是一个相当粗略的估价呐。"

"没关系的。"

"我可不明白,您究竟在想些什么?"

他是不可能明白的……我们之间的交谈就像是在没有充分进行丈量之前便胡乱铺设的两根铁轨似的东西。我掏出钱包,一边数着钱,一边只能一个劲儿地反复道歉。

我在口袋里紧紧捏住那人工手指,宛若握着一把凶器似的走到了外面。只见夕暮的光影过于鲜明亮丽,反倒像一件捏造的赝品。在狭窄的胡同里,玩着投球游戏的少年们一瞥见我,顷刻间脸色大变,把身体紧靠在围墙上,脸上的表情就像是被人用洗衣夹夹住耳朵后吊在了空中一样。倘若取下绷带给他们看,他们肯定会被吓得屁滚尿流吧。我被一种冲动驱使着,真想撕扯下绷带,跳进那贴纸工艺品般的风景中。但没有面孔的我根本无法从这绷带的层面上往前跨出一步。我的脑海里浮现出自己挥舞着口袋中的人工手指,拼命地砍断那些风景的情形,勉勉强强地像是咀嚼槽牙里的填料一样,玩味着 K 先生那"活着的埋葬"的讨厌劲儿。哼,您走着瞧吧,因为一旦我的脸被真假难分的赝品所罩住,无论显得多么虚假的风景也不能够再把我当作赘物排挤出去了……

* * *

那天夜里，我把人造手指如同蜡烛一般竖立在桌子上。我彻夜难眠，对这个比真货更像真货的“谎言”，进行了漫无边际的种种思考。

或许我由此设想了一场自己不久便要粉墨登场的童话中的假面舞会。但即使是在空想中，我也不得不附加上“童话中的”这几个字眼。这难道不是一件非常具有象征意义的事情吗？我在前面也早已提到过，我不曾作出过什么决断，而只是怀着一种蹚过臭水沟的轻松心情来选择这个计划的。当然，这并不一定就是周密考虑后的结论，毋宁说，倒是作为“脸的丧失不可能意味着本质性的丧失”这一贯彻始终的自我防卫观的延长，我竭力想在无意识之中轻松地思考假面这一事物的缘故吧。因为从不同的观点来看，假面本身并不成其为问题，倒是它对脸和脸的权威所发出的决斗挑战书似的意义在其中起了更大的作用。要是我不曾遭遇过前面记述的那种崩溃的巴赫和你的拒绝等等，以至于陷入走投无路的情绪中，那么，或许我会更若无其事，甚至达到一种对脸也加以嘲讽的心境。

尽管如此，在心灵的深处却有某种东西宛如淌流在杯中的墨汁一样，漫延着黑糊糊的影子。这就是K先生关于脸乃是人与人之间的通道这一见解。现在想来，倘若K先生真的多少给我留下了某种不快的印象，那倒不是他的自命不凡，或对其治疗手段的强行推销，而是他的那种思想。如果承认那种见解，那么也就意味着，丧失了脸的我已经被永远幽禁在了没有通道的单人牢房里，因而假面也就不得不背负起令人恐怖的深刻意义了。我的计划俨然变成了一种将人的存在作为赌注的越狱尝试，我的现状从而也就变成了一种与此相适应的绝望境况。所谓真正可怕的状态，或许就是一种自己意识到了可怕的那种状态吧。这无疑是一种怎么都无法接受的想法。

其实，对于人与人之间需要通道这一点，我也是充分承认的。正因为承认这一点，我才会这样继续不断地书写着这些供你阅读的文字。但是，难道真的只有脸才是独一无二的通道吗？这是难以置信的。我有关液流学的论文不是照样传达给了那些尚未谋面的人并为他们所理解吗？当然，我并不打算光靠道理成篇的论文来解决人与人的交流问题。现在谋求于你的，更是另一种别的东西。即那种被称为灵魂抑或心灵的——尽管轮廓并不清晰，但却——更充满着外延的人际关系的记号。尽管如此，它却远远比只用体臭来进行自我表现的那种野兽之间的关系要复杂得多，所以，脸上的表情或许正好是一条简捷的传达途径，就如同货币与物物交换相比，无疑是更进步的交换制度一样。但是，即便是货币，最终也只不过是一种方便的手段而已，并非在所有的条件下都是万能的。有时候，是支票和电汇，而另一些场合则是宝石和贵金属显得更方便一些。

灵魂、心灵，也可以作如是观。认为只有依赖脸部来达到流通，难道不是一种囿于习惯的偏见吗？在这一百年间，与彼此谋面相见比起来，倒是一首诗、一本书、一张唱片成为人们彼此交流心灵的途径的事例显得更为常见。首先，如果脸真的是不可或缺的东西，那么不是意味着盲人就没有做人的资格吗？倒是我禁不住担心：如此轻易地依赖于脸的习惯，不是反而减少了人们的交流，使其坠入了千篇一律的老模式中吗？眼前，有一个典型的例子，那便是对肤色的愚蠢偏见。黑色、白色、黄色，仅仅因为一点肤色的差异人们便中止其功能。对于如此不完善的脸，如果委之以灵魂通道的重任，就不能不说是一种漠视灵魂的态度了。

（追记——如今重新读来，发现由于我过分急于挣脱脸的束缚，出现了几个显而易见的疏漏。比如，我首先是通过你的脸才初次看见你的这一无可辩驳的事实。而且，现在当我想到与你之间的距离时，作为衡量尺度的也不是别的东西，而正好是你表情中的那种迢遥感。是的，或许我应该从早些时候起就坦率地想象一下，当彼此的立场发生逆转，即丧失面孔的是你的时候会出现什么情况。其实，对脸的过低评价和过高评价都是人为的，在这一点上两者没有差异。如此说来，前面提到过的姐姐的假发，本来是为了证实自己并不想执迷于脸部的心情而举出的例证，现在想来其妥当与否倒是颇值得怀疑的。总之，不外乎是青春期常有的那种对化妆的关注和反抗罢了，或许倒是作为对脸部十分在乎的例子更合适吧。说不定是我对姐姐试着朝着某个地方开启脸上的门扉感到了些许的嫉妒吧。

另外，曾几何时在报纸或是杂志上读到过一则引人深思的报道：和日本人生下的朝鲜族混血儿为了显得更像朝鲜人，特意接受了整形手术。这分明是在主张恢复脸的权利，而无论怎样牵强附会也不能说成是与偏见有关的东西，归根到底，我什么也没有弄明白。倘若有机会的话，我很想听听那个朝鲜人对失去了脸的我，会作出一番什么样的忠告。）

不久，我便对围绕着脸所进行的毫无进展的自问自答感到疲倦至极了……尽管如此，也没有理由来中断自己好不容易着手进行的计划……我开始专注于纯技术性的观察。

从技术上看，人造手指也不乏饶有兴味的东西。越看越觉得它制作精良，宛若鲜活的手指一般向我倾诉着种种事情。从皮肤的弹性来看，该是在三十岁前后吧。扁平的指甲、压瘪了的指根、深深的关节皱纹、像鲨鱼的腮一般排列着的四道小小伤口……手的主人肯定是一个从事轻松的手工活儿的人吧。

……尽管如此，那种丑陋又是怎么一回事呢？……丑陋！……一种活物与死物都不具备的特殊的丑陋！……不，也并不是某个地方出现了什么偏差……毋宁说是由于那种"再现"太过忠实的缘故吧……（那么，我的假面也……）所以，很有可能会形成这样一种结局：过分拘泥于形态，反而会远离现实……拘泥于脸也未尝不可，但在此之前请先观察一下这种丑陋！

诚然，所谓过分逼真的模仿反而是不现实的说法，或许就是指的这种事情。但是，果真能想象出没有形态的手指吗？没有长度的毒蛇、没有容积的水罐、没有角度的三角尺……只要不到存在着那些物体的星球去的话，是绝对看不到那些物体的吧。倘若有那些物体存在，那么，没有表情的脸也就不再是例外了。即使是曾经被称为脸的东西，也已经不可能是脸了。也就是说毕竟假面也自有其存在的理由。

那么，或许是在动物性上存在着问题吧。不能动弹的“形态”自诩为形态，也许是滑稽可笑的。这手指倘若能够活动，理应更胜一筹。于是我试着拿起它动了动。的确比静止地竖立在桌子上时强多了。关于这一点，是毋庸担心的。正因为如此，我从一开始便坚决主张，必须是能够**活动**的假面。

但依旧残留着某种不能释然的东西。究竟是什么构成了我如此忧心忡忡的根源呢？我一边把人造手指与自己的手指相比较，一边集中所有的精力来凝目注视。的确，两者之间存在着差异，但是，这种差异……倘若既不是因为它仅仅是属于被切断了的部分，也不是因为其活动性的问题……那么，会是因为皮肤的质感吗？……或许是吧，仅仅只靠色泽和形态是无法彻底瞒天过海的，差异在于鲜活的皮肤有着唯有它才固有的某种东西……

栏外的插入1——关于表皮的质感：

人的表皮似乎是由一种不含色素的玻璃状物质所保护着的。因此，表皮的质感是由表面反射的光线与通过表面后在色素面上再反射出来的光线共同形成的复合效果。然而，人造手指因为色素面直接暴露在外，所以缺乏这种效果。

关于表皮玻璃状物质的成分及其光学性质，尚需咨询专家。

栏外的插入2——当前亟待研究的课题如下：

一、磨损问题。

二、弹性及伸缩的问题。

三、固定手段。

四、交界线的处理。

五、透气性问题。

六、假面原型的获取及其处理。

* * *

然而，无论把这些事情记录得多么细致缜密，一旦让你感到无聊的话，也就本利全亏了。假面是在无视我的想法的情况下，以多少有点独断专行的气势成长起来的。我想至少得让你从氛围上了解到它的这一过程。

首先，关于表皮的玻璃状物质，它是含有被称为角朊的微量荧光物质的一种角质蛋白。关于交界线的处理：先将假面边缘的厚度尽可能控制在小皱纹的深度以下，然后再设法适当地添加一点胡须，这样一来估计可以解决这个难题。预想中最大的难题将是伸缩性问题。关于这一点，如果从生理学的角度来思考表情的构造的话，也并不是不可能解决的。

表情的根本当然在于表情的筋络。表情的筋络各自具有一定的方向性，并沿着其方向产生伸缩，而且上面覆盖着具有一定方向性的皮肤组织。两者的细胞纤维几乎是呈直角地纵横交错着。根据图书室借来的医学书上的说明，其皮肤纤维的排列被称为“朗格皮纹线”。依据这两个方向的组合，产生了各自固有的皱纹和固有的阴影。……因此，倘若想赋予假面活生生的动感，就需要沿着“朗格皮纹线”将纤维束重叠在一起。幸运的是，有那么一种塑料，一旦赋予它方向性，便马上显示出了很强的伸缩性。只要不怕麻烦，似乎也是可以解决的事。

我决定立即动用实验室的一角，开始扁平上皮细胞的弹性实验。即使在这里，同僚们也是相当宽容的，使我得以不被人疑惑地大量使用设备。

但是，唯有……“假面原型的获取及其处理”一项，实在难以光靠技术处理来加以解决。在原型，即最初的取模上，如果是打算再现皮肤的细部的话，那么，即使不情愿也不得不借助某个他人的脸。当然，从他人那儿所借取的只是皮脂腺、汗腺之类的皮肤表层，然后将其变形为适合于我骨骼的东西，而并不意味着就要拉着一张别人的面孔在街上行走，也不必担心侵犯了他人的脸的版权等等。

但这样一来，就会出现一个深刻的问题……假面最终不是变成了一个与我自己原来的脸没有什么变化的东西吗？据说有一种熟练的匠人在死人的头盖骨上面添植皮肉，以再现与活着时一模一样的容貌。假如这是事实，那么，决定人容貌的，归根结底便是构成其基础的骨骼了。要么削除骨骼，要么无视表情的解剖学原则——那已不能再称之为表情了——除此之外，再也没有什么办法能从自己天生的面孔中逃离半步。

这一想法使我大惑不解。无论制作得多么精巧，倘若我戴上一个与自己一模一样的假面，那不也就意味着，特意制作的假面完全没有意义了吗？

幸运的是，我想起高中时代的朋友中有一位专门研究古生物学的人。作为古生物学者，给发掘出来的化石添植皮肉，想必也是份内的工作吧。翻开名簿一看，还好，他还一直留在大学里。我本来只打算通个电话的，可或许因为毕业以来一直没有见过面，再加上他一直研究古生物学，所以反倒对人更加亲切眷恋了。就像顺理成章似的，他提出要在某个地方见个面，一点也没有通个电话就要罢休的意思。或许是出于对自己因脸上的绷带而感到畏惧的心理的一种反抗吧，我终于没能拒绝他而应承了下来。但很快便有一种强烈的后悔向我袭来。多么无聊的意气用事啊。光是绷带就足以引发对方的好奇心，更何况一个缠着绷带的男人在不属于自己专业范畴的脸部解剖学、添植皮肉等技术问题上大肆刨根问底，这不就和一个没有鸟儿的空巢在大白天里蒙着面四处游荡一个样吗？如果注定要带给对方不快，还不如打一开始便拒绝了对方为好。而且，我对街道这东西深恶痛绝。无论多么谦卑恭顺、漫不经心的视线里都藏匿着涂满毒素的针。那毒素带有可怕的腐蚀性，不身受其害是无法明白的。街道使我精疲力竭。……尽管如此，我已经放掉了提出取消约会的机会。我虽因耻辱而变成了一张破抹布，但还是只得不情愿地奔赴指定的地点。

幸好是在非常熟悉的大学街的一角，使我得以毫不犹豫地乘坐着计程车直奔约定的咖啡馆，不引人注目地抵达了店门口。不过，我那位朋友流露出的慌乱劲儿反倒让我同情起他来了。“你瞧！怎么样？”——毋宁说我已恢复了那种恶作剧似的镇静。不，称之为“镇静”是有语病的。总之，我得请你稍微想象一下那种仅仅因为自己的存在便让同座者厌恶不堪的、无疑是与野狗相类似的悲惨境遇。这是和濒临死亡的老狗的眼神一样绝望的孤独，是如同深夜沿着铁轨传来的“咚——咚——”的轨道工程的声音一般可怕的空虚感。在绷带和墨镜背后，无论怎样做出表情，都无法传达给对方——这种绝望的心理似乎更加深了我的顽固。

“你吓了一跳吧，”我用夜风一般的声音说道，这声音可以根据听者的心情变换成任何一种色调，“整个脸上都被洒了液体空气……我的体质也似乎特别容易产生瘢痕……嗯，相当严重……一张脸全都成了水蛭窝。或许还不至于让人看了就毛骨悚然，不过，我想缠上绷带还是比露在外面要好一些……”

对方一脸茫然无措的表情，嘴里嗫嚅着什么，但却听不清楚。半个小时前他还扯着响亮的嗓门反复叮嘱道，碰头后马上换个能够开怀畅饮的地方，然而现在，那个计划或许就像鱼刺一般卡在了他的喉咙里吧。不过，怄人生气并非我的目的，所以我立即转换话题，直接挑明了来意。不用说，他马上跳进了这艘救命小舟。

把他的说明归纳起来，大致如下：无论是多么经验丰富的有名匠人，所谓依靠添植皮肉来达到忠实地再现原型，都无非是夸大其词罢了。如果说真的能够从骨骼的解剖学构造来对原型进行正确的推测的话，也仅仅只限于肌腱的位置之类。比如说，皮下组织与脂肪层十分发达的鲸鱼，如果仅以骨骼为基础对其进行再构成的话，就会变成一个像是狗与海豹生下的杂种一般似像非像的怪物。

“那么，可以认为脸部在添植皮肉之后会出现相当大的误差吧？”

“如果那种把戏是成立的，也就意味着所谓身份不明的白骨是不可能存在的。即使无法与鲸鱼相比，人的脸毕竟是颇为微妙的东西。或许添植皮肉后的东西与原型的相似程度还比不上一张蒙太奇照片呐。不是吗，假若人绝对不可能逃脱骨骼的决定作用的话，那么，首先美容整形就是不可能成立的……”

他的目光很快从我的绷带上一掠而过，有些窘迫地欲言又止，最后干脆噤口不语了。他究竟心里记挂着什么呢？这是毋须再问的。不，管他怎么想都无所谓。让人觉得没趣的是，他甚至不打算隐藏自己的窘迫，一副万般歉疚的神情，涨红着一张脸。

（追记——这羞耻心的真实面目究竟是什么呢？或许在此应该再度联想到前面提及的焚烧假发事件。这一次与那一次正好立场相反，是我的“假发”被人发现了，以至于让对方面红耳赤。正因为如此，我更是难以释然。莫非在这里意外地隐匿着解开脸部之谜的意想不到的钥匙？）

尽管如此，世界上毕竟还是有他这样笨拙的男人的。我打算专拣不关痛痒的一般性话题来婉转收场，可他竟自个儿踩虚了脚，把脸涨得通红通红的，真是不可救药。不过，与计划有关的事项已基本上打听完毕，所以关于此次见面在他心里留下的余味如何，就随他的便好了。但无论如何，触及羞耻感之类的东西总是容易构成闲言碎语的素材。一旦被人用窥探钥匙孔似的语调说三道四，我就会一筹莫展。而且对方的羞耻心也开始感染了我。终于，我怀着一种难以忍受的心情开始了一番本该不说为妙的辩解。

“你在想什么，我也大致有数。或许你可以把我的绷带与我的提问联系起来，大肆进行一番想象吧。但我得事先声明一下，那是一种纯粹的误解。事到如今，我早就过了那种还为脸上的伤痕大伤脑筋的年龄……”

“是你误解了吧。你认为我想象了什么呢？”

“如果是误解，就让它到此为止吧。但你会不会在无意识中用脸来判断他人呢？我想，毋宁说你很为我操心倒是理所当然的。不过仔细想来，身份证也并不一定就是本人的证明呀。亏得我倒了这个霉，才不能不思考许多事情。难道我们不是过分看重身份证了吗？正因为如此，才甚至出现了热衷于对身份证进行伪造和涂改的残疾人。”

“我深有同感……涂改倒也蛮不错的……据说浓妆艳抹的女人中不少都患有歇斯底里症……

“另外，倘若人的脸都像鸡蛋那样没有鼻子，没有眼睛，也没有嘴巴，平板而单调，那又会成什么样呢？”

“嗯，恐怕就无法区别了吧。”

“强盗、警察……加害人、被害人，全都……”

“再加上我家老婆、隔壁家的妻子……”他就像是在求救一般，一边给香烟点上火，一边小声窃笑着，“这可真有趣。尽管有趣，可也会惹出问题的。这样一来，人生到底是变得方便了呢，还是变得不方便了呢？”

我也跟着笑了。或许该就此结束了吧。但以脸为中心的圆周运动却正在兴头上，没法刹住车。直到离心力扯断绳索为止，只能让它在明知危险的情况下旋转不止。

“哪一方都不成。光选择某一方，这首先在逻辑上就是不能成立的。没有对立也就不可能比较。”

“一旦没有对立，事物就要退化。”

“那么，按你的意思是说，比如肤色的不同就给历史带来了某种利益吗？对这种对立的意义，我很难苟同。”

“哎呀，难道你是在讨论种族问题吗？那样不是把解释过于扩大化了吗？”

“如果可能的话，我想无限地加以扩大，扩大到这个世上所有的脸……如果只是像我这样一张脸的话，说得越多就越像是在打肿脸充胖子……”

“关于种族问题，我也来说两句。把所有的责任全部推卸在脸上，毕竟是没有道理的。”

“那么我问你，即使是在凭空想象那些居住于其他星球上的外星人时，也首先是从臆测其容貌开始的，这又究竟是怎么回事呢？”

“这个嘛，是一个扯得更远的话题了……”他把只吸了三口的香烟戳在烟灰缸上，一边掐灭火星，一边说道：

“总之，解释为好奇心使然，不就得了吗？”

我痛切地感受到了对方那种突然变换了的口吻所包含的意义，但如同转碟儿游戏中的碟子一样，就在刚刚停止转动的刹那，我的假面孔也被人从某个该在的位置上剥离了下来。

“请看一下那张画。”

他没有泄气，又指着墙上的装饰画说道。那是一幅文艺复兴时期风格的肖像画的复制品，乍一看，显得有几分媚俗。

“你觉得那画怎么样？”

“怎么样？随便回答的话，可能又会遭到你的攻击，但总的说来是一幅愚劣的画。”

“对吧。像那样在脸部加上背光，其实乃是一种思想呐。一种虚伪与欺骗的思想。多亏了那种思想，脸才学会了撒谎……”

对方的脸上泛起了奇妙的笑容，一种早已无所顾忌的、像观察着物体似的遥远的笑容。

“我可做不到。我无论听别人怎样夸张地讲解，只要自己不理解就什么也感觉不到。也许是没有共同的语言吧。尽管我从事的是古生物学，可在有关美术的问题上，还算得上是一个现代派呐。”

* * *

不，即使抱怨也无济于事。还不如赶快去习惯那种眼神。期待出现一个更好的结局，这反而只会纵容自己娇惯自己。并且，必要的信息也已经全部到手了，而我本来就是为了战胜这种屈辱感才开始这个计划的。

我开始从心底憎恶那个古生物学者，是在我发现作为猎物携带回来的东西其实只是不能食用的诱饵之时。不，它们也的确是食品，可凑巧我对烹调方法一窍不通，所以，只好落得个摆在面前却欲吃不能的狼狈下场。

如果承认即使根据同一骨骼来添植皮肉，其误差范围也是很大的这一点，那么，也就意味着将假面的可能性向前推进了一步。但换句话来说，不是也意味着不管基础如何，任何脸都能够按照愿望来进行加工吗？倘若可以任意挑选的话，那么，尽管轻松而且愉快，不也必须得从中选择其一吗？必须得将无数的可能性搁置于筛子上，从中筛选一张作为自己的脸。可是，测量脸的天平又该依据什么尺度呢？

我并不打算赋予脸什么特别的意义，所以哪种脸都无所谓……可既然是特意制作的话，总不至于选择那种心脏病人的水肿相吧……尽管如此，也不可能以电影演员作为模特儿吧。这种选择的自由乍一看惬意无比，其实却是个棘手的难题。

不过我倒并没有提出什么无理的要求，诸如理想中的脸等等。并且也不可能存在着那种东西。但既然是选择，就有必要遵循某个标准。哪怕是至少有一个“这种脸不行”的淘汰标准，也会有法可想吧……可是，无论是主观的标准，还是客观的标准，都一直没有眉目……结果近半年以来，只好一直悬而未决。

（栏外注——如此简单地将一切归咎为标准的含混，就会形成一种误区。或许更应该把我自己内心那种拒绝标准的冲动也计算在内吧。选择一种标准，这本身就意味着将自己委身于那种认同他人的志向中。但是，人同时又拥有另一种相反的愿望，即试图使自己区别于他人。而这两者似乎正处于下列的关系式中：

$$\frac{A}{B}=F\left(\frac{1}{n}\right)$$

A：认同他人率　B：反抗他人率　n：年龄

F：自我黏性度（自我黏性度的低下既是自我的确立，同时也是自我的硬化。它大致与年龄成反比，但其轨道的曲线率依据性别、性格、职业等会出现相当大的个体差异。）

就是说，仅仅从年龄上看，我的自我黏性度相当低下，对自己如今更换面部一事一定有很大的抵触情绪。如此看来，不得不说古生物学者关于浓妆艳抹的女人乃是歇斯底里症患者的见解，是一句至理名言。因为从精神分析学角度来看，所谓歇斯底里乃是一种幼儿化现象。）

不过，在此期间并非只是在袖手旁观。例如扁平上皮的材料测试等等——只要专注于这些工作，即使磨蹭着延宕最终的选择，也算是为这种延宕找到了一个漂亮的口实——这样一些纯属技术性的工作早已是堆积如山。

特别是扁平上皮耗费了远远超出我想象的精力。从数量上看，它也属于皮肤的主要部分。再则皮肤活动时的质感能否表现出来，其成败的关键也在它身上。多亏了研究所同僚们的谦让，我大胆地利用了那里的设备和材料，但依旧足足花了三个月以上的时间。我想只有在这个期间才得以淡忘自己所面临的滑稽的矛盾：一边推进着假面的计划，一边在脸部模型的选择上拖延决定。但我不可能永远躲在他人的屋檐下避雨。一旦这一时期过去，工作开始对照性地进展起来，我便必然会陷入窘迫的境地。

表皮的角朊层用的是丙烯酸（类）树脂，所以很容易就找到了合适的材料。把制作上皮的那种材料呈海绵状地加以发泡，然后再使之凝固，就可以用作真皮了。而脂肪层则只需使其含有液体硅，再用膜被包裹密封起来，似乎就没有问题了。多亏了如此，在过年后的第二周，有关材料的问题便已经全部准备停当了。

这样一来，就再也找不到遁词了。选择哪种脸，如果还不决定，那么下一步的工作就无法开展。无论怎样殚精竭虑，我的脑海里都充斥着各种各样脸的样品，犹如博物馆的仓库一样杂乱无章。但是，无论怎样退缩胆怯，也是不可能得出结论的，唯有鼓足勇气，一一进行尝试，除此之外别无他路。于是我借来了仓库的保管目录作为参考。可目录的第一页上却意外地附有“分类法须知”的热心指导。我的胸口怦怦地跳着，读了下去：

一、脸的价值标准最终是客观性的东西，切忌被私情所惑而导致被赝品蒙骗的错误。

二、脸不存在所谓的价值标准。存在的唯有快与不快之分，选择的标准最终是依靠喜好来培养的。

果然不出所料，这种模棱两可的忠告倒是没有还好些。但在反复阅读的过程中，似乎又觉得这两种忠告无不具有同等的正当性，所以，反而加深了事态的复杂性。到最后，只要是一想起存在着五花八门的脸，我就会感到胸口发痛。我至今仍迷惑不解：干吗那时候没有果断地终止计划呢？

* * *

关于肖像画——尽管被古生物学者付之一笑，但我却不得不再度关注它。美术的角度另当别论，我个人认为，在肖像这一概念中，似乎存在着值得探讨的哲学。

比如说，为了让肖像作为一种普遍的表现形式而成立，那么，作为其前提条件，就必须承认人的表情的普遍性。就是说，有必要让大多数人共同认定：在同一种表情的彼岸必定会看见同一种风景。支撑着这一信念的，无非是所谓脸与心具有一定的相关性这一经验性的认识。然而，我们打着灯笼也无法找到经验永远真实的保证。同样，也不可能断言：经验总是谎言的堆砌。毋宁说，倒是所谓“越是沾满手垢的经验，就越是含有几成真实性”的想法显得更加妥帖吧。……在这个范畴内，似乎那种对客观价值标准的强调也有着某种难以全部否定的东西。

相反，那同一幅肖像画伴随着时代的变迁，也在不断地改变着它的性格，将视点由脸与心的古典式协调转移到缺乏协调的个性表现上，最终残酷地崩溃了，化解为毕加索的八面人相、克利的《伪装的脸》。这一事实也是不可忽视的。

那么，究竟相信哪一种见解才好呢？……倘若让我陈述自己的个人愿望，当然是选择后者的立场。这又不是小狗的品评会，我认为，赋予脸一种客观的标准之类的说法未免过于幼稚。就连我在少年时代也曾经将自己所向往的理想人格与某张特定的脸联系在一起思考过问题呐。

（栏外注——就是说，由很高的自我黏性度所导致的高度的认同他人性。）

浪漫的、反日常性的容貌，自然是透过笨拙的镜头而联结成肖像的。……但是，人不可能永远沉浸在那一片梦境中。现金毕竟比任何形式的支票都更具价值。如今只能用眼下拥有的面孔来支付能够支付的东西。男人的化妆之所以受到冷落，难道不是对那种不让自己的真实面孔承担责任的行为所进行的反抗吗？（不过女人……女人的化妆……在我看来，或许是缘于对现金的透支吧……）

* * *

还是没有结论……就如同患感冒之前的那种不安的心情……但这种烦恼只涉及脸的表面，所以，关于其他部位的技术处理照旧向前进行着。

材料问题解决之后，终于轮到假面里侧的取模了。无论大家给我提供了多么大的方便，研究所内也无法进行这种事情。于是决定把整套工具搬回家里，将书斋变成工作室。（啊，你似乎把我对工作的热情看作对脸上瘢痕的补偿，以至于热泪盈眶地要助我一臂之力。诚然这是一种补偿，但却并不是你所想象的那种热心。我紧紧关上了书斋的房门，甚至买来一把大锁，把你想给我送来夜宵的好心也一股脑儿关在了门外。）

在紧紧关闭的大门里面，我所乐于做的便是下列工作。

首先准备一个能完全容纳脸部的洗脸盆，再倒入藻朊酸的钾盐、石膏、磷酸苏打，以及硅的混合液体。在解除了所有表情筋络的紧张状态之后，迅速将脸浸入盆中。在三分钟到五分钟之后，溶液转变为橡胶状的藻朊酸钙。在此期间，又不能停止呼吸，所以在嘴里衔住一根细细的橡皮管，并将它伸到洗脸盆外面。请你想象一下在长达好几分钟的时间里，面对着一直打开镜头的照相机，不得不聚精会神地固定自己的表情的那种模样。这是一件艰难绝顶的事情。在经历了鼻子发痒、眼睑痉挛等多次失败之后，总算得到了满意的东西，而这已是在此项工作开始后的第四天了。

一旦这个工作宣告结束，接下来便是在它的内侧用镍进行真空镀金。这道工序无法在家里完成，只得又悄悄带入研究所，瞒着众人的眼睛顺利完成了。

然后是最终的加工润色。那天夜里，我看见你入睡以后，便把装有锑和铅的合金的铁锅放在了便携式的液化煤气灶上。融化的锑呈现出那种如同可可中掺杂了太多牛奶似的颜色。一旦它悄悄地流入镀了金的藻朊酸模型的凹槽，便只见白色蒸气的颗粒静静地向上涌腾，打着旋涡。蓝色的透明烟雾先是从专供呼吸用的橡皮管的洞孔，然后是从模型周围的所有地方一股脑儿地喷发出来的。或许是藻朊酸烧煳了吧。因为那种臭味过于强烈，所以我打开了窗户。于是，封冻的一月那种刺骨的寒风便蓦地伸出指尖弹击着我的鼻子。我将凝固了的锑倒过来使劲地摇晃，将它从模子中抖落了出来，然后把一直冒着烟的藻朊酸模型扔进洗脸盆中灭火。那闪烁着暗淡光泽的银白色的水蛭窝从桌子上回头，滴溜溜地睥睨着我脸上那肉红色的水蛭窝。

但我怎么也无法马上就相信，那便是我的脸。不对……太离谱了……很难让人相信，这就是平常通过镜子看得我恶心呕吐的那个水蛭窝……当然，这个锑制的脸部模型与镜子中映出的自己恰好左右相反，所以，产生某种程度的不协调感也在所难免……然而，如果仅仅是那种程度的差异，那么，通过照片我早该经历过无数次了，所以不至于让我旧话重提吧。

那么，是色彩的问题吗？根据在图书馆找到的一个名叫亨利·布朗的法国医生所著的《脸》这本书，在脸、色彩和表情之间似乎存在着一种超出我们想象的密切关系。比如说，同一种石膏的死者面型，会因为色彩的深浅而分别变成一个男人或女人。另外，他还举出了男扮女装的男人会因为拍成黑白照片而被轻易识破之类的例子。这样想来，倒的确不能不萌生那种感觉。这锑制面型那不透过光线便分辨不清的微妙的隆起……如果仅限于这种程度的话，那么，也只能说是很细微很细微的凹凸，哪里犯得着大惊小怪地说“这就是假面呀”什么的……一瞬间里，我甚至思忖道：自己是不是被幻影攫住了而在兀自一人唱着独角戏。可是，就连这个金属的水蛭窝也不能例外——一旦被涂染成略微淡红的肉色，它也会将真格的丑陋和怪异发挥得淋漓尽致……或许是那样吧……人不是由金属制成的，这的确是一件遗憾的事情……

但是，如果色彩真的有那么重要，那也就意味着，最后添植皮肉时的着色就必须得谨慎行事了。我抱着盲人享受触觉似的心态，像是在抚慰般地摩挲着锑制面型余温犹存的表面，痛切地感到了制作假面的艰辛：当一个工序结束时也就意味着有另一个难题已经在等着我了。我的确是在策划一场异想天开的挑战。仅从工作量和花费的时间来看，也已经达到了相当的程度，可是转念一想，不是连最重要的面型也还没有着手定夺吗？而现在又平添了着色这一道新的难关。照这个样子下去，我那试图在他人的脸之中获得新生的梦想得以实现的日子真的还会来临吗？

不，也并不一定尽是坏的兆头。为了这个仅有数毫米的多余的隆起物，我在合金的水蛭窝的皱襞之间穿行，思索着不得不像染上皮肤病的野狗一般被人四处追赶的这张脸所扮演的不合理的角色。就在这思索的过程中，如同云开雾散一般，我发现了敌人的致命弱点。

这个金属的水蛭窝只不过是为制作假面里侧而使用的底片式的存在。说来它该属于被假面遮蔽、打消的否定性存在。但是仅仅如此吗？……的确它是一种否定性的存在，但如果不以它为基础，就连打消它的假面也同样不可能存在了……总之，这合金的基座既是假面理应抹杀的目标，同时又是形成假面的出发点。

让我们再具体点想一想吧。比如，眼睛的部分，其位置、形状、大小都只能原封不动地加以利用。倘若胆敢进行加工的话，要么就是以眼睛的位置作为分界线，只有上面的额头向外凸出，要么就是整体向外凸出，使眼睛变成典型的眍瞜眼。关于鼻子和嘴巴也可以作如是观。面型的选择似乎并不像以前所考虑的那样，属于一种含混模糊的东西。说它是某种限制，或许也是吧，但比起所有的一切都是一百日元式的那种靠不住的自由，倒是它更符合我的天性。总之，如果是这样的话，应该做的事情也大致有了眉目。即使在反复试验的过程中会走一些弯路，但首先可以尝试着添植皮肉，实事求是地探讨一下哪种类型是可行的。这的确是一种适合于我的做法。（同僚们责难我，说我与其说是一个科学工作者，不如说是单纯的技术工人。或许这番话不无道理。）

我从各个角度将手指紧贴在合金的基座上，用双手罩在上面以遮住阳光。不知不觉之间我已是如痴如醉了。真是一个奇妙的东西……仅仅只是一根指头的运动，它便变成了比兄弟、表兄弟还要见外的他人……而依靠一只手掌的变形，就又变成了完全陌生的路人……打从事假面的制作以来，我变得如此激动兴奋，恐怕这还是第一次吧。

* * *

……是的，的确可以说，那天夜里的经历即使在这整个事件当中也不失为一个至为重要的关口。尽管这关口并不那么险峻奇拔，也谈不上倚天而立，但却是具有赋予水源地的水以一定的方向，并将它导入河流之中的影响力的重要地形上的一个地点。

至少有一点是事实，即以此为契机，在一直处于平行线上的两者——面型的选择标准与技术的处理问题——之间,豁然出现了一道尽管尚不确切、但却如同水渠似的东西。就是说,我确实获得了强有力的鼓舞:即使锑制面型在方法上还有难以预料的地方,只要不断地进行具体的操作,就总会有可能性摆在我的面前。

于是我决定从第二天早晨起,买来黏土开始添植面肉的练习。即使目标尚未确定,也要摸索着前进。参照着表情筋络的解剖图,将黏土的薄片一块块精心地重叠起来——这一操作具有一种如同从内部去迎接某个人的诞生似的戏剧性的紧张感,而且,就连那还处在一片乱麻之中的选择标准,也给人一种明胶冷却后凝固起来似的感觉,仿佛它正逐渐将形态加以整理,以形成某种不乏触感的东西……正如既有斜靠在睡椅上推测犯人的天才型侦探,也有马不停蹄地四处奔走以搜寻证据的庸才型侦探一样,对于我来说,自己动手亲自操作似乎最符合我的天性。

我对前面提到过的亨利·布朗的《脸》一书再度予以关注,也正好是在这个时候。以前阅读时,只是把他那种煞有介事的分析看成是学者的分类癖好所致,正因为我自己不得不进行的是具体的操作,所以,毋宁说对那种夸夸其谈大为不满。但是,当我实际地用手指来探索脸的生成时,终于从布朗的形态论中找到了超越单纯的标本箱的东西。或许就像熟悉之地的地图与陌生国度的地图看起来显得迥然不同似的感觉吧。

如果将布朗的分类概括起来,大致如下:

> 首先,以鼻子为圆心,以鼻子和颏尖的距离为半径画一个大圆,接着再以鼻子和嘴唇的距离为半径画一个小圆。根据

两者的关系，可以划分为中心凸起型和中心凹陷型，继而再分别划分为骨质与脂肪质，共计为四种基本型。

（一）中心凹陷型、骨质——额头、脸颊、下颚上有坚硬的肉质的隆起。

（二）中心凹陷型、脂肪质——额头、脸颊、下颚上有柔软的脂肪质的凸起。

（三）中心凸起型、骨质——以鼻子为中心，向外尖锐凸出的脸型。

（四）中心凸起型、脂肪质——以鼻子为中心，向前柔和地凸出的脸型。

当然，仅此并不能囊括所有的种类。在这四个主干上，依据相反要素的合成、对某一部分的强调、细部的阴影等等，又再派生出无数的枝蔓。但我没有必要去注意那种微妙的东西。反正就是要将肌肉组织一片一片地由下往上重叠罢了，不可能一切都完全按照算计好的那样进行。只要不忘记基本原理，剩下的便只是顺其自然了。

将上述四种基本型与所谓心理形态学的方法相对照的话，似乎会引出下列结论：即前两者是内向型，而后两者则是外向型。而且，奇数号码的脸型对外界是敌对的抑或对抗的，相反，偶数号码的脸型则具有融和的抑或和谐的倾向。根据这两种分类的组合，决定了各种类型的特殊性格。

而且，如果将这一分类法与同一个作者布朗提出的“表情系数”相对照的话，问题就会得到更实际的整理。所谓“表情系数”，指的是从三十多块表情肌当中，依据运动性大小的顺序，挑选出十九个运动点，用量的方式表现出它们各自带给表情的影响这样一回事。其计算方法也是颇为有趣的。据说对大约一万两千个模特儿的笑容和困惑的表情进行连续摄影后，利用网目投影法，将它们分割成地图式的等高线，然后取各个运动点的运动平均值。总结其结论大致如下：表情系数的浓度，从鼻尖到唇端的三角地带为最高，其次是嘴角到颧骨的鞍状部分，然后是眼睑下面、双眉之间，依次递减，而额头是最稀薄的部位。就是说，表情的机能集中在脸的下半部，特别是嘴唇四周。

以上是根据部位进行的系数分布，但受到皮下组织对骨骼的附着情况的影响，从而会得到修正。表情的浓度与皮下组织的厚度成比例地下降……但是，系数浓度的稀薄和无表情并不一定是一致的。也可能存在着这样两种情形：即使浓度很高，却没有表情；浓度很低，却表情丰富。就是说，既有浓度很高的无表情，也有浓度很低的多表情。

（追记——尝试着将布朗的分类法应用于我们的脸吧。首先是你的脸。说来可以算作中心凸起型吧。皮下组织微带脂肪质。就是说，倾向于第四种以鼻子为中心向前柔和隆起的那一类。从心理形态学上看，属于外向的和谐型。表情系数稍低，是一种鲜有犹豫的、安定的表情。

怎么样？如此看来，我想很有点一语中的的感觉吧。说来，你在学生时代还被人叫过“菩萨”的绰号呐。初次听到这个绰号时，我禁不住扑哧大笑起来……不过，究竟好笑在哪儿呢？……仔细想来，可能是我当时在有关菩萨或者是有关你的问题上，存在着严重的误解。当然，光就外表来看，你确实长着一张与佛像毫不搭界的脸，丝毫没有那种淡泊的境界。毋宁说倒是一张充满怪癖、富于感觉性的脸吧。但是，一旦从内部重新审视，就会发现：正如布朗的分类所显示的那样，你确实是一副菩萨相。所谓外向的和谐，就好比是厚度为一米的生橡胶的墙壁吧。显得无限的柔软，却又决不会受伤。据说有人把佛像之面相称为“半目微笑”，而这恰恰是不战自胜之面相。从远处看上去，那脸上泛着诱人的微笑，可随着脚步的挪近，那微笑却化作了雾一般的东西，遮蔽了我的眼睛。在此，我想对那个你的“菩萨”绰号的发明者，再度表示由衷的敬意。

……或许你听起来会觉得很讨厌吧。如果我的话在某个地方夹杂有那样的刺儿，最终这也只能怪罪我自己，而你并没有任何责任。只能把他人的善良当作一种痛苦——我的确欠你这一份人情。

那么接下来，我的脸……不，还是算了吧……事到如今，再对已经失去了的脸说三道四，也根本无济于事了。比如像萨拉加瓦族那种已经被加工变形得不能列入分类中的任何一项的脸，又该怎么来看待呢？如果有机会，我想聆听布朗的高见。）

而且正如期待的那样，我的手指出色地达成了仅用大脑所无法取得的成果。在花费了十天的时间，将四种基本面型加以一一尝试后，结果发现：其中两个的落选已成定局，问题集中在从余下的两个中选哪一个更合适这一点上。

首先落选的是“以鼻子为中心向前柔和地凸出”的所谓第四种类型。这一类型被脂肪层裹住了系数浓度最高的部分，因此，安定程度也相当高，属于一旦形成便只能一以贯之的缺乏通融性的面型。正因为如此，从一开始便必须计算好整个工艺，而且操作过程也肯定会相应地变得相当麻烦。……尽管心存遗憾，但还是决定忍痛割爱了。（追记的追记——在这篇报告之前的那部分追记当中，似乎有某种难言之隐，但我发誓，绝没有其他意思。首先，因为在正文与追记之间有近三个月的间断……）

接着是所谓“额头、脸颊、下颚上有坚硬的肉质的隆起”这第一类的中心凹陷型，从心理形态学来看，是内向的、对立的，并缺乏安全感的表情。无论怎样偏袒这一类型，至少它那种就像是从不肯吃亏的高利贷者似的地方，也是一大败着吧。至少它不属于诱惑者的假面。尽管这是纯粹出于印象式的理由，但还是觉得左看右看不顺眼，所以决定舍弃这一类型。

如此这般筛选的结果，剩下的两个是：

“额头、脸颊、下颚上有柔软的脂肪质的凸起”——换成心理形态学的说法，即属于内向的、和谐的，或者具有自制力的内省型面孔；

“以鼻子为中心，向外尖锐凸出”——换成心理形态学的说法，即属于外向的、非和谐的，或者具有行动力的意志型面孔。

我处于一种前景明朗的心态中。即便是同样的选择，在四个之间选择和在两个之间选择，依旧有重大的差别。四并不单单为二的两倍，而且还包含了可供比较的六对数字。总之，意味着眼下只需花费六分之一的劳力便可大功告成了。而且剩下的两个属于差异非常明显的对照性种类，所以不至于难分难辨，苦于判定。只要按照以前那样反复进行添植面肉的试验，总是会找到理想的面型的。

好一阵子我忘情地陶醉在这两种类型的比较探讨之中。但作为坯子的面型毕竟只有一个，所以，每次都必须敲碎后再重新制造，确实很不方便。我突发奇想地买了一个宝丽来一次成像相机，一揿它的快门，当场便可以成像。这样一来，不仅可以马上排列在一起加以比较，还可以每时每刻地记录和保存整个制作过程，非常方便。

是的，那时候我的心脏才第一次真正触摸到了蛹开始羽化的那种预感，就像夏蝉一般鸣叫不止。我甚至想也没想过，或许什么时候还是会山穷水尽的……

有一天，南风乍起，天空朦胧迷离，以至于一直打开的暖气让人感到有几分炎热。一看日历，才发现二月已经过去了一半。我不禁有些惊慌失措。如果可能的话，我本来想在寒冷的季节里完成一切工作的。倘若只从质感和活动性来看，我的假面几乎达到了无可挑剔的地步，但在透气性的处理上却迟迟未能动手。如果进入汗流浃背的季节，必定会有种种不便的。不但很难固定，而且在生理上也大有弊害。……直到像开头部分描写的那样在S公寓找到隐身之处为止，我不得不走了三个月的弯路。

到底是缘于什么原因不得不走那么多弯路呢？乍一看，工作进展得十分顺利。我对两种面型已经熟悉得可以凭空描绘，一旦看到属于某一类型的脸，我就会马上将其分解为各种要素，在想象中予以修正。材料也已经准备齐全，可以随时挑选两者中自己喜欢的一种来制作。但即使是两者择一，假如没有标准也是无从下手的。即使有人逼着问我到底要红色还是白色，但如果我连那是票子的颜色还是旗帜的颜色也没有弄清，不也没法选择吗？又来了，关于标准的游戏！莫非是说真的存在着那种如果只用脚行走便无法破解的谜语吗？当然，在以前和在现在，标准的含义是有所不同的。但正因为选择的对象是明摆在那儿的，所以心中的焦躁也就更胜一筹了。和谐型自有和谐型的长处，非和谐型也自有非和谐型的优点。在这儿不存在引入价值判断的余地。越是了解它们，我就越是对它们抱有一种难分伯仲的兴趣和关心。被逼得穷途末路时，我甚至好几次自暴自弃，打算干脆依靠掷骰子来最后定夺。但只要脸还具备哪怕是很少一点形而上的意义，我就不可能做出那种不负责任的事情。纵然只从以前的讨论结果来看，我也不得不承认在容貌与心理、性格之间存在着千丝万缕的相关性。

……但是，一想到自己被水蛭蚕食后变成了窟窿的脸的残骸，我就会为了彻底摒弃脸的所有意义，如同一条浑身湿透了的狗一般周身颤栗不止。——所谓心理、性格，究竟为何物?！对于我在研究所的工作，它们何时起过何种作用呢？无论是哪种性格的人来计算，一加一等于二都是不会改变的。诸如脸成为衡量人的尺度之类的特殊例子……比如说演员、推销员、接待员、秘书、骗子……只要不是从事这些职业,性格就不可能具有任何比树叶的锯齿状纹路更多的意义!

于是我打定主意投十日元的硬币来试试。但由于掷币次数太多,以至于平均下来,正反两面的次数完全相同。

* * *

不知道是幸与不幸,在得出面型的结论之前所能进行的工作,就只剩下了一件:即寻找最后加工时所使用的脸的表面。从本质上看,这只能从不大有可能再度接触的陌生人那儿购买。因为这是一件心理负担很重的事情,所以,不到山穷水尽的地步,是肯定很难着手实施的,而这一点也正合我意。

不过,我深知一旦完成了这项工作,就会有一纸令人进退维谷的最后通牒摆在自己面前。但有句俗话叫作“以毒攻毒”,两种毒相互抵消,反倒让我得到了片刻的宁静。一到三月份的第一个星期日,我便把套取面型的整套工具塞进书包里,一大早乘坐电车出门去了。

通往郊外的电车拥挤不堪,倒是驶往市区的电车还空一些。尽管如此,事隔好几个月才又第一次看见如此嘈杂的人流,不能不说是一大痛苦。自以为不乏思想准备,可也的确是太挤了,我只能一直站在门边脸朝外面,甚至不能回过头瞥一眼车厢内部。不仅如此,暖气也开得太大,让人觉得闷热不堪。尽管这样,我还是只能一直把耳朵埋在竖起的外套衣领里。虽说这模样让我自己也觉得滑稽,但也不得不像装死的虫豸一样一动不动。如此情形,还能向素不相识的陌生人搭腔吗?每当电车到站停下时,我就不得不紧紧抓住车门的拉手，与打退堂鼓的怯懦搏斗厮杀。

可究竟是什么东西使我充满了畏葸呢？又没有任何人来责难我，但我却俨然像一个罪人似的，因莫须有的内疚感蜷缩成一团。倘若对于人来说表情是一种不可替代的尤物，那么，不就意味着自己的人格不会被那些只通过电话交谈过的人所承认吗？不也就意味着，黑暗之中所有的人们都只能相互畏惧、相互猜疑、相互仇视吗？真是荒唐至极！其实脸这个东西，只要有嘴巴、鼻子、耳朵，并且各个部位的功能都能够自由地发挥，不就足够了吗?！它并不是为了展示给他人观赏的，而只因为了自己才存在！（不，我倒不是对此有多在乎……另一个我似乎面带难色地开始辩解道……只是认为用不着故意拉着一张没有表情的脸来作难那些萍水相逢的他人，才有所忌讳而已……）但是，真的仅仅如此吗？我的墨镜是自己特制的，颜色比一般的显得更深，应该说，绝对不会有人因留意到我的视线而尴尬的……

电车转过了一个弯道，使我所站立的这一侧变成了朝西的一面。车门的玻璃上映出了坐在后面位子上带小孩的一家人。两个年轻的父母正指着车内的某张广告——后来我才看清楚，那是一张浴盆的分期付款销售广告——热烈地交谈着。在他们中间，那个五岁上下的小男孩正从带有深蓝色飘带的呢绒帽的帽檐下，目不转睛地盯着我看。惊诧、不安、恐惧、发现、疑惑、犹豫、陶醉……他把好奇心的一切都倾注在了那小小的眼睑下面，几乎沉醉在无我的境界中。我开始渐渐丧失冷静。我忖度道：这种对小孩的失礼一声不吭不加管教的父母亲也算是父母亲呐。蓦然间我掉过头去一看，只见小孩吓得紧紧抓住了母亲的衣袖。大人用手肘捅了捅小孩，叱责着他的冒失。

……要是我一声不吭地站到他们面前，不顾他们困惑，摘下眼镜，取掉口罩，解开绷带，将我的脸展示在他们面前，会怎么样呢？或许他们的困惑会变成惊恐，进而化作哀求吧。而我仍不顾一切地继续解开绷带，为加强效果，一口气扯掉最后的部分。把手指搭在绷带的上端，一下子往下拽。但露出的脸与我以前的脸已判若两样。不，不仅与我以前的脸截然不同，而且与人类的脸也已全然不同吧。似乎倒是那种青铜色、黄金色，抑或透明白蜡的纯白色更适合于我的脸。但对方没有闲情来继续确认这些。他们甚至来不及总结这一掠而过的印象：这眼前的人究竟是神明还是恶魔？一家三口会一齐变成石头、铅块，抑或昆虫似的东西。而那些在一旁趁机窥视了此情此景的乘客们也会落得个相同的下场……

突然车内一阵骚动。我这才如梦初醒。原来已经抵达了目的地车站。我像是被人追赶着一样下到月台上，感到某种萎缩了一般的疲惫。月台的一端有一条长椅子。当我坐下以后，人们就像是敬而远之似的，没有一个人试图在我旁边落座，俨然像是我包租了这条长椅。我呆呆地观望着上下车的旅客那涌动的人流，由于过分的懊悔，我竟差一点潸然泪下。

我似乎把事情看得过于天真了。在如此冷酷无情的人群之中，真的会有那种好心人愿意把他的脸出售给我吗？希望似乎很渺茫。即使我选中了某个人向他搭腔，或许月台上的所有人都会用谴责的脸色回头睥睨我吧。装饰着月台屋顶的大挂钟……所有人共同拥有的时间……可是，那些拥有面孔的家伙们无忧无虑的快活劲儿又是怎么回事呢？……拥有面孔这件事，真的能成为某种那么重要的资格吗？……莫非被人观看就是对观看的权利所做出的补偿吗？……不，最最糟糕的，在于我的命运过于特殊，过于个人化。与饥饿、失恋、失业、病痛、破产、天灾、犯罪的败露不同，我的痛苦完全缺乏与他人共有的要素。我的不幸最终仅限于我自己，而绝不可能成为与他人共通的话题。因此，无论谁都可以不带一丝内疚感地漠视我。而且我甚至没有权利去抗议那种漠视。

……或许我正是在那时开始变成怪物的吧。那个竖起锋利的爪子，散发着电锯似的寒气，顺着我的脊背爬将上来的家伙，不正是怪物的心脏吗？肯定是这样的。我肯定是在那时候开始变成一个怪物的。据说卡莱尔[①]曾说过，僧衣创造了僧侣，制服创造了士兵，或许怪物的心也是由怪物的脸面创造出来的。怪物的脸呼唤着孤独，而孤独又孳生出怪物的心。倘若那封冻一般的孤独能够再降低一丁点温度，那么，把我维系、羁留在这个世上的所有绳索就会忽然断裂，而我也就会彻底变成一个邋遢不堪的怪物吧。假如我变成怪物，又会是哪种怪物呢？又会做出哪种事情呢？尽管这是一件不事到临头就无法知道的事情，但仅仅想象一下，也让人感到一种禁不住大声狂吠的恐惧。

（栏外注——那部描写弗兰肯斯坦[②]的怪异小说真是妙趣横生。一般说来，如果怪物打碎盘子的话，容易被归咎为怪物

① 卡莱尔(1795—1881)，英国作家、历史学家。
② 英国女作家雪莱所著小说中的主角，一个创造怪物而自己被它毁灭的医学研究者。

的破坏本能。但这部小说的作者却相反解释道：这是由那盘子具有一种容易打碎的性质所造成的。作为怪物，本来只是祈盼着填平那种孤独，不料牺牲者的脆弱却迫不得已地把怪物装扮成一个施害者。这样一来，只要这个世上还存在着被侵害的东西，诸如碎裂的东西、破损的东西、烧毁的东西、流血的东西、呼吸停止的东西……那么怪物就只有无休无止地继续侵害它们。本来，怪物的行为里就不可能有什么发明。因为他自身就无异于牺牲者们的发明物……）

不，尽管我没有出声，但却已经开始吠叫了。……救救我！……别再用那种眼神来看着我！如果老是被人用那种眼神瞅着的话，不是真的会变成怪物吗？……终于我忍无可忍了，就像是瞄准了洞穴慌忙逃入的野兽一样，我挤开人与人的密林，一溜烟似的跑进了附近的电影院——对于怪物来说，这里是唯一的安息之地和"黑暗"的出售点。

我已记不清上映的是什么电影了。我在二楼的一角占了个座位，将暖融融的人造黑暗如同围巾一般紧紧包拢。不久，就像是发现了洞穴的鼹鼠一样，我开始渐渐恢复了平静。电影院俨然就像是一条长长的、无限绵延的隧道。因此我把自己想象成一种在座位上飞驰向前的交通工具。我劈开了黑暗，继续飞奔。如果用这种速度飞翔下去的话，就不会有人追赶上我了吧。我会把那些家伙们远远地抛在身后。我会捷足先登，率先进入那永恒的夜晚世界。并且我将自封为"只有星光、夜光虫和露珠之王国"的国王吧……我就像是在偷食似的，不动声色地咀嚼着那种与孩子们的乱涂乱画相差无几的空想。切不可因为这是小小黑暗的一隅而嘲弄它，因为要是从宇宙的规模上考虑问题的话，黑暗正好是占据着世界大部分的要素……

突然，前一排的座位上开始了极不自然的振动。从左前侧的黑暗中传来了女人带着鼻音的笑声。“嘘——”一个男人制止道，于是振动停止了。观众稀稀落落，并且正值音乐动用所有的音量震撼着场内的时候，所以，恐怕再也没有别人注意到这一点了吧。尽管事不关己，但依旧有如释重负之感。我凝目关注着左前侧，无法将视线挪开。画面变得明朗起来，清楚地映现出两个人的影子。女人把从白色马海毛外套的衣领中露出的后颈向后仰靠着（她后颈上又软又细的头发孩子气十足地向里卷曲着）。男人的头低俯着搭在她的肩上。而且两个人还用男人的黑色外套把胸部以下的部分全部牢牢地包裹了起来。在那外套下面，两个人是怎样合抱在一起的呢？

引人注目的还是那女人白皙的颈项。那白皙的部分既像是渐渐地沉没在了同为白色的外套的衣领中，又像是正好相反地浮现了出来一样。实际上，或许是那女人正上下摇摆着，也可能正相反，是我的眼睛难以对准焦距而游移不定所造成的错觉，不过，那男人显得更不确定。他那像是在窥伺着女人前面部分的脑袋的位置……紧挨在旁边的左手既可以伸进女人的腋下，也可以潜入女人的臀部……右肩往里抽着，无论干什么都游刃有余。我目不转睛地注视着，差一点让汗水从眼睛里流了出来。但这一切已与画在黑板上的水墨画如出一辙了。倘若那肩膀看起来像是在起伏不停，也无非是因为我希望如此的缘故；倘若它看起来像是在有节奏地颤动，也完全是因为我希望如此的缘故。结果倒像是我自己沉醉于自己的沉醉之中似的了。

倏然间那女人大声地笑了起来。我就像是被人打了一巴掌似的蜷缩起身体，陷入了错觉之中：仿佛那唐突的笑声乃是源于自己的责任似的。然而，真正在笑的并不是那女人，而是银幕背后的扩音器。俨然像有约在先一样，银幕上也在上演着肉体的沸腾场面。

白皙女人的喉咙的特写占据了整个画面，就像是在哭诉着痛苦一般，她剧烈地摇摆着脖子，渐渐从画面上移开了。不一会儿又出现了如同刚刚烤好的香肠般的嘴唇，那嘴唇因远远超过定量的大笑而被肆意扭曲着。然后是像把压扁的橡皮管切成圆片的那种鼻孔……接着是紧紧闭合着的上下眼睑，它几乎被淹没在一大堆皱纹之中……并且那笑声渐渐变成了恍若惊慌失措的野鸟在振动翅膀似的呼吸声……

我开始有些愤愤然了。到底有什么必要让脸大肆出现在这种地方?！电影这东西，本来应该是只在黑暗中观看的玩意儿。我寻思着，因为窥视者一方没有脸，所以，被窥视者一方也理应该不需要脸的……

但在现实中，衣服是可以剥开让人看的，但却没有一个演员愿意剥开面孔给别人看。不仅如此，他们甚至还把以脸为中心画圆看作演技。特意把观众引入了黑暗之中，又如此行事，不正是与欺诈如出一辙吗？……抑或是想说，尽管窥视是可耻的行为，但如果是出于模仿的话，就变成健全的了？……滑稽可笑的矫饰与伪善，还是适可而止吧！（失去了脸的残疾人如此进行自我主张，是不是很滑稽呢？但对光的意义最明白不过的人，据说既不是电工、画家，也不是摄影师，而是成人之后失明的盲人。正如丰饶有丰饶的智慧一样，匮乏也应该有匮乏的智慧。）

就像是求救一般，我把视线重新掉回到前面的两个人身上。这一次他们俩静悄悄的，一动也不动。究竟是怎么回事呢？莫非那肉体的沸腾说到底也纯属我的臆想？黏稠的汗水开始像虫豸一般爬行在绷带的缝隙里。这似乎并非仅仅因为暖气过于奏效的缘故。一种辣椒似的东西正火辣辣地螫刺着周身的毛孔。（或许欺诈者并不是这眼前的黑暗，而出人意料地正是我自己的脸！）如果这一瞬间里，场内陡然点亮灯盏……我肯定会作为一个闯入者而受到众人的谴责和嘲笑的……

我下定决心，索性走到了外面。但并不能由此而断言，这种避难是以彻底的失败而告终的。因为我的心境比刚才更增添了几分挑战的意味，就是说，在一定程度上与社会言归于好了。

※　※　※

马上就要到晌午了。车站前的街道似乎就是假日的繁华地段，只见过往的行人络绎不绝。我混杂在人流中，一边抗击着周围苍蝇似的视线，一边不停地向前行走着，长达近一个小时。步行确实具有某种精神的功效，这一点已被很多人认同。比如说军队的行军吧，士兵们被浇铸在两列或四列纵队这样一种队形的模子中，仿佛整个身体都变成了仅仅以支撑这种队形为目的的两条腿。在无休无止的步履的反复中，既有一种失去了脸和心灵的令人落寞的荒芜感，同时也有一种无忧无虑的安心感。事实上，在漫长的行军途中，体验了勃起的人甚至也不在少数。

但如果只是一味地追逐苍蝇，也是毫无意义的。还不如让自己主动生出一双绿头苍蝇的眼睛，在人群中贪婪地狂飞乱舞。并且我必须从中去找出某一个可能愿意把脸的表面出售给我的人。性别，男……尽可能是一个皮肤没有特征、处于平均质的人……另外，伸缩是自由的，所以耳鼻的样子、面积等不用多问……年龄要在三十岁至四十岁之间……不过，如果有一个为了钱而允诺下这笔买卖的四十岁男人，那么他的皮肤很可能早已饱经沧桑，不再有用了。所以，从实际的角度来看，多半会是一个三十岁上下的男人吧……

我千方百计试图重振精神，但这一努力也如同快要断丝的电灯泡一样岌岌可危，很难持久地保持这种紧张状态。尽管过往的行人们全都是互不相识的陌路人，但就像有机化合物一样派生出牢固的链状物，让我无法找到插入其间的缝隙。难道仅仅拥有一张鉴定完毕的脸，便可以化作如此强有力的韧带吗？而且就连他们穿戴的衣物也在某个地方相互契合着一种暗号，即今日被称为"流行"的那种大量生产的暗号。它究竟是对制服的否定呢，抑或仅仅是新制服的一种？在不断变化这一点上，或许是对制服的一种否定吧。但从这种否定性是以集团的形式被加以实施的事实来看，似乎依旧带有相当程度的制服特征。或许这便是今日之心灵吧。并且由于这种心灵，我成了一个异端之徒。这些合成纤维所制造出来的流行，其实正是靠我的研究来支撑着它的一端的，尽管如此，或许是以为没有脸的人也就没有心灵吧，他们甚至不允许我跻身他们中间。仅仅是漫步而行我也早已竭尽全力了。

假如我愚蠢地向他们中的某个人打声招呼，那么，我与周围的关系就很快会像拉窗濡湿了的窗纸一样被一下子扒掉。而我就会被弃置在人墙的中心，被他们不由分说地追究蒙面之罪吧。我在车站前的大道上从一头走到另一头，来回徜徉了六次以上。其间我不断地受到警告。这倒并不是出于我的神经过敏。尽管街上是那么混杂，可唯有我的前方总是像瘟疫地带一样预留空间，甚至一次也不曾与他人摩肩接踵过。

我想，这完全就像是在狱中。在监牢里，那沉重地耸立在面前的墙壁与铁窗全都会变成研磨一新的镜子，映照出自己。无论在哪一个瞬间里都不能逃离自己，这的确是一种被囚禁的痛苦。我被严实地囚禁于“自己”这一口袋之中，正拼命地挣扎着。心急化作了焦躁，焦躁进而发展成阴暗的愤怒。最后我突发奇想，决定去百货公司的大食堂看看。一是快到午餐的时间了，再则还因为我肚子饿了的缘故吧。不过，我的这一念头里分明含有挑战的意味。我用走投无路之人的直觉，巧妙地搜索着自己被囚禁于其中的这个口袋的破绽。

人变得孤独无援，变得孑然一身，变得没有防备，暴露出所有的弱点，比任何时候都更容易被人乘虚而入，这不正是在睡眠、排泄以及吃饭的时候吗？其中，尤其是百货公司的食堂更是擅长孤独的菜谱。

走下电梯的地方好像是某个展览会的会场。食堂正好处于它的背后。就在我迈出步子的当口，“能面展览会”几个大字迎面跃入了我的眼帘。一刹那间我吃惊得呆立在原地，然后慌忙地开始往回走，可转念一想，这肯定是出于巧合罢了，如果马上打道回府，反而会遭到讥笑的。尽管还有一条绕向食堂的路，但我还是不顾一切地走进了那个会场。

我之所以这样做，也许是因为把目标盯准食堂的念头使我的心情变得亢奋了的缘故吧。恐怕其中也包含着想在正式挑战之前小试牛刀的心理吧。尽管如此，一个蒙面男人前来参观能面，倒也的确算得上一种非同寻常的组合。我已经做好了钻火圈的思想准备。

然而幸运的是，入场的人寥寥无几，以至于我好不容易鼓起的斗志也偃旗息鼓了。多亏了如此，我的心情变得奇妙无比，决定煞有介事地在会场上巡视一周，但这并不意味着我在期待什么。尽管都名叫假面，可能面与我所谋求的东西是完全不同性质的。我所需要的是排除水蛭的障碍，恢复与他人之间的通道。相反，能面是为了拒绝与生存相联结的一切而在殊死奋斗。比如说，这笼罩着整个会场的那种临终前的霉臭空气便是其最好的证据。

当然，我也并非不能理解，能面具有一种洗练的美。所谓美，或许就是指拒绝被破坏的那种抵抗感的强大吧。再现的困难正好是美的尺度，所以，假如美的大量生产是不可能的，那么，就必然会承认：薄薄的平板玻璃才是这世上最美的东西。尽管如此，令人费解的却是处于不得不谋求这种褊狭的洗练感的背景上的东西。按一般的常识而言，对假面的希求，乃是人们不再仅仅满足于活着的演员的表情而产生的对某种更高东西的祈望。倘若如此，又有什么必要来故意使表情窒息呢?

突然，我在一张女能面的跟前停下了脚步。这张能面被独具匠心地装饰在将两堵断成钩形的墙面联结起来的隔板中央。在做成栏杆模样、粉刷成白色的木框中，以黑布为背景，那能面就像是回应着我的视线一般猛地抬起头来，俨然已经等候多时似的，整个脸上漫延着微笑……

不，这当然是错觉。动弹着的不是能面，而是照射在能面上的灯光。木框的背后并排镶嵌着几只小灯泡，它们依次闪烁着，制造出一种独特的效果。不愧是一个制作巧妙的装置，尽管现在明白了这只是一个装置，但内心的惊诧却仍然余波未平。我毫无抵触感地逾越了能面不具备表情这一朴素的先入之见……

似乎不单是独具匠心，在我看来，那能面的制作功夫与别的相比，也明显高出一筹。

但我却无法理会它们之间的差异，因而焦躁万分。可当我再次沿着会场转悠一圈，返回到那女能面的跟前时，镜头倏然间对准焦距，解开了那一个谜团。……原来在那儿的并不是一张脸。尽管伪装成脸的样子，但实际上却只不过是蒙着一张薄皮的普通头盖骨罢了。另外，在老人的能面中也有一些更明显像是骸骨的东西。然而唯有那女能面乍一看显得相当丰满，可仔细一瞧，却比任何其他的都更明显地像是头盖骨。眉间、额头、面颊、下颚等骨骼之间的联结处被清晰地呈现出来，精微细致得使人不由得联想起人体解剖图。伴随着光的游弋，那骨骼的阴影化作了表情浮现出来。……使人想起古陶器表面的那种动物胶的污点……罩在表面上的那种细腻的龟裂的针眼……被风吹雨打后的木排的斑白与温暖……莫非能面的起源本来就是头盖骨吗？

但并非每一张女能面都是如此，只是随着时代的变迁才蜕变成了平板呆滞得如同剥开的甜瓜皮一般的脸。或许是现代的人们误解了创始期的作者们的意图，以为只需要添植皮肉，才丢失了至关重要的骨骼，而只是单纯地强调无表情罢了。

然后，我突然不得不面对一种可怕的假设。初期的能面作者为了超越表情的极限，最终不得不追溯到头盖骨，这究竟是出于什么原因呢？或许并不单纯为了遏制表情。在摆脱日常表情这一点上，能面与其他假面完全相同。假如一定要找出其间的差异，可以这样说：普通的假面是朝着正的方向来达到摆脱日常表情这一目的的，而能面则是朝着负的方向。能面是一种只要愿意便可以容纳一切表情，但却一样表情也没有容纳的空容器……是一种能够随着对方变换成任何模样的镜子中的影像……

当然，不管它如何洗练，如今也不可能把我这张因水蛭窝而面目全非的脸重新变成头盖骨。但是，在能面将脸变成一种空容器的果断做法中，不是存在着所有的脸、所有的表情、所有的假面都相通的基本原理似的东西吗？不是由自己来创造的脸，而是由对方来创造的脸……不是由自己来选择的表情，而是由对方来选择的表情——是的，这一点或许是真的……即使怪物也是一种被创造物，所以，人作为被创造物又何尝不可呢？……而且，造物主在有关所谓表情的通信中，似乎并不是发信人，而是收信人。

我难以选定面型，一直犹豫不决，不也是一码事吗？一封没有收信人姓名的信件，无论怎样贴好邮票投寄出去，最终都只能被打回原地。……倘若这样，倒有一个好办法，把作为参考拍下的面型的影集拿给某个人看，请他帮忙选择一个如何呢？……可这某个人，又是谁呢？……不是已经定好了吗？当然是你……除了你以外，我的信件不可能再有另外的收信人！

* * *

最初我小心翼翼地以为这只是一个小小的发现，但不久，周围的光芒开始渐渐改变波长，随之那徐徐泛起的如同笑容般的暗红色便一点点地渗透到了我的心中。为了不让那渗透的色彩被吹灭打消，我一边悄悄地用手护住它，一边怀着滚下斜坡般的心情离开了会场。

是的，假如能够实现，那么，这就决不是一个小小的发现。尽管在手续上好像还有各种问题……肯定有各种问题……但如此一来，或许什么都能够迎刃而解的了。于是我毫不犹豫地冲进了食堂。大食堂那仅有两页的菜谱中将所有的食欲类型都收罗无遗了。在这儿充满了与"能面展览会"会场形成鲜明对比的热烈气氛。我朝着这热烈的气氛无所畏惧地冲了进去。这并非出于勇气。毋宁说由于在前方看见了希望，反倒变得胆怯了。或许为了早日弄清信件与收信人姓名之间的关系，我的心发生了变化，变得就像是一个捂住耳朵在黑暗中飞跑着的孩童吧。

并且就在我的正前方，那个男人刚好挡住了我的去路。他依依不舍地一直观望着样品的陈列架，他身上那种冷飕飕的感觉正好与我所寻找的人物相吻合。年龄也正合适。一旦看清楚他的脸上没有伤痕以后，我当即决定下来：就选择这个男人。

那个男人终于下定决心在餐券出售处买了一张拉面的餐券。我也紧接着买了咖啡和三明治的餐券，然后装着一副若无其事的面孔——不，其实我本来就没有什么面孔——走到他就餐的桌子边，与他相对而坐。又不是没有其他的空座，所以那男人明显地流露出了不快的神色，但嘴上却什么也没有说。一个服务小姐撕下餐券，放下凉水后走了。我取掉口罩，嘴里叼上支香烟，看见对方的脸上浮现出畏怯的神色，慢悠悠地开口说道：

“真对不起，打搅您……”

“不，没什么。”

“不过，您瞧，那边的小孩甚至忘记了吃喜欢的冰淇淋，呆呆地望着我的脸呐。说不定他把您也看成了我的同伴。”

“那么，快滚到别的座位上去吧！”

“滚也行啊。但在此之前，有一件事我想单刀直入地问问您……您想不想要一万日元？……如果说不想要，我就马上移到别的座位上去。”

对方的表情里出现了敏感得令人怜悯的反应。我不失时机地开始用手收网了。

“并没有什么特别让人麻烦的请求。绝对不会有危险，也不会给您添太大的麻烦，一万日元就千真万确地归您了。怎么样？是让您听听我下面说的话呢，还是让我移位子？”

那男人用舌尖抠剔着发黄的牙齿，一边神经质地颤抖着眼睑下面的皮肉。按照布朗的方式进行分类的话，这个男人的脸属于中心凹陷型，微显肉质，即属于被我淘汰掉的非和谐型的内向型。但我所需要的只是皮肤的质地，所以无论他属于哪种类型都没有妨碍。只是在对待这种类型的人时，有必要一边强有力地进行出击，一边注意不要伤害了他。（追记——在针对自己的时候，我极力拒绝人们把脸当作一种尺度，可针对别人的时候，我却常常使用这一手段。说来的确是有点随心所欲，为我所用，但在我看来，能够有人用那种方式来对待我，这本身就是相当奢侈的事情。越是匮乏之人，就越是容易成为心术不正的批评家。）

“尽管你那么说……”就像是犯不着看我的脸一样，他把一只手搭在椅子的靠背上，转动着上半身，一边观望着通往屋顶（屋顶上正在给孩子们分发作为奖品的气球）的通道，一边说道，“喂，事情总是靠商量来解决的嘛……”

“这我就放心了。看来是不用移座位了，不过，这儿的服务小姐们态度的确傲慢无礼。不过在此之前，有一点我想请您作出保证。对于您的职业，我无意打听，所以您也不要提所有这一类的问题。”

“反正我所从事的也不是什么值得你一问的职业，而且如果不知道，今后也可以省掉向别人进行解释的麻烦。”

“事情结束以后，就当作我们彼此从不曾见过面吧。我想请您忘掉这一切。”

“行啊。看来也不会是什么今后愿意再次想起的事情……”

“怎么样？到现在为止，您还没有正面看过我的脸呐。这不就是您相当介意的证据吗？至于我的绷带里面是个什么样子，您一定很想知道，以至于憋得心慌吧。”

“哪里的话。”

“那么，您是害怕啰？”

“没什么可怕的。”

“那您为什么那样回避我？”

“为什么?！……我必须对那种事情也一一作答吗？……抑或这也属于一万日元报酬的份内差事吗？”

“如果不愿意，就不必勉强回答。即使不问，答案也是明摆着的。我在考虑，要是能够多少减轻一点您的负担就好了。”

“归根结底，你说我该怎么做？”

那男人焦躁不安地从上衣口袋中掏出破烂不堪的香烟盒，突然正颜厉色地嘟起了下嘴唇。但紧接着他那扁薄的脸颊周围(那儿浮现着像是嘴箍儿似的青筋)便开始像昆虫的腹部一样痉挛起来。这是一副穷途末路的被害者的表情。但真的可能发生这种事吗?凭我的经验,我知道:如果对方是一个小孩,倒有可能刺激他不安的空想,使他陷入严重的恐慌之中,但现在的对方却是一个堂堂正正的大人呀。他对我避开眼睛,无疑是出于优越者的不快感。正因为明白这一点,我才只打算以一万日元的诱饵垂钓起近似的对等……

“那么,还是直接切入正题吧,”我小心翼翼地故意用一种简慢的语气试探性地说道,“实际上我是在考虑,您能不能出让您的那张脸……”

他没有回答,一副故作深沉的表情,用力擦了擦火柴。火柴杆儿折断后,燃烧着正落到了桌子上。他慌忙吹熄火星,用手指尖将它弹到地面上,有些懊恼地发出一阵鼻音,还一边重新点燃了一根新的火柴。不出所料,尽管从时间上看,这些只不过是发生在几分钟内的事情,但他却集中了所有的注意力,拼命地试图破解“出让脸”这一说法的含义。

的确,一旦打算那么做,就很有可能作出好几种解释吧。首先从杀人、恐吓、欺诈等的替身这些极其世俗的解释开始,直到真正的脸的买卖这一颇具幻想性的情形……我认为这决不是什么单纯的臆测。倘若他还保持着冷静的判断力,就不可能不会马上想起一万日元这个极其现实的条件。能够用一万日元购买的东西,是没有什么大不了的。对此不用仔细思索便当即反问其中的含义,不也是很常识性的事情吗?他被我的绷带彻底压倒了,已经处于一种像是在梦中被人用道理驳倒了一样的愚笨状态中,这一点是无可怀疑的。看来,我选准食堂作目标的直觉并没有错。……而且,最让我心满意足的是,与其说他非常在意我绷带里面的东西,不如说就像被环绕在阵地四周的铁丝网遮挡住了似的,更在意绷带本身。

就在我意识到了这一点的瞬间里,我的内部发生了可怕的变化。这变化就如同耍魔术的高手迅速挥舞了一下手帕那样。就像从肉眼看不见的空中的洼陷处飞出一只蝙蝠一般,我摇身变成了毫不留情的加害者,把磨得锋利无比的獠牙瞄准了对方的喉头。

"虽说是脸,但也仅仅是一层表皮而已。我想让它来取代绷带……"

那男人的表情越发像是蒙上了雾霭一般,只是用嘴巴急匆匆地吸着香烟,仍然进入不了他本来的角色。最初我认为,为了尽可能避免对方产生抵触情绪,可以在某种程度上把事情的真相告诉这个男人,可是,现在似乎已经没有那种必要了。在绷带里面,我情不自禁地浮现出了悄无声息的苦笑。排解忧愤偶尔也是一种不错的健身方法。

"不,您倒不用担心。并不是要您剥下脸上的皮子。我所需要的仅仅是皮肤的表面。诸如皱纹呀、汗腺呀、毛孔呀……总之,就是让我把那种皮肤的感觉取下来做成模型就可以了。"

"哎,模型?!"

那男人如释重负地解除了肩部的紧张感,喉结剧烈地上下蠕动着,好几次点头表示首肯,但却并没有从内心深处驱散那种疑惑。用不着再去追问他所担心的是什么。或许他感到惴惴不安的是:我蒙上一层与他一模一样的脸面,究竟要干什么呢? 我并不打算立即解开他的疑团，在我吃光送上来的饭菜之前，我一直重复着恶作剧的谈话，故意使他心存疑窦。这倒并不是对他抱有什么个人的怨恨，或许是我想尝试对脸的规则进行最低限度的复仇吧。

的确，即使不是为水蛭所烦恼，绷带也似乎另有一种难以舍弃的妙处。比方说，我认为在绷带的效用——蒙面的效果——中，脸的本质意义就得到了很好的概括。所谓蒙面，就是将脸的规则加以逆向利用的怄人游戏，也可以看成是依靠抹杀脸来抹杀心灵的所谓隐身术的一种吧。对于过去的死刑执行者、虚无僧、宗教审判官、蛮荒地区的巫师、秘密结社的祭司，以及乘人不在时行窃的强盗之流来说，蒙面成了不可或缺的必需品。这其中的理由是不难理解的。并非仅仅出于隐藏面相这一消极的目的，肯定还有另一个更为积极的目的——即依靠隐藏表情来斩断脸部与心灵的关联，从而将自己从世俗之心中解放出来。如果举一个更浅显的例子，其实与那些在并不刺眼的阳光下佩戴太阳镜的虚荣者的心理不乏相通之处。从心灵的羁绊中解放出来，可以变得无限自由，因而也就可以变得无限残酷。

……但回想起来，我接触到绷带的蒙面效用，这并非头一次。是的……第一次的确是在前面提到过的克利的画册事件之前……因为对方看不见自己，而只有自己看得见对方，所以我把自己比作一个透明的人，颇有些自鸣得意。还有在拜访那位人工器官的专家K先生的时候，K先生强调蒙面所具有的那种麻醉药式的性质，一本正经地警告道：我最终可能成为一个绷带中毒症患者。……那么算起来这次已是第三次了……花费了半年多的时间，难道我还仅仅停留在原地上来回兜圈子吗？不，其间似乎还是存在着某种差异的。第一次只不过属于逞强而已，而第二次则是受到了别人的忠告。不过像这样真正咀嚼到蒙面间谍的窃喜，这一次还是头一遭。看来我的思考像是在进行着一种螺旋式的运动，不过，其运动的方向究竟循着上升的路线，还是恰恰相反，开始了坠落呢？一想到这儿，就不免忧心忡忡……

我一直保持着加害者的姿态，诱使那男人走出了百货公司，在附近的旅馆里要了个房间。两小时以后，按照前面提到过的那种水蛭窝的取模方式，顺利地得到了脸上表层皮肤的纹理……尽管如此，当我目送着那男人完事后把一万日元的纸币塞进口袋里，像是悄悄逃亡似的离去时，一种不堪忍受的寂寞感仍旧攫住了我的心，仿佛整个身体都在虚脱下沉一样。倘若对真面的指望是一种空虚，那么归根到底，蒙面也是同样空虚的东西。

（追记——不，这种想法是错误的。之所以那么想，或许是因为把假面的完成所带来的心灵变化想象成了与蒙面时极为近似的东西。的确，一旦变成那个样了，就会脱离恢复通道这一本来所期待的目的，因而感到不安也是理所当然的。不过，那种类推本身就存在着一种无理的跳跃。因为不是真面，就把假面当作了蒙面来处理，事实上这无异于颠倒黑白。倘若把假面看作通道的扩大，那么，蒙面就是通道的阻断，毋宁说两者处于对立关系中。否则，拼命想摆脱蒙面，又去追求假面的我自己，不就变成了一个愚蠢的丑角演员吗？

顺便再记录下我刚才所想到的：难道不可以说假面是被害者所谋求的东西，而蒙面则相反是加害者所谋求的东西吗？）

白色手记

终于换成了一本新的手记。可事情却并没有轻易发生改变。在翻到新的一页之前，接连有好几个星期的时间在呆滞不动的状态中飞快地逝去了。那是没有眼睛，没有鼻子，也没有嘴角，与我蒙面的样子十分吻合的、单调而枯燥的几个星期。如果一定得勉强举出点发生的事情的话，那么不外乎为了筹集资金放弃了一项专利，以及围绕着今年的预算问题，遭到了研究所的年轻人们意想不到的攻击等等吧。关于专利，这是一个离实用化还相当遥远并且非常特殊的事例，所以犯不着那么深刻地大加考虑。但是，关于预算问题……即使与假面的计划没有直接的联系……毕竟作为一项事情而不得不有所考虑。按那帮小子的说法，似乎隐藏着我的策略性阴谋。的确，我曾一度积极地采纳过那些年轻人的意见，同意让他们组成一个特殊的班子，但是，一旦真的进入组建特殊班子的阶段，我又轻易地推翻了以前的承诺。不过，这并非像他们所说的那样，是什么阴谋、嫉妒，抑或充满野心的封杀之类的复杂东西。虽说不是什么值得张扬的事情，其实那真的只是我一时的疏忽大意。我甚至认为，如果是谴责我对工作不够认真，我倒也能心甘情愿地接受。尽管我自己根本没有意识到，但经他们那么一说，我倒是真的觉得自己从那件事以后好像对工作开始丧失了热情。尽管我并不想承认,可或许真的是源于水蛭的影响吧。暂且撇开多少存在着的内疚感,说句实话,我倒是对他们的抗议感到一种爽快和惬意。总之,这是因为比起那些在残疾人面前假装出的笑容,我受到了一种远为平等的待遇的缘故……

我在前一本手记结束时写了,仿佛脸的选择这一重大问题已经最终解决了。那么,在"能面展览会"上的发现又究竟如何了呢?

要记述这一点是非常痛苦的。诚然,所谓表情这个东西,只要不是避人耳目的暗门,就应该与大门相同,在制造与装饰时首先意识到外来者的眼睛。信件亦然,只要不是不顾对象大肆派送的广告印刷品,那么,没有收件人姓名就是不可能成立的。承认这一道理的我很快决定把选择权交给你,以为这样一来就卸下了自己肩上的包袱,可是,事情哪有如此遂人心愿的呢?

那天夜里……犹如泥水涌了上来一般的混浊雾霭比平时提早了一个小时封锁了天空,肮脏的街灯自命不凡地催促着时间的进程,大有僭越本分的嫌疑。傍晚那陶器一般的天色,还有朝着车站逐渐增多的人群……我在人群中走着,为了驱赶掉刚才与那个男人分手时袭扰了我的那种一筹莫展的寂寞感,我打算再次扮演加害者的角色。但如果不是像刚才那样在百货公司的食堂内进行一对一的决斗,看来就不会有什么效果吧。尽管眼前是多少带着点内疚感的接近尾声的星期日杂沓场面,可一旦形成群体,他们的脸就会像变形虫一样相互伸出伪足,构成一条链子,让我找不到半点置身其间的余地。但我已经不像走出来时那么焦灼不安了,以至于还有余兴透过雾气来认同不断流动、呼吸、彼此交错的巨大霓虹灯群的华丽。尽管腋下的皮包中那终于买到手的藻朊酸的面型沉甸甸的……纵然可以用同样吸满了雾气的脸上绷带的重量来抵消……反正我自有值得一试的方法。而且对这一方法的期望多少带给了我豁然开阔的心胸。

是的,那天夜里……我的心就像前面部分被人一下子砍掉了似的,一直面对你敞开着。这倒并不仅仅是出于想把选择的重任转嫁给你之类的被动期待……而且当然也不单是出于一切准备就绪、即将进入实施假面的阶段这样一种功利性的动机……该怎么表达才好呢?……我怀着婴儿嘴唇般的纯真和赤足走在草坪上般的恬适,不停地缩短着与你之间的距离。

或许这是出于一种放心感与安全感吧——即终于抓住了机会使你成为我的同谋来一起从事(即使是间接地从事也罢)制作假面这一孤独得不合理的工作的放心感与安全感。对于我来说,你毕竟是第一号的他人。不,我并不是在否定的意义上这样说的。而是在首先与之恢复通道、首先在第一封信上写入其姓名的对象这一意义上把你列为第一号他人的。(……无论如何,至少我不想做任何可能失去你的事情。失去你,也就象征着失去世界。)

* * *

但就在与你彼此相对的瞬间里,我的期待就如同水中捞起的海草一般,变成了一堆面目全非的破烂货。不,你可别误解我的意思。我并不是想对你迎接我的态度吹毛求疵。相反,无论什么时候,你都是以一种过分宽容的态度来安慰我。只有那一次裙子下的拒绝是一个例外。这无疑是因为我这方也有——不,毋宁说正因为我这方有——不少应该被怪罪的地方。因为正如歌中所唱到的那样，爱着的人并不一定就有被爱的权利。

那天，你也像往常一样，以一种不引人注目的关心和怜悯来迎接了我。而且那种沉默也一如既往……

那种如同破损了的乐器一般的沉默，横亘在我们之间已经有多久了呢？那些最普通的闲言碎语和日常的交谈都已经断绝了，有的只是如同符号一般最小程度上所需要的初等会话技术。但即便是就这一点而言，我也没有责备你的意思。我自认为自己心中有数，知道那一切也是你安慰我的一部分。破损的乐器很容易发出噪音，所以最好是让它缄口不语。尽管缄默对于我来说也是难挨的，但对于你来说，肯定更是加倍的难挨。……所以，我热切地期待着，为了再度恢复我们之间的谈话，得想办法利用这一次机会……

尽管如此，至少关于我外出的理由，你该问问我吧。虽说星期天一大早就出门，一整天在外，这在最近是非常特殊的例子，可你却并没有流露出来半点诧异的神色。

你动作麻利地调节好炉火，便马上折回厨房给我拿来了蒸好的毛巾。随即又去看浴池的热水烧好了没有。既没有把我晾在一边不管，也没有一直待在我旁边。不用说，家庭主妇大都是这个样子，但我想说的却是其间过于计算周密的均衡。的确，你做得漂亮，不愿意给我们的沉默带来不自然的因素。你用电动天平似的精确性巧妙地操纵着时间。

为了打破那种沉默，我想至少得装出一副生了气的样子，但却没有成功。目睹你令人钦佩的努力，我又马上打起了退堂鼓，不得不再次痛感自己的任性和自私。在我们之间封冻的沉默之冰仿佛是一种远为根深蒂固的东西，并非那种依靠托故于某种东西便能使其融化的薄冰。我一路上准备好的问题——抑或谈话的话头——等等，只不过像是将火柴擦燃的火苗落在了冰山上一样。

当然我也并没有想得很天真，以为将两个面型的样品摆在一起，用推销员似的口吻问“您喜欢哪一个呢”就可以解决问题。不被人察觉是假面，这乃是我的假面的首要条件，所以，我不可能吐露问题的真意。可这样一来，我的提问就只能变成充满恶意的嘲讽和捣蛋吧。从今以后，倘若我不去学习催眠术什么的话，就只能采取更间接的提问方式了。但我的计划也是到此为止。自封为步行型侦探，并因此好歹应付过来了的好运气或许反而毁了我，使我小瞧了事情的复杂性，以为事到临头时临机应变就能巧妙过关。比如说，以非常轻松的心情谈论某个朋友的面相等等，在漫不经意之间向你的喜好开始撒网垂钓之类的方法等等。

但你并不是一条在沉默中就会罢休的鱼儿。沉默乃是你的受难。无论是谁的面相也好，嘴上轻松地讨论着那种事情，心里最先受到伤害的人却是我自己。对此你非常担心，甚至想保护我，可是……我责备着自身的轻薄，不出声地从那一片沉默旁边穿行而过，回到书斋，将取模的工具与今天的猎物一起放进带锁的书架里，像往常一样，涂上油膏，想进行作为日课的按摩。刚刚开始解开绷带，我的手却蓦地停在了空中，又一次迷失在了没有对象的对话中。

——不，这并不是单纯的诱饵……为了融化这沉默，究竟需要多少千万卡热量的火呢？知道答案的，只有我那张已经失去了的脸……并且那假面或许就是答案……但如果没有你的忠告，也就无法制作假面……这难道不是一个三者相互牵制的僵局吗？……不结束这一恶性循环，就会成为一直以同样顺序周而复始的愚蠢的猜拳游戏……在此可不能绝望和放弃……即使不能融化掉整个沉默，至少也有必要在某个地方试探着烧上一堆小手炉似的篝火……

我怀着潜水员穿戴潜水衣具的那种心情，重新缠好了绷带，因为在裸露着水蛭窝的状态下我缺乏战胜这沉默的压力的自信。

我一边漫不经心地让紧张感消解在猫一般的步履中，一边回到了客厅。我一边装着在浏览晚报，一边斜眼偷窥着在客厅与厨房之间来回走动着的你。虽然你脸上没有浮现出微笑，但却以一副就要浮现出微笑的那种不可思议的轻松表情，从不间断地从一个动作移向另一个动作。或许你自己并没有意识到，但那的确是一种不可思议的表情。现在想来，我甚至觉得自己之所以向你求婚的头号动机，不也是因为迷恋上了你的那种表情吗？

（这一点前面已经记述过了吧。不过重复也没关系。因为对于探索表情之意义的我来说，那就像是灯台的火一般的东西。尽管我现在这样写着，可一旦想到你的事情，首先浮现在我记忆中的依旧是那种表情。在由无表情向微笑过渡的那一瞬间里，从那种表情中有什么东西陡然开始闪闪发光，以至于接受了那种闪光的一切东西都开始拥有了自信，仿佛自己的存在得到了肯定似的。）你把那种表情毫不吝惜地倾泻在窗户、墙壁、电灯、柱子，以及我以外的所有物体上，唯独只有我一个人没有分享到那种表情。我一方面觉得这是理所当然的，另一方面却又无法抑制心中的焦躁，在没有把握的情况下认定：只要你把那种表情投向我这一边就好了。

“我们谈谈吧。”

但那种表情已从你掉向我这一边的脸上消失了。

“今天我去看了场电影才回来的。”

你用一种不让人察觉的谨慎窥视着我绷带的缝隙处，等待着我下面说的话：

“不，倒并不是想看电影，说真的，是需要那种黑暗。我突然开始感到：自己这样一副面孔在大街上逛荡，就像是在做一件什么坏事一样歉疚无比。真奇怪呀，脸这东西……有它的时候什么也不觉得，一旦没有了它，就像是整个世界被剜掉了一半似的……”

“什么样的电影？”

“不记得了。因为当时我慌了神。说真的，我突然被一种摆脱不了的念头攫住了，就像是跑去躲雨一样钻进了附近的电影院……”

“是哪儿的电影院？”

“哪儿都一样。我只是需要黑暗罢了。”

你就像是在责备人一样，把力量集中在了嘴唇四周。但两只眼睛却悲哀地眯缝着，想表明你并不是在责备我。一阵强烈的懊悔袭击着我。不应该是这样的，我本打算谈论另外的话题。

“……不过，当时我是顺便想到的：说不定偶尔看场电影也不错呐。在那儿，所有的观众都把演员的面具借过来戴在自己脸上，不需要自己的面孔。所谓电影院，就是付了钱来进行短暂的面孔交换的场所。”

“是啊，说不定偶尔看看电影也真不错呐。”

“我认为绝对不错。因为无论如何,那儿都是一片漆黑呐。但又怎么样呢?电影这东西,如果其中演员的长相不讨你喜欢,不也是白搭吗?因为要把那演员的面具借来戴在自己脸上,假如不合适,不是兴趣就减掉了一半吗?”

“不是也有不需要演员的电影吗?比如说像纪录片之类的……”

“那可不行。即使不是演员,至少也还有一张脸吧。鱼也好,昆虫也好,都好端端地有一张脸呐。就连椅子和桌子也有相当于脸的东西,才可能讨人喜欢或不讨人喜欢的。”

“不过,有没有戴着鱼的面具看电影的人呢?”

你半开玩笑地说道,企图像蝴蝶一般翻身脱逃。当然你是正确的。无论哪种沉默都肯定胜过提及鱼面具的交谈。

“不,你误解了。我并不是在讨论自己的脸什么的。反正我本来就没有脸,所以也就不存在着喜欢与不喜欢的问题。但你不一样。你不得不正视这样一个问题:倘若是你,你想看哪种演员的电影呢?”

“虽然你那么说,可我还是愿意看没有演员的电影。悲剧也罢,喜剧也罢,我现在可没有心思去看呐。”

“你呀,就只知道照顾我的情绪!”

我情不自禁地换成了一副激烈而苛刻的口吻。尽管我对自己已经厌倦至极,可在绷带下面却拼命想做出一副无法被人看见的眉头紧蹙的表情来给人看。或许是因为暖意复苏了的缘故吧,水蛭开始不停地蠕动着,使周围的组织变得又痒又烫。

那是一种无法靠这种事情来解决的沉默。我们的谈话无论始于何处，其结局却总是落脚在一个固定的地方。我已经丧失了再说点什么的力气。当然你也就此噤口不语了。我们的沉默并不是因为排除了交谈后才产生的真空。事实上，无论什么交谈原本都早已变成了不过是切得又碎又小之后浸渍在悲哀中的沉默罢了。

* * *

那以后的好几个星期里，我拽着就像是用借来的关节在行走似的步子，机械地在那一片沉默之中彳亍。有一天我猛然发现，窗外的落叶松正听凭风儿吹动着它纤细的绿枝。不知不觉之间已迎来了初夏的季节。问题的解决方式也同样是唐突的。你还记得吧——尽管我已忘了那是在怎样的情形之下发生的——反正是在吃饭时我突然大吼起来的那个夜晚。

"你究竟是抱着什么目的与我一起生活的?"

我知道，无论怎样声嘶力竭地大喊大叫，都不过是沉默的一部分。我不敢正视你，只是让视线集中在胸前小小的绿色纽扣下那个枯黄色的扣眼儿之上，一边用最大限度的声音吼叫着:"快，快回答我！无论如何，你现在和我还维持着婚姻呐。把这些事说清楚，对双方都有好处。抑或是因为单纯的惯性吧？不用客气，快说吧。因为想不通的事情是不必勉强去做的……"

我故意摆出架势，一直把自己关在书斋里，可内心却像被雨打湿了的纸风筝一样悲哀无比。充其量因为脸的事情而不惜表演着疯狂行为的我，与作为月薪九万七千日元的代理所长的我，这两者之间究竟有什么关联呢？我越想就越是觉得变成了一只遍体窟窿的风筝，最终化解了，变成了只有骨架的风筝……

变得只有骨架之后，我猛然回过神来才发现，刚才谩骂你的种种坏话其实正好适用于我自己。是的，我们结婚已经八年了。八年的岁月并不短暂，是一段足以让我们彼此代替对方回答出对食物的好恶的岁月。假如在食物的好恶上能够彼此代替回答，那么，在脸的好恶上，不也是一样的吗？根本没有必要只从这种沉默中来勉强谋求什么对话。

我连忙搜索自己的记忆。在某个地方肯定有一张你委托我当代理人的委任状。不可能没有。假如我们在事故以前就早已分崩离析了，那么，如今为假面大动干戈，是想重新得到什么呢？不是意味着没有什么必须重新找回的吗？在那相安无事的八年间，不可能有任何一件值得隐瞒的东西，可是，假如一直固守着那比绷带还要厚实的无表情的墙壁，甚至对此安然若素的话，也就意味着我已经丧失了所有的索取权。既然不存在什么失去的东西，也就不可能请求偿还。我终于绝望地想到：最初的真面其实也仅仅是一种蒙面而已，所以，应该用不着对安于现状惊慌失措吧。

……多么深刻的问题啊……而认为它深刻这种想法本身就是一件太过深刻的事情。既然如此，哪怕是硬着头皮也要履行代理人的使命。尽管并不是一件那么让人感兴趣的工作，但我还是对记忆、印象以及所有的谈话进行了一次总动员，以制造出一个你的模特儿，设身处地地想象着各种男人的表情，以便猜测你喜欢哪一种面孔。这猥亵得让人恶心，就像是衣领里爬进了虫豸一样。但是，非但没有找到你喜欢的男人类型，反而在首先要正确地把握住你的问题上显得黔驴技穷了。总之，镜头必须是一直固定不变的东西。倘若像水母一般动荡不定的话，是无法窥见真相的。但我仍旧吃力地凝目观察，不久，你成了一个点、一条线、一个面，最终变成了一个没有轮廓的空间，正要穿越我的视觉、听觉、嗅觉、触觉和味觉的网罗。

我惶恐不已。在那并不短暂的岁月，我到底看到了些什么，对着什么在说话，并感到了什么呢？对于你，我真的是那么无知吗？面对你头脑中那被无限广袤的乳色雾霭所笼罩的未知领域，我只能呆然伫立。由于过度的内疚，我变得更加胆怯了，仿佛即使将脸上的绷带再加厚一倍也无妨似的。

但是，有过一次被逼到那种地步的体验，或许反倒有好处。我掸掉衣领上的毛虫，厚着脸皮重新振作起来，回到了客厅里。你正坐在消了音、只剩下画面的电视机前面，一动不动地把脸埋在双手中。或许是在啜泣吧。在我瞥见这一幅场景的刹那间，我发现有可能对自己失去作为代理人的资格作出截然不同的解释。

诚然，我很幼稚，与自己的一大把年龄极不相称，作为代理人，或许不能说是理想的人选。是的，或许你对男人的脸喜欢挑肥拣瘦，但至少我只是使用了我单方面的做法来接近过你，这一点是确切无疑的。但这又怎么样了呢？事到如今，为什么必须得学那些把妇女卖给妓院的人贩子的模样呢？如果是食物，倒情有可原，但关于自己的妻子对别的男人的长相有着什么样的嗜好等，打一开始就当作问题不放，这算是正常的婚姻形态吗？至少男女在跨入婚姻大门的那一刻里，理应彼此都放弃了那种疑问和兴趣吧。如果说对这一点心存异议，那么，从一开始就不要介入这种麻烦事好了！

我悄悄从后面走过去，免得被你发现。我嗅到了一股雨过天晴后柏油路发出的那种气味。或许是你头发的气味吧。你回过头来，发出一阵像是患了感冒的声音，微微地抽着鼻涕，然后像是要把我的误解退还给我似的，用带着晕染般深邃而明晰的视线回望着我。脸上挂着一副宛如照射在秋风刮过后的杂树林中的阳光一般透明而漠然的表情……

正是在这个时候，一种不可思议的冲动向我袭来。是嫉妒吗？或许吧。在我的内部有一种像山萝卜的种子那样满是棘刺的东西开始膨胀起来，胀到了刺猬一般大小。紧接着我不得不发现，那种所谓表情的基准——我那完全失去了线索的迷途孩子——正站在旁边。这来得很突然，突然得连我自己也没有注意到。但我却并不那么惊慌。除了那个答案以外不可能再有别的答案了——我干吗没有早点发现这一点呢？我痛感这有悖常理。

别的暂且不谈，还是先从结论说起吧。我的假面应该选择的类型是布朗式分类法中的第三种，即“外向的非和谐型”——以鼻子为中心，向外尖锐凸出的脸型……按心理形态学来看，属于有行动力的意志型面孔……

由于过分索然无味，不免又觉得自己像是被人戏弄了一样。但仔细想来，也不是什么不能说明清楚的事情。即使是蛹在变形时，也是需要相应的准备的。当脸的意义从应该选择的东西向被选择的东西发生急剧的转换之后，就像在黑暗之中不管眼睛睁开也好，闭上也好，往右看也好，向左瞧也好，都只能是一直注视着黑暗一样，我只能一个劲儿地盯视着你。事到如今才不得不去探究你，这件事伤害了我的自尊心，以致我被焦躁、烦躁、屈辱感所困扰着。尽管我已经思考腻了，可结果还是无法将视线离开你片刻。

我祈求着接近你，同时又祈求着远离你。我想了解你，同时又对了解你大加抵触。我希望看见你，同时又对看见你感到屈辱。在这种进退维谷的状态中，龟裂越来越深，最终深入到了内部，而我只不过是用双手支撑着打碎的杯子，好歹保持着它的形状而已。

并且我深知，把你说成是被迫用铁链与已经不再具备任何权利的我维系在一起的牺牲者，其实只是我为了自个儿的方便而随意编造的谎言。你是毫不犹豫地用自己的意志接受这一命运的。那真面与微笑之间的光辉，难道不是在面对你自己时被使用得最有成效的吗？所以，如果你打定了主意，你无疑随时都可以离我而去。这是一件多么可怕的事情啊！这一点你能理解吗？尽管你有成千上万种表情，可我却连一张脸也没有。偶尔当我想起你的衣服下面那有着固有的弹性、固有的体温的器官和组织是那么活生生地存在着时，我就想，我迟早会在你的身体中打入一颗大铁钉……即使这铁钉会夺去你的生命……但只要没把你变成采集箱中的标本，事情就不会终结——我一本正经地这样思忖道。

在我的内心，祈求与你之间恢复通道的愿望和与此相反想破坏你的复仇心纠集在一起，相持不下，最终发展到难分彼此的状态，以至于把箭搭在弓上瞄准你的姿势也成了我司空见惯的日常场景，并且无意中在我的心中已经刻上了猎人的面孔吧。

一旦成为猎人的脸，就不可能再是“内向的和谐型”了。因为这种类型的一大弱点就在于最多成为小鸟的朋友，要不然就是成为猛兽的猎物。如此看来，甚至可以断言：我的结论不仅不唐突，反而具有极大的必然性。或许我被假面的两重性——是对本来面孔的否定呢，还是崭新的本来面孔——所迷惑困扰，忘记了它也是行动的模式这一重要之点，所以才被迫绕了那么多弯路吧。

有一种数叫“虚数”。它是一种平方数为负数的滑稽的数。假面这玩意儿与此有近似之处：一旦在假面上再戴一张假面，结果就反而与什么也没有戴一个样子。

* * *

面型一旦决定之后，剩下的就简单了。在添植面肉的资料中，光是拍摄的照片就已多达六十八张，其中的半数以上都属于“中心凸起型”。万事俱备，只欠东风了。

我决定马上着手工作。尽管没有样板，但我还是从自己内部摸索着设想我给你的印象，就像在烤墨纸游戏中画画那样，试着画了一张脸。首先用海绵状的树脂将锑制面型上水蛭窝的部分包裹起来，使之平整光滑。然后用具有方向性的塑料薄带代替黏土，沿着朗格线重叠在上面。多亏了半年来的修炼，我的手指就像钟表匠能摸索出游丝的歪斜一样，对脸的细部无不精通。皮肤的颜色以手腕子附近为标准，为使太阳穴与下巴尖略显白皙，使用了含有较多氧化钛的东西，而为了使脸颊泛着红晕，则使用了加有红镉的东西。并且越接近表面，就越是故意使用了色斑明显的东西，特别是在鼻翼附近加上了一些灰色的斑痕，以制造出与年龄相称的自然感。最后，用液体状的树脂贴上透明层——即在包含了荧光物质、具有与角朊层相近的折射率的薄覆膜上印有买来的皮肤表面的那种东西。接着又在极短的时间内将高压蒸气对准它，使其收缩和固定，就像是紧紧吸在了一块儿似的。因为还没有添上皱纹，所以显得过于光滑。尽管如此，仍有一种栩栩如生的实感，就像才从活人那儿剥下来的一样。

(到此为止已经花去二十二三天时间了。)

接下来的问题,是如何处理与皮肤的交界处。额头部分可以设法用头发来遮掩吧(幸好我是一个多毛质的人,而且头发有点卷曲)。眼睛周围可以多做点小皱纹,加深色素,再戴一副眼镜来蒙骗他人的视线。嘴唇略微内翻,将唇端嵌入牙龈中。鼻孔处只要插入一根稍硬的筒管便可以了。可下巴尖就有点麻烦了。只有一个办法,那就是用胡须来遮掩。

在每一厘米见方的地方,一根根地植入二十五根到三十根从头发中挑选出来的细发丝,还得注意植发时的角度和方向,这其中的麻烦暂且不论——仅仅这项工作便又花去了二十天的时间——特别是心理上的抵触情绪使我心烦意乱。要是在前一个时代倒还好说,可如今无论怎么想,络腮胡都是太过离奇了。比如说,一提起络腮胡——很遗憾——首先联想到的便是那车站前面的派出所的警察吧。

不过,并不是所有的络腮胡都显得像是壮士或豪杰。既有算卦先生那样的胡须,也有列宁那样的胡须,还有西方贵族式的胡须。进而还有卡斯特罗那样的胡须,以及虽说不知道是怎么个叫法,但却颇受那些冒充艺术家的青年们青睐的相当现代风格的胡须。在络腮胡上再配一副墨镜,这装束不可避免地显得有些离奇怪异,但既然没有别的方法,又不想给人不愉快的印象,就只有这样想办法来试一试了。

至于最后的结果,正如你亲眼目睹的那样,无须再说明了吧。我自己是无法进行评价的,但从尚未提出需要改变某处的具体替代方案来看，或许还算差强人意吧。尽管无法避免那种多少存在着一点的内疚感，但是……

* * *

“多少存在着一点的内疚感”——我采取了这样一种漫不经心的说法，可仔细想来，在对这种说法的拘泥中似乎暗示着某种超出了外观的深刻含义。尽管是一种不成其为语言的模糊之物，却带给人一种讨厌的预感：它就像长在舌头上的肿块一样，每当张开嘴巴的时候，它就会隐隐作痛，警告人不准随便开口说话……

那天夜里，我移植完了最后一根胡子。小镊子在我右手大拇指的指肚上打起了一个黑色的血泡。汗涔涔的疼痛化作了小小的炭火，在眼底闪现燃烧。无论怎么揩拭，都有一种分泌物不断地向外浸出，活像是稀释了的蜜糖一般，以至于整个眼球就像一扇弄脏了的玻璃窗户一般雾蒙蒙的。到盥洗室去洗脸的时候，才发现不知不觉已经迎来了黎明。当我情不自禁地把脸转向那照射进窗棂的鲜丽晨曦时，那种内疚感又向我袭来了，就像是扎在了我的脑门心上。

我马上想起了一个梦。那是在夏末秋初的某一天，将满而未满十岁的我呆呆地站在一旁，看着从公司回来的父亲站在门槛边脱鞋子。这是一个以上述极其宁静祥和的场景作为开始的老无声电影似的梦。但猛然间那种宁静被打破了，另一个父亲回来了。奇怪的是，他和前一个父亲是同一个人物，却唯有一点是不同的：即他们戴的帽子。前一个父亲戴的是从前那种平顶硬壳草帽，而后一个父亲戴的是中间凹陷的软呢帽。当戴软呢帽的父亲看见戴平顶硬壳草帽的父亲时，明显地流露出了侮辱的神色，故意夸张地摆出一副架势以谴责对方的不合时宜和冒昧失礼。于是，戴平顶硬壳草帽的那个父亲便一副狼狈落魄的样子，用一只手提着脱下的一只鞋，脸上露着一丝悲哀的微笑，一声不吭地逃走了。幼小的我怀着心肺被撕裂了一般的痛苦心情目送着那平顶硬壳草帽的背影……这时，胶片嘎的一声断了。只有那种痛楚一直莫名其妙地萦绕在心间……

如果把这说成是对季节变化所抱有的孩童式的感受方式，倒也罢了……可是，唯有这件事几十年来一直从不间断地带给我鲜明的余味，这不是颇为罕见的吗？甚至让人难以置信。我所看见的那两顶帽子，肯定应该是什么更为不同的东西。比如说，是人际关系中不堪忍受的虚伪的象征等等……是的，有一点可以肯定地说，由于那帽子的替换，使得我以前对父亲所抱有的信赖感被彻底背叛了。或许从那以后，我一直在代替父亲忍受那种内疚感吧。

但这一次刚好立场是相反的。该轮到我辩解了。我回头望着镜子，注视着那已经发红并溃烂了的水蛭窝，对假面萌生了一种冲动。是的，必须感到内疚的不是我。倘若真的有必须让其痛心疾首的人的话，毋宁说是那些拒绝向没有手持面孔这种通行证的人承认人格，要把我活埋掉的世俗之人。

我再一次怀着挑战的心理折回到假面旁边。这目中无人的胡须脸……这向前凸出的鼻子和脸……映入眼帘的尽是那种好斗的感觉，这或许是因为看到局部所带来的不快吧。我决定把假面呈直角地靠墙竖立起来，往后退了几步，用手做成一个圆筒，再从筒孔中望过去。谁知却没有涌起完成后的感慨，相反，占据心灵的倒是一种近于哀惜的感情：自己本人遭到了他人的脸的劫持。

或许是疲劳在作祟吧——我这样鼓励着自己，嘱咐着自己。并不只是假面，其实，当任何一件巨大的工作完成之时，不都是如此吗？所谓完成的快乐，是唯有那些不必对完成的结果承担责任的人才可以说出口来的东西。再则，对脸的偏见也可能在无意识中起了作用。我们无法保证自己因为与把脸神圣化的倾向进行了斗争，就在意识深处完全铲除那种病根。这与不信幽灵的人却也同样害怕黑暗的那种心理不乏共同之处。

因此，我决定不顾一切地敦促自己开始工作。总之，也为了使自己区别于以前，还是先试着戴戴看吧。首先卸掉耳朵下面的凸起部分，松开下巴的下面，把嘴唇略微内翻的部分向上抬起，拔掉鼻孔里的圆筒，这样一来假面就从座子上连根脱落了，变成了如同半干的冰囊一般软塌塌的薄膜。然后又按照相反的程序，小心翼翼地戴在脸上。似乎并没有什么技术上的失误，宛如一件早已穿习惯了的衬衫一样非常贴切地粘在了脸上，使我悬在空中的心终于落了下来。

我照了照镜子。只见一个陌生的男人正冷冰冰地回望着我，找不到任何使人联想起我的地方。这是一次彻底的乔装打扮。颜色、光泽、质感，都可以说是成功的。可是，这种空荡荡的感觉又是怎么回事呢？或许是因为镜子太糟糕的缘故吧……如此说来，仿佛光线也有某种不自然的成分呐……我索性打开窗户，让外面的阳光一股脑儿倾泻进来。

锐利的光线的断面犹如昆虫的触觉一般颤动着，渗透到了假面的每一个角落。毛孔、汗腺、局部组织的细部、细微的静脉筋络，无一不轮廓分明地浮现在表面上。尽管如此，仍然找不到任何一样可以称之为缺陷的地方。那么，究竟什么是那种不协调感的原因呢？或许是因为一直静止不动、没有表情的缘故吧。或许与那种像活人一般化了妆的死人的脸所带给人的恐怖相类似吧。那么，试着动一动某个地方的肌肉吧。因为还没有准备好将假面与脸粘贴起来的黏合剂　　我打算使用将橡皮膏的浆糊稀释后的那种东西——所以，不可能让肌肉进行联动，但在固定得比较好的鼻子、嘴巴附近，完全可以想办法试验出那种感觉来。

首先在嘴唇两端加力，试着将它微微地向左右拽拉。结果相当不赖。“在上面叠加纤维，使其具有方向性”的这样一种极其复杂的解剖学上的考虑，似乎并没有白搭。这一次我决定真的让假面绽露出笑容。……但是，假面却一笑也不笑，只是绵软无力地歪扭着，甚至比静止不动时更充满着死亡的氛围。我不知所措，仿佛内脏的吊绳猝然断裂了，胸口附近变成了一个硕大的空洞一样。

……但请你不要误会。因为我一点也没有那种企图，要用夸张的姿势来炫耀自己的苦恼。无论好与坏，这都是我自己选择的假面，是在长达几个月的试验以后终于得到的一张面孔。假如有什么不满的话，我自己可以随心所欲地重做。……但是，如果不属于制作上的优劣问题，又该怎么办呢？今后我能够诚恳地承认这张假面就是自己的脸，并毫无顾忌地接受它吗？……这样说来，那使我垂头丧气的虚脱感，与其说是围绕着新的面孔所产生的困惑，不如说是好像看见自己的影子在隐身蓑衣下面渐渐淡化隐没了一般的那种对消亡的忧虑。（在这种情况下还能顺利地推进下一步的计划吗？）

表情这东西就如同生活所镌刻下的年轮一样，即使想在毫无准备的情况下蓦然开笑，也毕竟是很难成功的。有一种称之为“表情的倾向”的东西。比如说，它被生活不断地重复，从而以皱纹或者松弛的皮肤这种形式被固定下来。在始终微笑的脸上，就自然有微笑长驻。相反，在生气动怒的脸上必然会有怒气常留。但在我的假面上，却像刚刚出生的婴儿一般不曾镌刻过一道年轮的皱纹。一个长着四十岁面孔的婴儿，无论怎么笑，都只会是一副妖怪相，这或许是理所当然的吧。对，肯定是如此！眼下让假面慢慢出现皱纹的工作已被列入了去隐身处之后的第一步计划之中。如果能够成功，那么假面就会变成一个更贴近于我也更容易支配的东西。因为这也是预料之中的事情，所以如今用不着半点惊慌……我巧妙地偷换了话题，不仅没有侧耳谛听那令人心痛的内疚感的嗫嚅，反而让自己陷入了越来越难以摆脱的深渊中。

* * *

就这样，我总算找到了手记最开始时提到过的S公寓的隐身处。不过，是从哪儿开始岔开话题的呢？……是的，是在我独自一人开始解开绷带的时候……那么，还是径直从那以后说起吧。

不用说，在隐身处的第一个工作便是让假面慢慢出现皱纹。尽管不需要什么技术，但却是一件需要足够的意志、耐心和注意力的费工夫的手工活。

首先在整个脸上涂抹黏合剂。戴假面的顺序是从鼻子开始的。把鼻孔的圆筒牢牢地固定起来，接着将嘴唇往内翻的部分夹在牙龈中间，然后依次是鼻梁、面颊、下巴，一边留心着不要出现移位和松弛的现象，一边像是在敲打似的压住四周。等它们完全固定以后，再用红外线灯从上面往下烤，在保持着一定的温度期间，不断重复某种特定的表情。据说这种材料具有一种当超过一定温度时弹性便急剧下降的性质，所以，按照事先给定的纤维方向，即朗格氏线，就可以自动镌刻出与那种表情相应的皱纹。

关于其表情的内容和比例，我大体准备了如下的一个百分比。

兴趣的集中	16%
好奇心	7%
同意	10%
满足	12%
微笑	13%
拒绝	6%
不满	7%
厌恶	6%
疑惑	5%
困惑	6%
焦虑	3%
愤怒	9%

当然，我并不认为把表情这样一个复杂微妙的东西分解为上述的各种要素便万事大吉了。把这种程度的要素准备停当后放在一个盘子里，然后根据其混合的方法，便应该可以表现出大部分的中间色。不用说，后面的数字正是各自的利用频度。即意味着大

体上是利用这种比率来设定那些进行感情表现的人的。……不过，倘若问起我以什么作为基准，我是很难马上回答的。我只是把自己置身于诱惑者的立场，一边想象着自己与作为他人的象征物的你相对而坐的场面，一边将每一种感情表现放在直觉的天平上加以掂量。

一会儿哭一会儿笑一会儿生气，像傻瓜一样不断重复这些表情，一直折腾到了清晨。多亏了这样，当第二天睁眼醒来时，已经是夕暮时分了。木板套窗的缝隙释放着红色玻璃般的光芒，看来终于雨过天晴了。但心情却并不爽快，那种茶垢似的疲劳牢牢地黏附在整个身体上。特别是太阳穴周围有些发烫和疼痛，这倒也没什么奇怪的。我的表情神经已经连续十个小时以上一直保持着运动状态了。

而且不光是运动，为了做到笑的时候真正地笑起来，生气的时候真正地动怒，我的所有神经都一直处于紧张状态中。

在这期间，无论多么细微的表情都作为无法再度修正的徽章被深深地铭刻在了脸的表面上。倘若想重复某种虚假的笑，那么，我的假面就会被永久打上一个烙印，成为一张只能够假笑的面孔。无论是多么即兴的印记，都将作为我一生的履历而被正式登记在案。一想到这些，我就不能不变得谨小慎微。

用蒸热的毛巾进行脸部按摩。蒸汽浸入了皮肤。我一边用红外线灯使劲刺激汗腺，一边用黏合剂堵住汗腺的出口，所以，引起炎症也是理所当然的，还肯定会给瘢痕带来恶劣的影响。但事态不可能进一步恶化，而且事到如今再对这些忧心忡忡也是无济于事的。火葬也好，土葬也好，对于死去的当事人来说，并没有多大的差异。

接下来的三天中，我按照完全同样的程序如法炮制。应该修正的地方全都进行了修正，整个假面的状况好容易稳定下来了。所以，我决定试着戴上假面享用第三天的晚餐。因为同样的情况迟早会在某个地方遇到的，所以，最好是什么都体验一番。如果真的是这样，那么，干脆备齐所有的条件后再试验一次吧。等黏合剂牢牢地固定以后，我把头发搅乱以遮住发际，为了不让眼睑周围的交界线过于显眼，又戴上了一副米黄色的太阳镜，收拾成与外出时完全相同的模样。

但我不会去做出突然照镜子之类的败作，而是首先把昨夜剩下的罐头和面包排列在桌子上，设想着自己与很多人在餐厅一起共同进餐的情景，这时才缓缓地抬起头来看看镜子。

当然对方也抬起头来回望着我。然后他和着我嘴巴的翕动，开始咀嚼面包。我一喝汤，他也跟着喝。呼吸是那么一致，那么自然。嘴唇的异物感和神经的迟钝略微破坏了我的味觉，使我在咀嚼时有一种麻木不适的感觉。可一旦习以为常，那种感觉肯定会和戴假牙时一样被忘得一干二净的。但常常有唾液和汤汁从嘴唇边向下滴漏，这倒是需要时时留心的。

突然对方起身，以一副诧异的神情走过来窥视我。就在这一瞬间里，我被一种情感严实地裹挟住了。这情感犹如服用的过量安眠药开始生效一般，带着强烈的冲击性，但却又滑溜通畅，尖锐剧烈但却又令人陶醉，充满了不可思议的和谐。或许在那一时刻里，我的外壳出现了裂纹吧。彼此面面相觑着，首先是对方笑了，在他的带动下我也笑了。最终我不加抗拒地一股脑儿溜进了对方的面孔中，并很快一分不差地黏合在一起。我已经彻底地变成了他。我并不特别喜欢那张脸，也不特别厌恶那张脸。只是我已开始用那张脸来感觉和思考了。一切都进展得过于顺利，以至于就连深谙计谋的我也不得不怀疑：是否其中隐藏着什么计谋。

的确是进展得过于顺利。长此以往，会不会产生副作用呢？我又退后五六步，眯缝起眼睛……尽可能等自己看到貌似恶作剧的呼吸以后，再一口气睁开眼睛……但依旧是一成不变的如同音叉一般连绵不断的笑的波浪……看来没有什么问题。而且即使是保守的估计，看起来至少也年轻了五岁。

尽管如此，到昨天为止，我又是为了什么感到那么烦恼呢？"根本不必对与人的本质毫无关系的脸的表皮顾虑重重"——我列举出了一大堆如此这般的理由，结果这些理由也依旧不过是囿于先入之见的遁词罢了。与水蛭窝、绷带口罩等相比，毕竟这种合成树脂的假面更显得像是一张活生生的脸。假如把前者视为画在墙壁上作为布景的大门，那么，这个假面就可以比喻为让阳光的馨香直接吹拂进来的一直敞开的大门。

……早就开始响个不停的某个人的脚步声渐渐地高亢起来，向这边移动着。它飞快地接近了，原封不动地化作了我的心跳。被打开的房门正催促着我。

喂，快走出房门吧！通过崭新的他人的脸，向崭新的他人的世界进发吧！

* * *

我的心怦怦直跳。就像头一次获得恩准单独乘坐火车的小孩一样，因期待和不安而心潮起伏。多亏了假面，无疑一切都会改变的。不光是我，就连整个世界也会以全新的装束赫然出现吧。我被这期待的漩涡翻卷着，以至于连那铭刻在心的内疚感也好一阵子沉没在了某处水域的底部。

（追记——或许我应该坦白的是，那天我服用了相当多的安眠药。不，不只是那天，在此之前我就早已经常服用了。但并不像你立刻会想象到的那样是为了麻痹不安的神经。毋宁说我的目的在于驱除无端的焦虑，保持更理性的状态。我已经反复说过，我的假面首先应该是与有关脸的偏见所进行的一场决战。我就像操纵复杂机械时那样，对于假面必须自始至终保持大脑的清醒状态。

再有一点……一旦将某种安眠药与精神安定剂恰到好处地配合服用，其药物的效果就会马上显示出来。在服用后的几分钟内，常常被一种如同使用望远镜观察自己内部似的神奇而清澈的寂静牢牢罩住。我不敢认为这便是那种麻痹的陶醉，所以没有写进手记中，但如今回头想来，又觉得在那几分钟的体验中隐藏着远比我想象的要深刻得多的意义。比如说，那种直接逼近由脸这种临时符号所构成的人际关系的本质的东西……

药物的生效，首先以绊倒在石头上的那种感觉作用于我。一刹那间，身体悬浮在空中，被一种轻微的晕眩所袭击。然后，那像草汁一般的气味揉搓着鼻腔，使我的心开始在迢遥的风景中徜徉流浪。不，或许这种说法并不准确。而应该说时间的流动顷刻间停滞了，使我迷失了方向，漂荡在时间的流动之外。漂荡着的不仅是我，甚至与我一起并排漂流的所有东西都远离了迄今为止的关系定位，变得四分五裂支离破碎。我因为从时间流动中获得了自由的解放感而变得无上的宽容，肯定着所有的一切，自以为是地认定：在酷似菩萨相这一点上，我的脸也与你一模一样。对"脸"这个东西变得如此不经意的时间，在最长的情况下可以持续七八分钟。

或许在那时间之流动的停滞中我不仅超越了自己的水蛭窝，还超越了脸这个东西，从而抵达了彼岸。或许我还在极其短暂的瞬间里窥见了在我不加怀疑地依赖着通过脸这个窗口所建立的人际关系时所难以想象的自由。或许我还偶然地发现了人们都不过是用肉体的假面来锁闭灵魂的窗户，并包藏起下面的水蛭窝这样一种可怕的真相罢了。幸亏失去了脸，使我得以接触到真实的外部世界，而不是那种描绘在窗户上的画面。……这么说来，也就意味着那种透明的解放感绝不是一种虚假的谎言，也绝不是借助药效而获得的一时性的欺骗。

但最糟糕的是……我的假面很可能起到遮蔽真实的作用。归根结底，那种对假面的内疚感，不正是意外地源于这一点吗？但是，假面已经覆盖了我的脸。而且，比通常多一倍左右的药量也已开始发挥功效，使我甚至忘却没有脸的自由。我自言自语道：即使在童话的世界中，那丑小鸭最后不是也被赋予变成天鹅的权利了吗……）

为了彻底变成他人，当然有必要从服装上开始改变自己。可不凑巧，没有做这方面的准备，而且今夜只是调节一下情绪，所以，我随便套上一件长袖对襟毛衣就出门去了。因为那毛衣不过是一件司空见惯的成品衣服罢了，所以未必会成为某种特殊的标记。

安全楼梯嘎吱嘎吱地发出声响，使自以为在空中飞翔的我对自己的身体竟然如此沉重感到不胜奇妙。幸好在走到大马路之前没有遇到任何人。但就在绕过胡同拐角的瞬间里差点与附近一位手提购物篮子的妇女撞个满怀。我就像咬碎了摔炮一样大受刺激，一下子怔住了。然而对方却只是微微仰起了匆忙的视线，一副若无其事的面孔很快走了过去。这就对了。什么也没有发生，这难道不是我不在场的最好证据吗？

我继续走着。适应假面是我的唯一目的，所以并没有特定的目的地。开始哪怕仅仅是戴着假面行走，也是一件艰巨无比的工作。与期待的相反，膝盖的关节处就像早已精疲力竭似的变得笨拙僵硬，还有呼吸活门的连接处也在咔嗒作响。尽管假面不可能面红耳赤，但害怕被人识破真相的不安和内疚，使我如同被勒住了脊梁的小鸡一般扭曲了身体……但是，倘若假面有可能被识破的话，毋宁说正是因为那种僵硬和笨拙吧。无疑是因为自己举止奇怪，才会被人觉得奇怪。其实我至多不过是稍微改换了一下包装纸的设计罢了。只要不被人怀疑和盘问就没事了。只要其中的内容没有骗局，也就犯不着忌讳任何人。

虽然话是这么说，可最初的热情到底消失在了哪儿呢？就像情感背叛了理性一样，生理也背叛了情感，以至于我越来越委顿不堪。以后三个多小时的时间里，一旦看到过于明亮的橱窗，我就会故作被对面的店铺吸引住了一样穿过马路……一旦发现霓虹灯闪烁的街道，我就会以冒险作为口实，选择旁边阴暗的胡同……在车站附近，一瞥见电车和汽车远远驶来，我就会有意识地加快脚步，避开相遇的机会……否则就故意放慢脚步，让它们匆匆地从后面赶超过去……最后，连我自己也厌倦了。照此下去，即使连续走上几天，也是不可能真正掌握假面的使用方法的。

一家点心店的前面隔出了一个小烟铺。我打定主意索性在这里尝试一次小小的冒险。这种说法确实显得有点夸张，总之，也就不过是去买包香烟罢了。随着脚步迈向那小烟铺，我的胃和横膈膜的交界处有某种东西开始鼓捣和喧哗起来了。身体的某个部位也开始觉得前面的灯光明晃晃的煞是刺眼，以至于潸然落泪了。蓦然间假面增加了重量，仿佛很快就要坠落在地。就像是仅仅倚仗着一根绳子，顺着深不可测的悬崖爬将下去一样，腿脚蜷缩成了一团……仅仅为了一盒香烟，我便演出了一场像是与妖精格斗似的闹剧。

但不知何故，就在我与心不在焉的店员视线相接的那一瞬间，我忽然判若两人似的变得胆大无比了。或许是因为店员没有表现出比接待一般顾客更不同的反应吧。抑或是因为香烟如同一只死掉的小鸟一样攥在我的手中显得格外没有重量的缘故？不，毋宁说原因在于假面的变化。当仅仅是在想象中面对他人的视线时，假面胆怯得如同惧怕影子一般，可一旦真的暴露在现实的视线面前时，反倒发现了自己的本事。在想象中，假面或许是一个可能暴露自己的东西，然而在现实中，却是一种能够隐匿起自己的不透明的覆盖物。即使他的背后处于血管四处延伸、汗腺流出分泌物的状态，可他的表面也绝不会淌下一滴汗珠。

这样一来，我终于从红脸恐怖症中重新振作了起来，但却早已是疲惫不堪。再也没有力气继续前行，只好叫了辆计程车径自赶回了公寓。对这一消耗的报酬无非是一盒香烟罢了。一想到这一点，便不免黯然神伤，但如果将假面的觉醒计算在内，倒也不算是亏本。其证据是，当我回到房间，取下假面，洗掉黏合剂，再次与自己的真实面孔相对而坐时，不知为什么，那些惨不忍睹的水蛭窝，在我眼里再也不具备那么强烈的现实感了。假面已变成了一种现实的东西，就如同水蛭窝是现实的一样。所以，如果将假面作为一种虚假的表象，那么，水蛭窝不也同样是虚假的表象吗？……看来，假面好像在我的脸上开始安然扎下根来了。

* * *

第二天我索性扩大试验的范围。首先一起床就去问管理员，告诉他，如果隔壁的房间还空着，想给"弟弟"租下这间房子。所谓"弟弟"，当然是指另一个假面的我。

遗憾的是，仅仅只有一天之差，便已经有了租房人。

但还不至于因此而必须得改变计划。至关重要的是，利用这个机会，向对方兜售了"弟弟"的存在，给对方留下了一个清晰的印象。

"弟弟住在非常不方便的郊外，而且从事的是没有规律的工作，所以需要一间能够随时休息的房间呐。不过，既然事情已经这样，也就无可奈何了。我们弟兄俩长得又很相像，所以，多余的要求就不提了，还是让我们俩共用一间房吧。"

而且我还不失时机地提出，增加三成房租。“这可为难呐，为难呐。”管理员做出一副为难的样子，而内心却不可能有什么为难的。最后，我还成功地以“弟弟”的名义，巧妙地让他配了一把副钥匙。

十点左右，我戴上假面出门了，目的是为了添置眼镜以及与胡须相配的假面服装。刚出门的那会儿，的确免不了那种白天初次外出的紧张感……但是，或许是因为昨天夜里假面初见端倪的胡须根在一夜之间变成了真的胡须根并开始长长的缘故吧……抑或是因为进一步加大了剂量的镇静剂的功劳吧……反正没过多久，我便一边等着汽车，一边悠然自得地开始抽起烟来了。

但让我真正了解到假面生命力的顽强，还是在去百货公司定做西装的时候。从与胡须、眼镜的协调性来看，理应选择多少亮丽一点的花纹，但我却竟然选择了时下流行的那种衣领细窄、三个纽扣的上衣。这真难以置信。首先，对流行的时尚等居然略知一二，这本身就超出了我的理解范围……而且，不仅如此，还专门去贵金属专柜买了一枚戒指。看来，假面已抛开我的想法而不顾，开始了我行我素。我倒也并不觉得这有什么麻烦，但毕竟相当奇妙。尽管谈不上滑稽，可我却像被人搔了胳肢窝一样，笑得没完没了，不着边际，就仿佛我自己也加入到其中瞎折腾了一番似的。

走出百货公司之后，或许是正在兴头上吧，我决定再进行小小的冒险。其实也没什么大不了的，不过就是到位于繁华街道尽头偏僻的胡同里一家小小的朝鲜菜馆去罢了。很长一段时间都没有好好吃一顿了，所以胃也发出了催促令，再加上味道浓的烤肉一直是我喜欢吃的东西……可是，真的只是出于这些原因吗？难道只有烤肉才是驱使我前往的动机?

到底我在多大程度上意识到了,这是另一个问题,但如果说特意选择朝鲜人的菜馆没有任何理由,就分明是弥天大谎吧。我明明考虑到了这样一点:那儿是一个朝鲜人的菜馆,且顾客也大多是朝鲜人。如果是朝鲜人的话,即使我的假面还多少残留着生硬的痕迹,他们也不会注意到吧——这种无意识的算计自不用说,更因为我对他们抱有一种容易交往的亲近感吧。或许我从自己丧失了脸这一点与朝鲜人常成为受偏见的对象这一点之间发现了某种类似点,从而不知不觉地萌发了亲近感吧。当然,我个人自认为对朝鲜人并没有抱着任何偏见。首先,作为一个没有脸的人,想抱有偏见也是没有资格的。不过,所谓种族偏见大都是存在于个人的想法之外的,既然它多多少少投影于历史和民族之上,那么,无疑它已成为了不折不扣的实体。所以,主观上如何暂且不论,但它们之间寻求避难所这事本身,或许在理论上就是一种偏见的变形……

菜馆里弥漫着一阵青烟。陈旧的换气扇发出闹嚷嚷的声音。客人只有三位,幸好全都好像是朝鲜人。其中的两个乍一看与日本人已难辨你我,但他们交谈时所使用的流畅的朝鲜语证明着他们是真正的朝鲜人。尽管是在大白天,可三个人却早已喝光了好几瓶啤酒,给他们那本来就显得急迫的言谈更增添了激烈的兴头。

我就像是在确认一般摸了摸假面的双颊,很快被他们那爽朗喧闹的气氛所感染了。或许应该说我是自告奋勇地沉醉在了想被感染就能够被感染的这种人类的普通能力之中。或许其中存在着与小说里常常出现的流浪者喜欢侈谈自己亲戚中的有钱人的那种心理一脉相通的地方吧。总之,我就像电影的主人公那样,以强烈的色彩来感受着坐在廉价的桌子旁要了份烤肉的自己。

蟑螂在墙壁上爬行着。我折叠起桌子上某个人忘记拿走的报纸，把那只蟑螂掸落在地上，然后茫然地开始阅读印成铅字的标题，接着是招聘广告栏，以及电影院、音乐厅和各种游乐场所的广告栏。那些铅字的组合奇妙地刺激了我的想象力。穿过那些广告栏的缝隙，开始延展出一片充满了谜语和呢喃的风景。而那三个人喋喋不休的交谈正好起到了伴奏的作用。

桌上放有五只装着神签的烟缸。投入十日元后一摁按钮，就会从下面的洞口跳出一个卷成火柴棍模样的纸卷。此时我的假面正兴致大发，甚至想试试那玩意儿。打开纸卷一看，我的运气如下：

“小吉——等待自有海路晴，如见泪痣往西行。”

正当我忍俊不禁时，那三个顾客中的某一个突然改用日语，朝着给我端来饭菜的女店员搭讪道：

“喂，小姐，你长得蛮像乡下的朝鲜人呐。真的，和乡下的朝鲜人简直是一模一样。”

与其说是在搭讪，不如说是在叫嚷着。我吃了一惊，就像是自己遭到别人的嘲弄一样，不由自主地缩紧脖子，瞅了瞅那姑娘。但她一边把盛着菜肴的碟子放在我面前，一边和着那三个人的大笑，脸上也泛起了微笑，一副无动于衷的神情。我的脑子里一片混乱。或许“乡下的朝鲜人”这一说法并没有包含着我所感受到的那种恶意。而且，那叫嚷着的中年男人在三个顾客中正好是最粗俗的一个，比谁都适用于“乡下的朝鲜人”这一叫法。从他前后说话的爽朗态度来判断，或许那只不过是带着自嘲的玩笑而已。更何况那小姑娘也很有可能真的同样是一个朝鲜人。像这种年龄的朝鲜人，只能讲一口日语也并不稀奇吧。这么一来，那种说法不仅不是自嘲，反而有可能是包含着善意的肯定性称呼。一定是这样的。首先，朝鲜人怎么可能在否定的意义上使用“朝鲜人”这一说法呢？

如此千回百转，最终我所追寻到的，乃是对自己厚颜无耻地对朝鲜人抱着亲近感的那种浅薄的自我欺骗所感到的难以忍受的内疚感。打个比喻的话，我的态度就跟白人乞丐将有色人种的帝王视为自己的同类一个样。即使都同样身为偏见的对象，可在我和他们之间也属于完全不同的层次。他们拥有对持偏见者进行嘲笑的权利，而我却没有。他们拥有齐心协力反抗偏见的伙伴，而我却没有。倘若我真的想站在与他们对等的立场上，就应该首先勇敢地抛弃假面，露出水蛭窝来，并唤起其他没有脸的怪物们……不，这是一个毫无意义的假设。一个不爱自己的人，怎么可能去寻求自己的同类呢？

在此之前的斗志究竟去了哪儿呢？突然间变得冷飕飕的，一切都显得可厌可气，整个身体的内部再次被那种歉疚感熏得黑黢黢的。我只好垂头丧气地返回隐身处。但或许是过于惊慌失措吧，在公寓前面又再一次意想不到地出现了失态。当我正若无其事地想拐过胡同时，与管理员的女儿不期而遇了。

小姑娘倚靠在墙上，正用笨拙的手势拉着悠悠[①]玩。她手里的悠悠是特大型号的那种，显得沉甸甸的，放射着金黄色的光芒。我惊讶得站在了原地。我真糊涂。这个胡同原本就是一个死胡同，只有那些利用背后的停车场或者安全楼梯的人，才会到这儿来的。

---

① 一种玩具，两个半球形板块连在短轴的两端，用手扯动绕在短轴上的绳线使之上下转动。

在没有作为“弟弟”向管理员的家属进行自我介绍之前，是万万不该从这后门出出进进的。不过，这是一栋新近竣工的公寓，房客们也几乎全都是昨天或今天才入住的，所以，如果径自走过去的话，或许也会没事的…… 于是，我马上重整姿势，可已经为时太晚了……小姑娘也似乎察觉到了我的惶恐。该怎么来应付这个场面呢？“那间房子里，”尽管我自己觉得这种说法拙劣无比，但又想不出别的高招，“住着叔叔的哥哥……他现在在吗？……就是那个用绷带缠住整个脸的人……你认识吧？”

但小姑娘只是微微动弹了一下身体，既不开口说话，也没有改变表情。这一来我更是慌了神……是某个地方被她看出了破绽吧？……不，不可能的……如果听信她那当管理员的父亲所发的牢骚的话，那么，这个外表已经长大成人的少女，实际上其智商才只不过相当于一个要上而未上小学的人的水平。小时候，她因患热病而并发了脑膜炎，以后就一直没有完全康复。她那像虫豸的羽翼般纤弱的嘴角……幼儿似的下巴……狭窄的斜肩……与之形成对照的大人化的枯瘦鼻子……空洞而扁瘪的大眼睛……看来，他父亲说得没有错。

但在姑娘的沉默中仍然有某种东西使我感到不可能漠视她而径自走过去。总之，我至少得让她开口说句话。于是我急中生智地说道：

“好漂亮的悠悠呀。可以扯动给我瞧瞧吗？”

只见那小姑娘吓得哆嗦着肩膀，慌忙把悠悠藏在了背后的手中，以挑战性的口吻回答道：

“是我的，不骗你！”

我突然扑哧大笑。就在我如释重负的同时，又禁不住想逗逗她的乐。作为刚才提心吊胆的补偿，我想，再适度地愚弄一下这个曾经因我的绷带蒙面而号啕大哭的对手也不是件坏事。小姑娘的智商如何暂且不论，但她却大致具备了那种与残缺的妖精相近似的魅力。机会好的话，说不定她还能多少帮助我勇敢地夺回开始摇摇欲坠的假面的权威呐。

“真的吗？没骗我的证据在哪儿呢？”

“请你相信我。我真的很喜欢。我绝不会亏待它的。”

“我相信。不过我想，那悠悠上面肯定写着另外某个人的名字吧。”

“那种事可是出人意料地靠不住呐。老早老早以前有只猫说过……可不是像我们家的那种花猫，而是一只雪白雪白的猫哟……”

“行了行了，快拿给我看看！”

“我呀，是绝对会保守秘密的哟。”

“秘密?!”

“老早老早以前，有只猫说过：老鼠想在我身上系一个响铃，那么你说该怎么办呢?”

“行啊，叔叔就给你买一个完全一样的悠悠吧。”

我只是从继续这种对话当中得到了一种自我满足而已，但谁知这诱惑却产生了远远超出我的预想的效果。

小姑娘在墙壁上摩擦着后背，似乎有好一阵子在一动不动地忖度着我的话所包含的意思。然后一副疑惑的神情向上翻动着眼珠，顶嘴似的说道：

“对父亲也保密吗？”

“当然要保密啰。”

我忍不住笑了（是假笑！）。我意识到了正在笑的假面所产生的效果，一边又嗤笑着这种效果。这是一种双重的笑法。那小姑娘好像也明白了。她一下子放松了宛如木棒一般僵硬地支撑着身体的脊梁，噘起下嘴唇，一边依依不舍地在上衣的下摆上摩擦着金黄色的悠悠，一边唱歌似的反复念叨道：

“行啊……行啊……如果真的要给我买，我这就还回去……不过，我真的不是一声不吭就偷来的……这是很早以前的约定……不过我会还回去的……我这就还回去……我好喜欢。我喜欢别人送我东西……”

她依旧把后背靠在墙壁上，横着从我旁边溜了过去。小孩终究是小孩。从我旁边溜过去时，小姑娘朝着终于舒了口气的我嗫嚅道：

“秘密游戏哟！”

“秘密游戏？！”——这是什么意思？……没什么值得介意的。那个智商低下的小姑娘不可能玩弄那种复杂的手腕……尽管把这归咎于她视野的狭窄是易如反掌的事情，但是，有时候倒是视野狭窄的狗嗅觉更是灵敏……首先，对此放心不下便说明我的自信已开始再度动摇了。

回想起来真是令人不快至极。即使让脸变成一个崭新的东西，但倘若记忆和习惯依旧如故，那么，也就只能像是使用一只掉了桶底的水桶来打水一样。既然把假面戴在了脸上，那么，心灵深处也就需要有一张与此相适应的计算周密的假面。如果可能的话，我想彻底地实施演技和编造，以至于让测谎器也难辨真假。

* * *

一取下假面，那汗津津的黏合剂便散发出一阵像是烂熟了的葡萄似的气味。霎时间，难以忍受的疲惫便如同积留良久的脏水一般向外横溢，开始在所有的关节处形成黏糊糊的焦油似的积淀。不过，对事物的评价总是因思考方式的不同而不同的。作为最初的尝试，不可能断言它一无是处。即使是婴儿，其出生的痛苦也是非同一般的，更何况一个大人试图作为另一个陌生人重新再生？其间无论有多少挫折和纠葛，不都是在所难免的吗？没有受到任何致命性的伤害，难道不是值得庆幸的吗？

揩拭完假面的里侧，再放回到桌面上，洗完脸后又涂了点护肤膏，打算让脸部皮肤休养一会儿。当我躺在床上时，或许是因为对这一阵子持续不断的紧张状态所进行的反抗吧，尽管夕阳还没有西沉，我却已经酣然入睡了。而当我再次睁眼醒来时，早已接近拂晓了。

虽说没有下雨，但被粒儿粗大的雾霭所遮蔽着，马路对面的商店街背后看起来就像是一片黑黝黝的森林。天空已开始微微泛起了色彩，或许依旧是浓雾的缘故吧，感觉它竟然带着几分红色，比平常更显得紫红紫红的。打开窗户，尽情地吮吸着海风般发黏的空气，会不由自主地感到：这个不需要在乎他人目光的、为了隐士而存在的时刻，就俨然像是仅仅为了我自己而准备停当的一个绝妙的特别席位。……是的，不正是在这雾霭中显现出了人类存在的真实面目吗？真面也好，假面也好，水蛭窝也好，这一切所有的暂时伪装无不像沐浴着放射线一样剔透澄明……唯有实体和本质被洗濯得不剩一丝虚饰……人的灵魂就如同剥了皮的桃子一般,变得可以直接用舌头来品尝了。当然,为此不得不付出代价——即孤独。但这又有何妨呢?不是无法找到那些拥有面孔的家伙比我更不孤独的保证吗?无论在脸的面皮上悬挂什么样的招牌,其内核与受难船只上的漂流者都别无二致。

再则,孤独这东西,倘若想逃避它,它便是地狱,而对于主动追求它的人来说,倒是一种隐士的幸福。好吧,那么我也停止摆出一副痛哭流涕的悲剧主人公的面孔,而去志愿做一名隐士吧。既然脸上被特意打下了孤独的烙印,那么就只能有效地利用它。幸运的是,我还拥有高分子化学这一个神明,拥有液流学这一种祈祷的术语以及研究所这一座寺院,不必担心因孤独而使每日的操作受到困扰。不仅如此,比以前更单纯、更正确、更和平,并且更充实的每一天也得到了保障。

凝望着红色渐渐加深的天空,我的心也确实变得更加亮堂了。当然,一想到迄今为止的殊死搏斗,又不能不感觉到这种情绪的变化多少有点简单草率、有失平衡,但转念一想,如果就这样将小舟再划到浩渺的海面上,有可能遭遇到不可挽救的噩运,便又不好再抱怨什么了。自己趁着尚能看见海岸的时候,不失时机地掉转了船舵,对此我打心眼里感慨万分。我回头看了看桌子上的假面。我打算用轻松、宽容、透明、坦诚、随和的心情来向假面告别。

但天空的亮色尚未照射到假面上。那毫无表情地回望着我的、属于别人的黑色头颅,就像隐藏着一种不对我言听计从的独立意志一般,顽固地拒绝着我的接近。我觉得那假面就像是来自某个传统悠久的古国的恶鬼。随即我又蓦然想起了很久以前读过或是听过的某个童话的梗概：

——从前有一个国王。某一天他患了一种奇怪的病，一种身体渐渐融化掉的可怕疾病。医生和药物均不见效。于是国王制定了新的法令：对凡是看见了国王模样的人均处以死刑。这条法律十分有效。即使国王鼻子融化了，手腕不见了，膝盖以下的部位消失了，也没有一个人怀疑国王是否健康如初。不久病情恶化，犹如开始融化的蜡烛一般，一动也不能动的国王终于打算求救了，但却为时太晚。国王甚至连嘴巴也失去了。不久国王终于消亡了。尽管如此，忠实的大臣们谁也不曾怀疑过国王的存在。不仅如此，而且因为这个沉默的国王再也没有犯过错误，所以反而被奉为明君，长久地赢得民众的敬爱。

我突然怒火中烧，关闭了窗户，又一次倒回到床上。实际上，试戴假面还不足半天的时间，仅凭这点体验，完全用不着如此深刻地大动干戈。倘若要吐露弱音，无疑是任何时候都能办到的事情。闭上双眼，从被小雨濡湿的窗户开始，我联翩地浮想着种种毫无意义的角隅的情景：从柏油路的裂缝处冒出来的一根草、墙壁上像是动物形状的污点、古老的树干上受伤后留下的疖子、被露珠的重量压破了的蜘蛛网等等。这是我在心情烦躁得不能成眠时经常举行的仪式。

但现在却不见丝毫效果。不仅如此，怒火还在莫名其妙地继续膨胀，并开始演化成不堪忍受的东西。突然间我忖度道：如果那外面的浓雾乃是毒气瓦斯就好了，否则，就让火山爆发，战火纷飞，世界变得窒息，现实化作粉末好了。人造器官的专家K先生曾谈到过那些在战场上失去了面孔的士兵自杀的事情。即使当时不乏这样的事例，但作为在战场上度过了大半个青春的人，我也一清二楚地知道：没有比那个时代更使脸的价值遭到贬抑的了。当死亡比战友离自己更近时，与他人之间的通道又能具有什么意义呢？对于冲锋陷阵的士兵来说，脸是无用之物。是的，难道那个时代不是唯一一个让缠着绷带的形象显得美丽无比的时代吗？

我在想象中变成了一名炮手，对准映入视线里的所有东西开炮射击。而且就在那硝烟里终于再度进入了睡眠。

* * *

尽管如此，太阳的光线给人的心理所带来的影响毕竟是不可思议的。或许仅仅是因为睡眠不足吧。我在刺眼的光线中翻身睁眼一看，原来早已过了十点。黎明时分的絮叨就像朝露一般蒸发得一干二净了。

自己瞎编的出差时间到明天也就结束了。倘若想在此之前实施既定的计划，那么，假面的实习就必须在今天之内毕业。我喜不自禁地戴上假面，准备好行装，怀着多少有点羞怯的心情，用新买的衣裳包裹起身体，将戒指戴在手上，精心地乔装打扮好一看，倒确实很有点潇洒倜傥。很难让人想到这和那个身穿沾满药品污渍的罩衫，从早到晚与分子式为伍的人是同一个自己。为什么这么说呢？我也很想追究其中的理由，可遗憾的是，我心急火燎，而且对自己过于漂亮的改装颇有点如痴如醉的味道。从眼球的底部再靠里两根指头的地方，正断断续续地响起了烟花爆竹的声音，仿佛在宣告着什么的开始……事实上我是假装成了一个前去参观什么典礼的花花公子。

这一次外出时我索性利用大门。打一开始就冒充的是“弟弟”，所以没必要避人耳目。倘若碰巧有机会遇到那姑娘，我想再确认一下那出售悠悠的店铺在什么地方。那种玩具什么地方有售，我可是一窍不通。或许是在惨遭大儿子夭折、第二胎流产的噩运之后，有意识地回避了吧，我彻底地疏远了孩子们的世界。……可遗憾的是，既没遇到那姑娘，也没碰上管理员。

也没有什么特定的目标，所以决定从寻找悠悠开始。说起专卖店吧，又没什么线索，所以还是从百货公司的玩具柜开始搜寻。看来是最近的流行玩具，以至于哪个销售点都肯定设有悠悠专柜。只见孩子们像壁虱一样紧贴在专柜四周。跻身于那种场合确实不符合精神卫生的要求，所以我禁不住有点踌躇不前，可是，又不能不封住那让人放心不下的“秘密游戏”的符咒，所以才下定决心钻进了那堆小小的“壁虱”中间。不凑巧，没有发现我想要的那种悠悠。说来，那种悠悠无论是颜色还是形状，都不大具有那种百货公司的商品的感觉。总之，如果拿点心来打个比喻的话，毋宁说玩具柜更像粗点心店的那种感觉。于是我走到了外面去寻找那种感觉的店铺。在转悠了近一个小时之后，终于在车站对面的后街上找到了一家门面不大的玩具专卖店。

毕竟与百货公司的玩具柜截然不同。不像粗点心那样只卖便宜货，也不是光销高档商品。似乎它所瞄准的顾客对象乃是那些利用自己的零花钱并凭借自己的判断来购物的年岁稍微大一点的小孩吧。它精心地制造出了某种带有秘密的天真无邪的恶的氛围。说起来，是在向那种比起瓶装的果汁更喜欢装在三角塑料袋中的染色糖水的孩童心理恬不知耻地炫耀着自己的特色吧。正如我所预料的那样，这里有我想要的那种悠悠。我把那用合成树脂做成的中间有断缝的球体拿在手中，联想到那些能够独具匠心地表现出这后街式的情调的制作者们，脸上不由得泛起了苦笑。本来正因为它的形状单纯，所以，它的那种夸张形式中自有微妙的东西。对于自己的嗜好，如果不是变得相当冷酷无情，是无法想到这一点的。它并不是消灭自己的嗜好，毋宁说是将所有的意识之光对准了自己的嗜好，并把自己的嗜好像蝼蚁一般抛掷在地面上，再用鞋子的后跟肆意地践踏。这未免太过残酷吧？是的，有时候当然是残酷的。但倘若是用自己的意志来作出的选择，那么，不是也可以产生对世间进行复仇的快感和像脱光衣服变得赤身裸体一般的解放感吗？因为并非只顺应自己的嗜好来行动才是自由的，同样也可以有逃离嗜好的自由……

是的，无须重申，上述的话无疑也是联想到我自身所处的立场而涌起的感慨。我也试图树立一颗与自己这张他人的脸相适应的他人的心灵。几乎每跨出一步，我都不得不践踏自己的嗜好。但这一劳作并不像想象的那么艰难。如同假面拥有呼唤秋天的力量一样，我陈旧的心灵变成了俟待凋零的一片枯叶，只需我稍微伸出手轻轻摇晃一下枝头，便可大功告成了。倒也并非不无感伤，但那种感伤至多只是薄荷钻进了眼睛之类的东西，甚至没有感受到被虫豸蜇刺后的那种疼痛，这倒是有点出人意料的。看来，所谓自我这东西并不像人们所说的那样。

那么，在涂抹后的旧画布上，究竟该描绘怎样的心灵呢？当然，既不是小孩的偶像，也不是我自身的偶像，而是为了实现明日之计划的心灵……即使它不像悠悠，或是风景明信片，或是宝石箱，或是蝾螈焦粉等那种可以用一查字典便一清二楚的名字来称呼，但作为行动的计划，它是如同用航空照片制作的地图一般被明确无误地预先绘制好的东西。那种故弄玄虚的暗示，我已经重复了多次，但它的内容，还有结果，却作为已经完结的事件，既可以放置在舌头上来品尝，也可以用耳朵来听，也可以用手指来触摸。事到如今，将表述为语言的疼痛作为一种理由，仅仅依靠那种暗示来解决一切已经是不可能的事了。我打算利用这次机会说个清楚。我要作为一个素昧平生的人来诱惑你并侵犯你，你这个他人的象征……

不，请稍等一会儿……我并不想记述那种事……我还不至于黏黏糊糊到这种地步，需要依靠重复一些不用写出来也明白的事情来争取时间……我想记述的乃是在买了悠悠之后连自己也只能说是非常意外的一个奇妙行动。

那玩具店里侧三分之一的地方是一个放手枪模型的货架。其中有几件像是进口货，价格也很昂贵，但却制造得十分精巧。我拿在手中一试，沉甸甸的，除了枪口被铅封住了以外，扳机与送弹装置都与实物不差分毫。我记得曾经读到过有关改造模型手枪以进行实弹射击之类的新闻报道，或许用的就是这种玩意儿吧。……尽管如此，你能准确地想象出我热衷于这把手枪模型的样子吗？恐怕就连研究所里关系亲近的同僚们也难以想象吧。不，其实直到真正站在那种场景中之前，就连我自己也是无法想象的。

所以，当店主一边包裹起悠悠，一边浮现出试探性的干笑，在我耳畔嗫嚅着“您很喜欢吧，那我就把这一直珍藏的玩意儿拿给您瞧瞧吧”时，有一瞬间我甚至怀疑自己还是不是自己。更准确地说，应该是我对自己一点也没有表现出那种属于自己的反应感到惊恐万状。虽说自己保持着清醒的理智，却又惊恐万状，这似乎很有点自相矛盾，但这正好是假面成其为假面的缘由。假面把我的惊恐抛在一边，向长着野兔嘴脸的店主点头示意，就像是可以因此而确认自己的实际存在一样，开始热衷于那珍藏品的交涉了。

那是一把瓦尔沙[①]气手枪。据说是一种能从三米的距离之外射穿五毫米木板的烈性手枪，其价格高达二万五千日元……你猜后来怎么样了？……我把价格杀到二万三千日元，买下了它。“不要紧吧？这东西可是非法的。气手枪比不得气枪，它是作为手枪来论处的，对违法携带枪支的惩处可严厉呐。说真的，您可得多加小心……”尽管如此，我还是买下了。

完全是一种很滑稽的心情。真正的我钻入了不引人注目的小肠的皱襞中间，小声地悄悄嗫嚅着……不应该是这样的，但是……我认为自己只是出于需要一张与你的诱惑者这一身份相适应的猎人面孔这种极其纯粹的动机，才选择了外向的、非和谐型的假面……如此看来，完全是两码事了……我只不过是请求假面帮助我找回自己罢了……从来也不曾请求他随便行事……一旦手持那种手枪，我究竟会干出些什么来呢？……

---

① 一种德国制手枪。

但假面这家伙却一边故意敲打着口袋以产生一种坚硬的触感，一边嘲笑并享受着我的困惑。不过，针对真面的质问，究竟该如何回答，这一点连假面自己也是不甚明了的。所谓未来往往只是源于过去的演算而已。对于出生后才存活了不足二十四小时的假面来说，不可能有什么明天的行动计划。总之，所谓的人的社会方程式，也就是年龄的函数本身。而零岁的假面，其可能性正如婴儿一般过于自由。

但在车站洗手间的镜子中所映出的那个戴着黑眼镜的婴儿——或许是关于藏在口袋中的东西所进行的联想起了作用吧——显得特别粗野鲁莽，富于挑战性。老实说，我很难判断：对这个零岁的婴儿究竟是该蔑视呢，还是惧怕。

* * *

那该怎么办呢？……但这里所说的“怎么办”，并不是那种不知道该干的事情而只能袖手旁观的“怎么办”，毋宁说是一种充满了好奇心的虎视眈眈的质问。对于假面来说，这无论如何都是第一次的单独行动，而就我来说，除了任凭他四处闯荡以外，并没有什么像样的计划。首先让他习惯于世间的空气是一大先决条件，倘若越俎代庖，反倒会使他畏缩不前。我只不过是打算一边犒劳他，一边在旁边拉他一把罢了。但自从玩具店发生的事情以来，已经完全是主客颠倒了。哪里是我在拉他一把，相反，倒是我费了九牛二虎之力才在惊讶之中勉强跟随在了这如同刚刚释放出来的囚犯般饥肠辘辘的灵魂后面。

那该怎么办呢？……假面用指头肚儿轻轻抚摸着下巴胡子，

或许是出于对绷带蒙面的逆反心理吧，得意洋洋地仰起面孔，像是严阵以待似的，像是不屑一顾似的，像是在偷偷窥视似的，像是贪婪地、挑衅地在确认什么似的，像是眼馋地、自信地瞄准了什么似的，像是祈求发生点什么事的猎人似的……总之，他摆出了一副把这种场合所有能够想到的姿势各按一定的比例搅和在一起所熬炼出来的表情，就如同瞒着主人的眼睛偷跑出来的缺乏教养的狗一般，不停地抽搐着鼻子。这也是假面从第三者的反应中开始拥有了自信的标志。不可否认，我也体会了一半帮助他的满足感。

但同时又惴惴不安得厉害。无论此时的我与真面的我有多么不同，但我毕竟就是我。既没有被施加催眠术，也没有被迫鼻吸麻醉药，所以，无论对假面的哪一种行动——即使是口袋里隐藏着气手枪一事——我都必须承担起最终的责任。假面的人格决不是像从魔术师的高筒礼帽中蹦跳出来的兔子之类的东西，而应该是由于被真面的门卫严格地控制着进出，以至于只有在没有被意识到时才能跑出来的我的一部分。而且，虽说我在理论上赞同这种观点，但却无法勾勒出这种人格的全貌，所以就跟患了记忆丧失症没什么两样。仅仅只具有抽象的自我，却不能赋予它丰富的内容，我想请你想象一下这种心急如焚的感觉。我怀着混乱不堪的心绪，甚至曾经有一次佯装不知地试图帮他强行刹车。

——三十二号试料的失败，是因为测试方法太糟糕，还是那种假设本身存在着问题呢？

我想把目前研究室的重要问题作为一个话题，让他记起我自己的立场。“某种高分子物质对压力所产生的弹性率的变化与对温度所产生的弹性率的变化，似乎正好处于一种函数关系之中”——虽建立起这样一种假设，并取得了预期的实验结果，但却因最近使用的三十二号试料差一点全军覆没，面临着相当严重的局面。

但假面却只是有点不耐烦地皱了皱眉头。我在认为假面的行为无可非议的同时，又觉得自尊心受到了伤害——（栏外注：假面本来就只不过是恢复自我的手段而已。倘若认为他大有喧宾夺主、本末倒置之嫌，自己是不应该用自尊心之类的东西来装腔作势的。）——终于我情不自禁地改换了一副猛烈诘难的口吻：

——那么，你到底想变成什么呢？如果你真有那种意思，我马上就可以把你扒拉下来的。

但假面若无其事地搪塞道：

——你是知道的，我想变成一个谁也不是的东西。以前为了变成某个人我吃尽了苦头，现在好不容易才抓住了这个机会，我还会想变成谁呢?！那种倒霉的签还是免抽为好。就连你也并不真正想让我变成某个人吧？无论怎么冥思苦想，反正是成不了别人的，还是就这样试试吧。你瞧，又不是节假日，可眼前这嘈杂劲儿……不是因为人们聚集在一起而变得嘈杂，而是因为很嘈杂，人们才聚集起来的。这可不是撒谎。那些头上留着与流氓一样的发型的学生们，那些脸上化着与靠扮演荡女而走红的女演员同一种浓妆的贤妻们，那些身上套着与尽是骨头的人体模型一模一样的流行服装的肥猪似的姑娘们……哪怕是空想也行，我因为渴望着——即使是在短暂的瞬间里——成为一个谁也不是的人，才混迹在这一片杂沓之中的。或许你认为只有我们与那些人是不同的？

我无言以对。不可能有什么答案。虽说坚持这种主张的是假面，可假面也是用我的大脑来思考这种主张的呀。（你此刻正在笑吧。不，这种期待可以说是如意算盘打过了头吧。真是一个让人欲笑不能的拙劣玩笑，假如能够让你承认，这种主张里至少也有一分道理，我就会轻松畅快许多……）

被驳倒了的我或许正把被驳倒了这一点作为一个借口，决定放弃抵抗，任凭假面恣意行动。于是，假面立刻为我制订了一个比刚才的手枪事件更大胆的计划——倘若把它视为一种无人称的存在，没想到是一个头头是道的计划。也就是说，吃过午饭后，先到我家的附近去观察一下情况。不，不是我家的情况，而是我自己的情况。面对预计明天实施的诱惑者的考验，自己究竟能忍耐到什么程度呢？至少想通过窥视自己的家来测试一下。这是我内心祈盼却又终于未能说出口来的事情，所以不由分说地表示了赞同。

（追记——并不是想讨好卖乖，我认为自己的确是一个真正的好人。这就像原本打算论述地动说，而实际论述的却是天动说一样。不，我绝不认为好人的罪过就是轻微的。哪怕是仅仅想到这以后的事情，就会有一大堆耻辱的毛虫从我全身的所有毛孔中蠕动着爬将出来似的。假如重新阅读这手记是一种耻辱，那么，想象你正在阅读这手记就会是加倍的耻辱。我也认为自己百分之百地赞同地动说是正确的，但是……我在考虑自己的孤独时无疑是夸大其词了……自以为自己的孤独比整个人类的孤独的总和还要巨大……至少作为一种悔过的标志，我想从后一本手记中删除所有暗示悲剧的词句。）

灰色手记

虽说才只有五天没有乘坐经常利用的郊外电车，但却充满了如同事过五年后才再度体验一般的新鲜感。这也没什么奇怪的。对于我来说，尽管这是一条闭着双眼也不会迷失方向的熟悉道路，但对假面来说，却是初次途经的陌生道路。倘若觉得似曾相识，或许是因为这条路乃是他出生之前便孕育起来的胎内的梦想吧。

是的，事实上也确实如此……透过电车的车窗所看见的前方那些蓄着白胡须的古代遗迹般的云朵也确实给我一种似曾相识的感觉……假面的心脏被苏打水洗涤之后，只见小小的气泡正在表面上活蹦乱跳着……我就像是条件反射似的用手背揩拭着根本没有打湿的额头。我惊奇地环视着四周，还好，没有谁注意到我失态……在与他人之间的距离上，我一边保持着应该有的自然距离，同时又得以跻身其间……突然间一阵笑意涌了上来……那种曾经是冲锋陷阵一般的昂扬斗志，竟然不知不觉地化作了归乡的恬静，而如同犯下了罪孽一般的内疚感也变成了何时再见面的眷恋……真是一个任性之人。就像终于被解除了饮食限制的胃病患者一样，我在你白色的额头上，在手腕内侧浅红色的火伤疤痕上，在宛如海螺里侧一般的脚踝的弧线上，随着车身的震动，开始用力陆续伸展出像胡须藤蔓似的触手。

过于唐突了吧？即使被人那么认为，也是在所难免的。如果有人说这是过分沉湎于假面而引起的呓语，我也无法找到否定的根据。的确，在这本手记中，关于你采取这种写法还是第一次吧。但这绝不是因为我把你当作定期存款的存折一般不予提前支取的缘故，毋宁说是因为我认为自己不具备那种资格的缘故。没有脸的怪物来讨论你的肉体，很容易造成比青蛙评论小鸟的歌声更滑稽可笑的局面，也就会伤害我自己，并进而伤害你吧。……那么，是否依靠假面解除那种咒语的束缚呢？不用说，这是一个更大的难题。关于这个问题，首先是加以实行，然后才是当面交锋。即使等到那个时候也不会为时太晚吧。

慢慢地到了提前打烊的店员开始下班的时候了，所以电车变得拥挤不堪。稍一挪开身体，一个穿着绿色大衣的年轻女人的臀部便马上挨着了我的大腿。为了不让人发现手枪，我转动了一下身体。这一来与对方贴得更紧了。尽管如此，那女人却并没有避开的意思，所以我也就任其自然了。随着电车的颠簸，有时候会贴得更紧，但却从没有怎么分开过。女人的臀部一会儿坚硬，一会儿柔软，她一直佯装着睡了的样子。我喜不自禁地享受着种种空想的乐趣：比如说用口袋里手枪头捅一捅那女人的屁股会怎么样呢？在这个过程中，电车很快就抵达了我下车的车站。下车时一看，那女人并不像从后面所看见的发型那般年轻，一副沉重表情，一直注视着站台外面的立式招牌。……不，其实并没有更多的意义在里面。只是因为我想到，如果我没有戴着假面的话，这一切就不可能变成这样，所以才打算把它说出来罢了。

(追记——不，这部分的表述不够坦率。既缺乏直率，也缺乏坦诚。或许是对你有所顾忌的心理在起作用吧。如果是这样，倒不如打一开始便避开为好。假如只是想暗示一下假面的效果，那么就没有必要为这种伪装流氓的告白浪费十行或二十行的文字。……所以，我才断言它缺乏坦诚。由于这种不彻底的蒙骗，不但没有能够传达出真正的意思，甚至很容易引起误解。

我倒是没有胆量把坦诚当作一种幌子。因为存在着应该提及的必要性才去提及某一话题，所以，我只不过是试图不加隐瞒地揭示其中的真意罢了。从普通的想法来看，这是一种司空见惯的无耻行为，最多只能成为忏悔的种子。但作为假面的行为来看，我认为在阐释我之后的行为时，它很可能成为至关重要的钥匙。毫不隐讳地说，当时我已开始勃起了。或许还不能说成是奸淫，但至少是属于精神上的自渎行为。这毕竟还是意味着对你的背叛吧。不，我并不想那么轻易地使用“背叛”这个词。如果那么说的话，也就意味着自从水蛭开始在我脸上筑巢以来，我就一直背叛着你吧。我害怕这样写下去会更令人难堪，致使你丧失阅读的兴趣，所以故意避而未谈，但我的思考至少有百分之七十被性方面的妄想所占据着。尽管没有表现为行动，但我确实是一个潜在的性犯罪者。

常听人说性与死有着深刻的关联，但真正明白其中的含义，也还是在那个时候。之前我只能浅薄地解释说，性的极限是忘我的，甚至暗示着死亡。但自从丧失了面孔，处于活埋的状态之后，我才发现了它那种极其现实的意义。就像濒临严冬时树木得准备好种子，接近枯萎时细竹要结出果实一样，性无异于是在全人类的规模上与死亡所进行的搏斗。所以，不是也可以这样说吗：不具备特定对象的流氓式的性的表现，乃是面对死亡的个体所发出的复苏人类的愿望。其证据是，所有的士兵都确确实实地流氓化了。假如在市民中间，流氓的人数大大增加了，这无疑证明整个城市或国家已在自身内部孕育了大量的死亡。只有当人得以忘却死亡时，性才开始变成具有对象的爱，从而使人类稳定的再繁衍也获得保障。

假面在电车上的行为——无疑自己和对方都处于非常孤独的境况之中，但是——据我的分类来看，乃是处于由流氓向爱转化的过渡阶段，即处于流氓式的恋爱状态。尽管假面尚未完全获得生命，但有一半的成分已开始活了吧。在那种状态下，不仅不会背叛你，甚至没有被赋予足以背叛你的能力。据我的程序来看，预计假面完全获得生命，只有在与你的相遇成功之后才会成为可能。

因此，倘若要给这个补充部分得出一个结论的话，或许会是这样的：多亏了假面，才总算摆脱了极端的性犯罪者的冲动，但在作为准流氓这一点上情况却不会有变。然而，并不是那种流氓性的要素驱使我走向你的。毋宁说，我甚至确信：是一种想要摆脱流氓性要素的冲动驱使我走向了你。为此，我不得不请求你务必要爱我的假面。）

这是一个正处于发育鼎盛时期的假面。我认为，最好让他经历各种事态。我在车站的公共厕所小便。我决定避开商店街，沿着背街溜达。因为我觉得如果是在鱼店的前面与你不期而遇，那将会是一种很尴尬的场面。我还没有足够的自信去应付所有的突然袭击，更何况我想按照计划来安排假面与你邂逅相遇的契机。即便没有如此，我的脑袋也很有点飘飘然了。这不，腿脚一下子绊住了，摔倒在平缓的路面上。为了冷却假面内部发出的热气，我一边像狗那样用嘴巴呼吸，一边像念咒语似的反复念叨道——知道吗，这是一片初次看见的土地哟……所见所闻无不令人耳目一新……这以后所目睹的建筑物和邂逅相遇的人，全都是第一次看见的物和人……即使出现了与记忆重合的事物，也只不过是一种误会，抑或偶然的一致，否则便是在梦境中瞥见的幻影……瞧，那洞孔碎裂了的盖子……刚抹了一半涂料就中途而废的防盗灯……一年中旁边水沟的污水向外溢出后形成了水凼的那个拐角……枝头伸到了道路上的巨大榉树……还有……还有……

我就像是在吐出口中的沙粒一样，拼命地从记忆中驱逐着一种又一种的颜色和形状，可最终还是不得不留下了什么。原来那就是你。我一心一意地叮嘱着假面：她是一个萍水相逢的陌生人呐。明天遇见她，才是真正的初次见面哟。你不曾见过她，也不曾听说过她。喂，快把那些印象抛在脑后吧！谁知周围的风景越是在记忆中变得透明遥远，你的身影就越是鲜明地浮现出来，让人一筹莫展。

结果，我——当然假面也一样——以你的影像为轴心，如同扑灯的飞蛾一般，好几次从自己的家门前掠过，不厌其烦地在环绕着屋子的不规则四边形的地带上来回转悠着。

附近的太太们抱着出门购物的篮子，显得匆匆忙忙，甚至没有把陌生的行人放在眼里。而孩子们则利用晚餐前的一丁点时间贪婪地玩耍着，所以用不着担心有人来盘问自己。当第五次、第六次走近自己家的附近时，街灯已经点亮了，太阳一下子开始西沉了。我把速度放慢到了差一点就要引起人疑心的程度，往家中望去，只见淡淡的灯光从看不见的窗户轻柔地洒落到庭院中，表明你在家。那是起居室的灯光。即使只有一个人在家，你也照样会好好地收拾餐桌，做好准备吗？

顷刻间我开始对那起居室的灯光感到了一种近于嫉妒的东西。这倒不是诸如有某个来客代替我占领了那个空间之类的具体之物，说穿了，我只是对那儿有一间一如既往、没有变化的起居室，并且一到黄昏便点亮了灯盏这件事本身有一种嫉妒罢了。本来我应该在那盏灯下面一边等待晚餐，一边打开晚报阅读，可现在却用假面罩住脸，不得不在窗外彷徨彳亍。我从这种现实中感到了某种不合理的、难以接受的东西。那即使我不在，也丝毫不会改变其光辉的、起居室里泰然自若的灯……就和你一个样子……

在此之前，我对假面的制作结果十分满意，并对他寄予了厚望。可这下子假面却变成了靠不住的、黯然失色的东西。戴上假面，彻底变成他人的这场全力演出的庞大戏剧也毕竟只是一出戏剧而已，它在一到黄昏时分按动开关，便点亮起居室的灯这种日常性的确切性面前，不就是影子稀薄的羸弱之物吗？不就是在看见你的微笑的那一刹那间，飞快融化掉的不合时节的积雪吗？

为了从这种败北感中重新振作起来，我决定任凭假面漫天遐想。那种遐想似乎很容易成为假面式的莽撞之物，但即便它是以老辣的日常作为对象的一种空想抑或妄想，我也不可能再抱怨什么了。我索性睁一只眼闭一只眼。其间我又开始在环绕着我家的不规则四边形的地带上煞有介事地巡回起来了。

* * *

但那种空想非但没有给假面带来勇气，反而使横跨在我与假面之前的深渊显得更加幽深险恶，难以逾越。

在解开铁链的同时，假面所做的，便是肆无忌惮地闯进了我家里。这一来，我就被迫置身于如同拐卖妇女的人贩子那样的立场上。合叶松动的栅门……泥巴积淤后不再发出声响的碎石小径……涂料已经开始斑驳、患了皮肤病的门扉……斜立在大门边腐烂了一半的檐槽……真是多管闲事，这儿是别人的家呐！我摁过门铃后，又退后一步，一边平息着呼吸，一边侧耳感受你的动静……不久，脚步声迫近了，屋檐下的灯也亮了，传来了你像是在摸索着什么似的声音……

不，这种事无论报告得何等琐细都无济于事。既无必要，也不可能。这就像是一种画了又擦掉、擦掉了又画上，无视时间和顺序恣意涂抹在黑板上的乱写乱画似的妄想……与其这么说，不如说是公共厕所里的乱涂乱画更恰当……如果好歹要给这种妄想提供一个文章式的脉络，反而会变成一个滑稽的东西吧。仅限于为了让你理解这种妄想所给予我的冲击，我打算在此范围内断片式地挑选出两三个场面来描述。

其中之一是紧接着你耳语般的声音之后首先出现的场面。我把脚踏在处于戒备之中的半开半掩的门中间，强行撬开门闯了进去，猛地把手枪戳向你的鼻尖，而你此时就像遭到了突起的暴风袭击一般呆然若失。……请你体谅我的困惑。无论怎么说这都显得过于残酷。诚然，我常常对你纹丝不动的态度感到焦灼万分，这的确是事实，但我并不因此就认为有必要去仿效那些电影里出现的恶棍。如果是诱惑者，就应该做得像一个诱惑者。难道不能编造一个更贴切的借口来接近你吗？反正都是空想之中的事情，所以，就当是大学时代的伙伴，以怀旧为由顺道来看看你等等。就算是一戳就穿的谎言也行，我希望能干得像模像样。现在这副样子，哪里像什么诱惑者，倒蛮像一个胁迫者呐……抑或在我的假面中打一开始便隐藏着类似于复仇的意图吧？的确，对于世间那种企图与脸一起来剥夺我的市民权的偏见，我充满了憎恶之情、挑战之心，当然还有复仇之意。但对你呢？……我不知道……我想那种想法是不可能的，但我也弄不明白……特别是我的理性已经被接踵而至的激情彻底搅乱了，以至于迷失了判断力。

那种激情便是嫉妒。如果是基于想象的嫉妒，那我倒是经历过多次了，但这回不同，它是一种叫不出名字来的生动而肉感的颤动感。不，或许叫作蠕动感更准确吧。那令人麻木似的苦恼之环相隔一定的间距，从脚下一一往上攀升，直奔头顶。如果你能想象一下蜈蚣的那种脚的运动，或许就正好吻合吧。的确，我认为所谓嫉妒这东西乃是一种甚至会干出杀人勾当的兽性的情感。关于嫉妒，似乎有两种说法，一种说它是文明的产物，再一种说它是野兽也具有的原始本能。但从这一阵子的体验来看，我认为选择后者是不会有错的。

那么，究竟对什么必须得如此嫉妒呢？说来的确是一个愚蠢的理由，以至于把它写下来也让我犹豫再三。仅仅是因为假面用手触摸了你的身体……而且你并没有毅然而然地挡开那只手，以死来抗拒到底……我因此而血火上冲，恼怒得仿佛周围的色彩都猝然发生了幻变。想来真是一件滑稽可笑的事。无论你干什么，归根结底，在我的想象中都不过是假面任意捏造的妄想罢了，所以，说起来就好比由自己制造出嫉妒的原因，然后又让自己去嫉妒那种结果一样了。

既然意识到了这一点，就只有要么停止空想，要么命令假面重新做起。如果这么做，事情就理应解决了，但是……我为什么没那么做呢？不仅没那么做，而且还似乎对嫉妒恋恋不舍似的继续煽动和教唆着假面。不，这或许并非什么依恋之情，而仍旧是复仇。或许我想用假面的暴行来代替嫉妒的痛苦，可是没想到这一次却陷入了因假面的暴行反而激起了更深的嫉妒这样一种火上浇油似的恶性循环之中……倘若是这样的话，那作为发端的场面也就很有可能是我自身潜在的欲望的表现。似乎有那么一些问题不能只归咎于假面，而必须得由自己去正视。是的，或许——尽管这是一种我不大情愿作出的想象——我在失去面孔以前，从我自认为还过着世上普通的婚姻生活时起，我已经对你悄悄萌发了嫉妒的念头吧……这并不是没有线索可寻的。可这又是 ·个多么可怜的发现啊。事到如今，即使发现了这些也无异于江心补漏了……

真的是已经为时太晚了。理应在我们俩之间进行斡旋的假面原来只是一个无耻之徒。当然，即使他是一个相当优秀的诱惑者，肯定事态也不会发生太大的变化。相反，还会出现为无法排解的恶性嫉妒而大伤脑筋的可能性，结果也只会遭遇到类似的暴行场面罢了。

你的胆怯不久便化作了你自己也不曾预料到的官能的痉挛……不，还是到此为止吧……无论怎么辩解，说这是为了抗拒过于日常性的风景而施展的演技，也实在是太脱离常轨了。可即便是同样的脱离常轨，如果这是一场梦的话，也至少会留心更优雅地披上比喻的外衣吧。然而现在他却只不过是完全缺乏想象力的如同真实故事一般的空想而已。这老一套的做法已经用得太多太滥了。

但只有最后的情景——即使是老一套也罢——却让我不可能一声不响地佯装不知。因为它不仅是老一套的惯技，而且即使在丑恶这一点上，也出类拔萃得足以唱压轴戏，同时它也是促成我下一个行动的重要契机。……我把手枪对准你开始强迫你进行自白：在我外出期间，你是否自渎过？……隐瞒也没用。因为你的所作所为我全都一清二楚——我用这种难以忍受的拗劲儿纠缠着你，一步步地逼近你。忍耐也是有限度的。对这肮脏的妄想，也已经到了至关重要的关键时刻了。我该用什么方法来让对方明白呢？随即我马上开始坚信：就在你回答了某一句什么的同时，我就立刻扯下假面来给你，这便是最好的方法，除此之外别无选择。

可是，上面所说的让对方明白，究竟是让谁明白呢？……是假面，是我自己，还是你呢？……对这一点我似乎没有好好考虑过。其实没有考虑过才是理所当然的。我想让对方明白的东西，事实上并不是针对别的任何事物，而只是针对将我逼到这步田地的关于“脸”的观念。

我对自己与假面产生了如此程度的分裂，开始感到一种不堪忍受的荒凉。或许我已经预感到了那即将来临的悲惨结局。假面，顾名思义，归根结底乃是我的临时面孔。尽管我人格的本质不会被那种东西所左右，可是，一旦通过你的眼睛，假面便飞向了某个我不可企及的远方，使我毫无办法，只能呆呆地目送他远去。而这么一来，也就违背了制作假面的初衷，并承认了脸的胜利。为了使自己统一于一个完整的人格，我有必要扯掉假面，给假面的戏剧打上休止符。

不过，假面也并没有顽固地坚持到底。就在看穿了我的决心的瞬间里，他一边苦笑着，一边迅速夹起尾巴，当即中断了空想。于是我也就停止了穷追猛打。无论在空想中显得多么意气风发、精神抖擞，倘若不打算在现实中放弃明天的计划，那么，说到底我只不过是与假面罪行相同，属于一丘之貉……不，也并非完全同罪的，犯不着卑屈到那种程度哟。至少我并没有把晃动手枪来吓唬人列入明天的计划中。尽管并不是没有性的因素在里面，但明天的计划绝对不可能是那样一种寡廉鲜耻的东西。如果是偶然碰巧一起坐在电车上的抽象的对方，倒也情有可原，但对自己的妻子，怎么可能变成一个流氓呢？

最后，当我走过家门前，隔着围墙偷窥起居室的窗户时，我所看到的乃是吊在天花板上等待晾干的像是白色海带似的几排绷带。也许是想到我后天出差归来，特意帮我洗好了那些旧的蒙面绷带吧。霎时间，仿佛我的心脏穿越了横膈膜，陡然往下沉落了一三十厘米似的。……我毕竟还爱着你。或许这是一种笨拙的方式，但在爱着这一点上却丝毫未变。我只能以这种方式来确认那种爱，这本身绝不是什么幸福的事情。就如同不能去休学旅行的孩子一样，我如今不得不对那些名胜古迹感到莫大的妒忌。

* * *

（插在附页中的追记——说来有些啰嗦，在此我打算再次就那假面无耻的空想进行深入的探讨。这是因为如今回首来看，发现在围绕着那种空想的战略中隐藏着某种超越了我所理解的意义。按推理小说的说法，即某种揭示出犯人是谁的关键之处，或者说对事件整个结局的暗示，全都原封不动地呈现在了那里。

当然，结局终归是结局，我打算另行归纳。预计最迟也会在这以后的三天之内，将这本手记交给你阅读。这里所说的三天，首先不过是在归纳结局时所需要的大概天数罢了。所以，如果目的仅仅是单纯地推断结局，那么，即使不特意进行这样的补充，只要在最后的陈述中包含了那种结局，也就足够了。而且作为手记的归纳而言，那种做法无疑会显得更好。但是，我的目的并不仅仅在此。本想辩解一番，结果却反被脚镣锁住了的那种所谓"流氓的概念"……至少在对我与假面的差异之处所进行的强调中，存在着我想加以订正的地方。因为我已经供认了罪状，所以只要不歪曲事实，不是也可以给我留下一点解释的余地吗?

那天我就是怀着"让宠爱的孩子去经风雨见世面"的轻松心情，陪伴着假面走了出来的。他那种如同初次被解开了锁链的狗一般的欢喜劲儿感染了我，我也变得开朗快活、喜不自禁了。但多亏了嫉妒这个突然介入其中的局外者，使我和假面最终围绕着你不得不演出了一场意想不到的短兵相接战。当然，那种嫉妒也同时让我再次记起了自己对你的爱和执著……所以，第二天日渐迫近的计划变成了越来越难以摆脱的要求……尽管并非出于本意，但我却不得不向假面提出了暂时休战。

不过，彼此的隔膜依旧像刺一样很深地扎在了我和假面之间，并保留了下来。上行的电车空荡荡的，无论坐在哪个地方，窗户的玻璃都变成了黑色的镜子，映照出我的假面，一个蓄着络腮胡，身穿矫揉造作的服装，尽管早已是黄昏时分，却一直戴着太阳镜的古怪人物……虽说他大体上已老老实实地答应了休战，但这也是在发出了“不同意休战就剥掉假面”的最后通牒之后才达成的结果。而且他怀里还藏着手枪。许多事情都容不得半点麻痹大意。甚至在我眼里，假面仿佛还一边堆起嘲讽的浅笑，一边这样说着似的：

——喂，别再抱怨了。因为我就是你所必需的恶……假如要抹杀我，那么打一开始就什么也别干好了……既然干了，就不要发什么牢骚……无论什么，如果想搞到手的话，就该做好准备，付出相应的代价……

我稍稍打开了窗户，像是被研磨得又快又亮的潮润的夜风一下子吹了进来。但只有脖子和手掌感到了一丝凉意。我在所谓的“必需的恶”面前蓦然停住了脚步，甚至没有打算抚弄一下发热的脸颊。虽然在心理上觉得隔阂很痛苦，可一旦在生理上与假面贴得太近，反倒有一种疏远的感觉。或许那种安装不良的假牙就正好是这个样子。

但我也毫不认输地致力于关系的正常化……既然好歹遵守着休战协定，那么，只要忍受一些芥蒂[比如说嫉妒]，恢复与你之间的通道这一当前的目标就有可能设法达成。无论如何，我怎么也不可能对作为妻子的你抱着那种可耻的兴趣。并且与对假面的心情恰成反比，我对你变得如此坦白，甚至达到了令人吃惊的程度。

但是，真的是那样吗？……结果正如你所知道的那样，我就不再在此一一赘述了……但问题并不仅仅在于结果如何……如此这般地特殊对待一个人，其中到底有多少根据呢？

的确，所谓流氓行为可以说是抽象的人际关系中的性的一个侧面。如果它过于遥远，以至于想象力也无法企及，一直停留在抽象的关系中，那么，他人就只能成为“敌人”这样一种抽象的对立物，而其中性的对立部分就会变成流氓行为吧。就是说，只要存在着抽象的女性，男性的流氓化就是难以避免的必然之物。就像平常人们所认为的那样，流氓并不一定就是女性的敌人，倒是应该说女性才是流氓的敌人。倘若如此，流氓的存在就不是什么被扭曲了的性，反而倒是现代社会中性的最平均的形式罢了。

邻人和敌人不再像过去那样泾渭分明、容易区分了，这便是现代的特征。一坐上电车，无数的敌人比邻人更亲密地将身体贴了过来，既有化装成邮寄品混入家中的敌人，也有乔扮为电波企图渗透进我们细胞的那种防不胜防的敌人。敌人的包围已如此这般地变成了司空见惯的日常风俗，而邻人却变成了如掉入沙漠里的针一般毫不起眼的存在。或许由此会诞生一种“把所有的敌人称为邻人”的济世思想吧，可是，他人多得必须以亿为单位来计算，又到哪儿去积蓄如此庞大的想象力呢？暂且放弃那种不知天高地厚的奢望，果断地达成将他人视为敌人的绝望境界，以此作为处世方法不是更合理吗？毋宁说早日形成孤独的免疫体不是更为安全吗？

如果是一个已经厌腻了孤独的人，对邻人自不待言，就是对妻子，他也很难保证就不会成为流氓。即使是我，也不可能例外。关于假面的作用，如果承认其人际关系的抽象化这一点——正因为是抽象化，所以才会沉溺于那种空想吧——那么，企图从中寻求解决方法的我又怎么可能将自己的事情束之高阁、佯装不知呢？是的，无论罗列多少漂亮的言辞，制订这种计划本身不也就是流氓式的妄想吗？

这样一来，假面的计划就不是什么我独自一人的特殊愿望了，对于被抽象化了的现代人来说，它只不过是最司空见惯的欲望的表现……而且乍一看，似乎我已经输给了假面，可实际上却算不上什么输……

请等等！并不特殊的其实不只是我的假面。我的命运——失去了脸而不得不求助于假面的命运——本身也毫不例外，毋宁说乃是现代人共通的命运吧。……的确，这是一个小小的发现。我的绝望与其说在于脸的丧失，不如说在于自己的命运与其他人毫无共通的课题这一点，所以才会对他人羡慕不已吧。然而倘若事情并非如此的话……那么，我所身陷的这个洞穴就并不是偶然敞开洞口的古井，而是世间都知道其存在的监狱的一室。这样一来，就在所难免地给我的绝望带来了巨大的影响。我到底想说什么呢？你也不可能不明白吧。步入变嗓期的少年们、开始有了初潮的少女们，在发现了自渎的诱惑，并认为这种诱惑是唯我独有的异常病态的那段时期内的那种孤独的绝望感……还有任何人都会一度体验过的那种麻疹似的东西，即把最初的小小偷窃[诸如玻璃球呀、橡皮擦呀、铅笔芯等等]视为自己一个人的可耻罪行的那段时期内的那种屈辱的绝望感……糟糕的是，一旦那无知持续一定的时间之后，就会引发中毒症状，以至于很容易沦为真正的性犯罪者或盗窃惯犯。为了避免这种圈套，无论怎么加深罪恶意识，也不会有任何作用吧。毋宁说，发现每个人都同样是同谋犯，从而摆脱孤独感，才是最有成效的解决方法。

或许是因为这个原因吧，然后我又折回到了大街上，喝着并不习惯喝的酒到处游荡。随着酒意的加深，我对素昧平生的某个他人也感到了一种想要拥抱的亲近感——关于那个场景，我接下来会马上写到，在此就略而不谈了——或许这是因为从那个人身上略微感到了一种彼此都是失去了面孔的同志式的安全感吧。当然，并不是说就感到了那种邻人的亲近感，而只期待出现那种像小说中的出场人物那样，在善意这一层暖融融的电热毯上像小狗般戏嬉逗乐的场面……

但对于目前的我来说，哪怕是仅仅知道在这混凝土墙壁的对面囚禁着与我同种命运的人，也是一个了不起的发现。倾耳谛听，会真切地听到邻屋的呻吟。一旦夜阑人静，无数的叹息、嘟哝和抽泣就像积雨云一般蜂拥而至，使整个监狱充满了诅咒的回声。

——我并不是孤身一人，不是孤身一人，不是孤身一人……

即使是大白天，如果运气好的话，说不定也能撞上这样的机会：在进行体育运动或是进入公共澡堂时，通过视线、动作和嗫嚅等等悄无声息地分享彼此的命运。

——我并不是孤身一人,不是孤身一人,不是孤身一人……

把这些声音合在一起,会发现这监狱是非同寻常的巨大。想来也并不奇怪。既然他们被定下的罪名乃是丧失面孔罪、隔断了与他人之间的通道罪、失去了对他人的喜悲抱以理解的罪过、忘却了去发现他人之中的未知物所带来的恐怖与喜悦的罪过、忘却了为他人进行创造的义务的罪过、丧失了共同欣赏音乐的罪过,即表现了这样一种现代人际关系的罪过,那么,也就意味着这整个世界已经形成了一座监狱岛。当然,这并不会给我乃是囚禁之身的事实带来任何变化,而且,他们也只是丧失了灵魂的面孔而已,而我却连生理上的面孔也已经失去了,所以,在幽闭的程度上自然存在着很大的落差。尽管如此,我仍然感到某种希望油然而生。与伶俜一人的活埋不同,在这种状况中确实存在着使我萌生希望的东西。因为——没有假面,就不能歌唱,就不能与敌人交锋,就不能成为流氓,还甚至不能做梦——这种废物的债务感并非我一个人的罪状,甚至已经成为大家彼此倾心交谈的共同话题了吧。或许是这样的。不,肯定是这样的。

在这一点上你又怎么样呢?……如果我的逻辑没有谬误的话,那么,我想你也不可能例外,而只能表示赞同吧……当然你是肯定会表示赞同的……否则,你就不会甩开我的搭在你裙子上的手,将我逼入受伤的猴子般的境地中,就不会一声不吭地听凭我身陷假面的囹圄,当然也不会把我推进被迫书写这种手记的窘况中吧。正因为如此,似乎暴露了这样一个事实：就连你那张能动的和谐型面孔归根结底也不外乎一张假面。总之，我们乃是一丘之貉。并不存在着什么需要我独自承担的债务。也就是说，毕竟还存在着写下这手记的价值，而绝不可能如石沉大海那样音讯杳无。关于这一点，你也肯定会赞成的。

因此我的意思是，切不可小看写手记这件事。所谓“写”，并非单纯地将事实置换成文字的排列，因为它本身就是一种冒险旅行，而不像邮差那样只在固定的区域来回转悠。既有危险，也有发现，还有充实感。不知不觉地我开始从“写”这件事情本身中感到了生存的价值，甚至想就这样一直写下去。如此一来，总算是下定了决心。似乎再也不必像丑八怪给远方的姑娘上供那样战战兢兢的了，似乎再也不必争取时间，把三天的计划拖延成四天或五天了。倘若你能够阅读这手记的话，那么，通道的复原工作就无疑成了我们俩共同的事业。或许这是故作镇静吧。不，即使有过于乐观的嫌疑，也绝不是单纯的自我陶醉。既然知道我们是受伤的同伴，那么，就算是期待有一种彼此安慰的心情，又有何妨呢？喂，用不着提心吊胆，还是关掉灯光吧。一旦照明消失，假面舞会也就宣告闭幕了。我想在没有真面也没有假面的漆黑之中，让我们再一次好好地彼此确认一番。我是多么愿意相信那肯定是发自那片黑暗之中的崭新旋律啊。）

* * *

一下电车，我便很快拐进了一家啤酒屋。因水滴而起雾的容器表面在我眼里显得少有的美丽。或许是由于假面阻挠了我皮肤的呼吸吧,从喉咙的黏膜到鼻孔的深处无不干燥难忍。我就像一只水泵似的一口气喝干了半升啤酒。

但久违了的酒精却比平常更迅速地向身体四周漫延开来了。

不过假面是不会脸红的。虽说不上脸,可水蛭却开始因发痒而折腾开了。可就在我无所顾忌地连干了两三杯时,那种痒酥酥的感觉便开始有所平息了。我趁着兴致,又追加了一瓶日本酒。

在这过程中,以前的那种焦躁感蓦然消失了,我的心情变得异样亢奋,富于挑战性。看来醉意已经扩展到了假面……脸、脸、脸、脸……我揩拭着不是被汗水而是被泪水濡湿的眼睛,拨开烟雾和噪音,洋洋得意地环视着店内密密匝匝的无数面孔……怎么样?如果有什么不满,就说出来吧!……不能说吗?……没法说呀。因为那样一边呷着酒,一边没完没了地说着醉话,本身就是羡慕和向往假面的证据……一会儿说上司的坏话,一会儿得意地炫耀某个熟人的熟人的熟人是一个大人物,总之,拼命地想成为真面以外的某个东西……尽管如此,这毕竟是一副拙劣的醉态呐……真面是绝对做不出假面的那种醉态的……如果说真面能够做点什么的话,最多也只是醉醺醺的真面罢了……即使醉得瘫软如泥,也仅仅只是假面的近似值,而无法变成假面……倘若想连姓氏、职业、家族、户籍也一笔勾销,那就只能依仗于超过致命量的毒药……但假面却不同……假面的醉态是天才式的东西……无须借助一滴酒精的力量,便可以完全彻底地变成一个谁也不是的人……就像我现在这个样子……我?……不,这家伙是假面呐……假面甚至忘记了刚才的停战协定,又跑出来横行霸道了……但我自己好像也被醉意攫住了，并一点也不逊色于假面，以至于无法去责备假面……这样下去，还能对明天的计划担负起责任吗？……在这质问声中并没有多少切实的东西，以至于似乎不知不觉地接受了假面对自治权的要求。

假面越发增加了他的厚度，最终发展到了像是把我团团围住的混凝土要塞一般。我蜷缩在那混凝土盔甲里，怀着重新装备后的狩猎队似的心情，来到了夜晚的大街上。从枪眼里往外窥视，只见街道就像是已经残废了的野猫的巢穴。每个人都在搜寻自己的断成碎片的尾巴、耳朵、脚踝。大家贪婪地纠合在一起，一边形迹可疑地抽动着鼻子，一边四处游荡。我隐藏在没有名字、没有身份和年龄的假面背后，自鸣得意地夸耀着那种只被自己一个人所保证的安全感。如果那些人的自由是毛玻璃的自由，那么，我的自由就是完美无缺的透明玻璃的自由。眼看着我的欲望就要达到沸点了，不马上在现实中尝试一下这种自由便不甘罢休。……是的，所谓生存的目的就是消费自由。人的行为举止似乎常常是将自由的贮藏作为人生的目的，可事实上这只不过是因自由的慢性匮乏而导致的一种错觉。因为把这种东西当作了目的，所以才陷入了探讨宇宙尽头的彼岸这样一种泥沼之中，结果要么成为守财奴，要么因宗教而发狂……当然是如此。就连明天的计划，它本身也不可能就是目的。它想依靠对你进行诱惑来扩大通行证的适用范围，因此仍然应该被看作手段的一种吧。无论怎么说，重要的毕竟是现在。眼下就是要毫不后悔地充分施展假面的可能性。

（追记——当然，这只是沉湎于酒精后的狗屁道理罢了。

对于这种就像是刚刚向你表白了爱情，在舌根的唾液尚未全干的时候，又厚颜无耻地将通奸加以正当化似的自私的道理，我并不打算请求你予以认同，而且就连我自己也没有承认它的意思。正因为如此，我现在也就是在书写着与假面的诀别辞。但我有点担心的是，即使在我清醒的时候，好像也把与此相似的歪理当作了理所当然的事情……

“目的并不在于研究的成果。研究的过程本身就是目的。”……是的，比如说作为研究者，谁都会不加置疑地说出这句话……乍一看，这和我们刚才说的内容毫不相干，但仔细一想，又不能不感到它们归根到底表述的是同一码事。所谓研究的过程不过是针对物质所进行的自由的消费。相反，研究的成果毋宁说是被换算成价值并敦促对自由进行贮藏的东西。这句话的着眼点就在于彼此规诫，切忌不自觉地颠倒目的和手段，以至于只重视成果。尽管我认为这是十分明智的至理逻辑，可一旦把它们如此排列起来，就会发现其构造与沉溺于酒精中的假面的狗屁道理有如孪生兄弟。令人难以释然的事情真是多如牛毛。我自以为超越了假面，可实际上不是对假面一筹莫展吗？所谓自由，当它是小剂量时的确是一剂良药，可一旦超过了特定的量，就变成了引起副作用的烈性药物吧。我想聆听你的高见。假如无论如何必须得服从这假面的主张，那么，前面好不容易洋洋洒洒写成的假面牢狱论，不，这所有的手记都很可能变成误解的产物。你是绝不可能赞成那种如同把通奸加以正当化似的道理的……）

* * *

那么，该怎么来处置这过度的自由呢？

假如有人正在用冷静的目光观察着假面那种贪婪的样子的话，无疑会皱紧眉头吧。但值得庆幸的是，假面本来就谁也不是，所以，无论别人怎么想，他都无所谓，根本感觉不到痛痒。既没有耻辱的必要，也没有辩解的必要。这样一种解放感是多么令人惬意的尤物。特别是从羞耻心中解放出来，使我整个身心都沉浸在了宛如起着泡沫似的音乐之中。（栏外注——是的，这音乐的复苏是值得大书而特书的。霓虹灯、装饰灯、泛白的浑浊夜空、与长筒袜一起伸缩的女人们的大腿、被遗忘了的胡同、果皮箱中那些死猫的尸骸、融化了的香烟头，还有难以一一描述的所有风物，都分别化作了固有的音响和回声，演奏出美丽动人的音乐。哪怕仅仅是为了那音乐，我也宁可相信那期待之时的真实性……）

（追记——毋庸赘言，上述栏外注在时间上先于它前面的“追记”，我疑是在正文写好后马上添加的。以此刻的心情来看，到底哪儿曾有过那种音乐，也是很难回忆起来的。只是因为没有自信去抹掉这一段文字，才让它原样留了下来而已。）

尽管假面提供给我的不在现场的证据是天衣无缝的，向我承诺的自由也是无穷无尽的，但我仅仅因可以贪婪地采取行动的自由而心满意足的样子，就像是一个一文不名的人把一大堆没有拿惯的钞票捏在手中不知所措似的，这岂不是更显得惨不忍睹吗？

就像刚才你已知道的那样，在酒的沉醉中再加上解放感的沉醉，使我因全身欲望的结节而形成了一个个瘰疬，俨然变成了一株满是疖子的枯木。而且那放置于鼻尖的自由，与迄今为止那种作为年龄、地位、职业等种种约束的补偿而获得的自由相比，就如同是用滴着鲜血的生肉来与“肉”这个文字相比较一样。如果只是一声不响地在一旁瞅着，唾液甚至可能化解自己的嘴巴。我的假面当然不会满足于此，他把通道大大地打开，就像老头鱼的嘴巴一样，虎视眈眈地等待着猎物的到来。

不幸的是，却不知道要射中什么样的猎物，才是值得消费自由的猎物。或许是因为在一个过于漫长的时期内过分习惯于节约自由的缘故吧。如果是欲望匮乏倒也另当别论，可欲望分明已化作了我周身的瘰疬。然而可笑的是，我却不得不用道理来割断自己的欲望。

这倒不是在虚张声势地夸耀自己的欲望有多么出色。反正自己不在现场的证据是有保障的，所以，无论多么厚颜无耻，也无论多么腐化堕落，都无须顾忌。毋宁说正因为想咀嚼那种摆脱了真面的解放感，才更希望做出让良知颦眉、触犯法律的事情。不过，说起为满足这种要求而浮现在脑海里的事情——或许是口袋中的气手枪在无意识中起了诱导作用吧——尽是诸如敲诈、勒索、打劫之类像是暴力团的爪牙才会干的那种丑恶行为。当然，如果真正能够做出这些行为，对于我来说，也算是一大功劳吧。一旦真相败露，其组合的绝妙必然会成为头等新闻素材。如果真的有意想尝试一番，我也不打算强行阻止。我想，这对于让那些白胖的仿真假面了解被抽象化了的人际关系的真相会是不乏成效的吧。至少可以宣泄对水蛭积郁已久的怨恨吧。

但既不是出于伪善也不是别的什么，反正我对那一类恶德没有兴趣。理由非常简单，首先，不必使用真正的假面，即使用绷带蒙面也足以应付那种事情。再则，无论是敲诈还是勒索，它们与其说是目的，不如说是为购买自由而筹集资金这样一种手段。并且我的口袋里还原封不动地保留着作为出差旅费而剩下的八万日元。只维持今夜和明天的话，是不可能不够的。所谓筹集资金这种手段，是可以在窘迫之后再采取的。

那么，所谓不掺杂手段的纯粹目的，究竟是什么样的东西呢？有趣的是，我随意罗列的几种不法行为，几乎全都是所有权的非法转移，即与金钱相关的东西。比如说，其中被誉为集中了比较纯粹的热情的赌博行为吧，在心理学家看来，它不过是试图把由慢性紧张的持续所导致的不安置换为瞬间性紧张的爆发这样一种逃避性质的欲望……如果纯粹如此的话，倒确实属于自由的消费，根本用不着顾忌它是否具有逃避性质……但就连这种瞬间性的紧张，一旦被从中抽掉了与金钱的瓜葛，不是也就变成了索然无味的东西吗？一次赌博又制造出下一次赌博的条件，其锁链延伸至所有可能的地方，最终成为一种恶习，这本身就证明了它不过是目的与手段之间的振幅而已……更何况在欺诈、抢劫、偷盗、伪造及其他种种代表性的犯罪中，似乎很难有不含手段的东西。即使是那些貌似无视法律、恣意妄为的家伙们，实际上也是被匮乏所渗透了的、不自由的世界的居住者。所谓纯粹的目的，不过是单纯的幻想罢了。

也并不是没有另一些倾向完全不同的愿望和冲动。比如说，胁迫研究所材料科的门卫以从仓库随意搬走材料呀，或是打碎监理局的上锁柜子以偷窃实验的进度表和经费审计文件等，很符合我性格的实用性愿望。这是出于对公司只给予研究所名义上的独立的不满而产生的一种令人会心微笑的梦想，其动机完全没有掺杂任何私欲，甚至可以改编成适合少年们观看的电视电影连续剧。但它在依旧是一种手段这一点上并没有任何不同，并且很可能出现这样一种局面：特意让假面来承担的角色却几乎不能够发挥其作用。如果是在假面已经尽其所能完成了唯有它才能做的事情，其生活大体上变得踏实稳妥之后的话，（栏外注——不用说，只要不出现特别的障碍，我打算一直过这种假面与真面的二重生活）或许倒是有重新考虑的余地，但……

在那些杂乱无章的众多犯罪中，倒是有一个例子让我们嗅到了其作为例外的可能性。这就是纵火。无疑也有一些纵火乃是觊觎保险金，或是为了消灭盗窃后的罪证，或是消防人员被名誉心所驱使的有计划的行为等等，不用说它们明显地属于为了贮藏自由而采取的手段。而且，即使是那种并非出于如意算盘而只是出于怨恨所进行的纵火，归根结底不是大多为了夺回那种被冻结了的或是被人剥夺了的自由吗？……但是，我总觉得还有另一种纵火——那种以纵火为代价却一无所求，纵火本身便构成了欲望的充足形态的纯粹纵火……盘旋上升的火苗舔舐着墙壁，烧弯了房柱，撕裂了天花板，一旦冲上云霄，便蔑视那些东逃西窜的起哄者，将刚才还不容置疑地存在于那里的历史断片统统归于灰烬。把这样一种戏剧性的破坏作为满足灵魂的饥饿状态的营养物质的那种纯粹纵火……我总觉得这种情况是有可能存在的。当然，我并不认为这是正常的欲望。俗话说“纵火妖魔”，加上“妖魔”这两个字来称呼纵火者，足以说明这种行为脱离了常规。但不被常规所束缚，乃是假面成其为假面的缘由，所以，只要对自由的消费是得到了保障的话，就不应该过问它是否正常。

……尽管这么说，可是，如果我自己并没有纵火的冲动，不也是无济于事吗？大街上那些故弄玄虚的招牌摩肩接踵地拥挤在一起。我在大街之间的小巷中穿行，想象着突然从那屋檐下、从灰浆的裂缝中喷出火苗的情景，但却丝毫提不起兴致来。我并不认为是自己畏葸胆怯。你只要戴一次假面就会明白的，对那种违法行为的克制心乃是一种格外靠不住的无聊货色。比如说，即使是相当胆小的孩子也敢泰然自若地从遮住脸部的手指缝中间观赏妖怪电影。据说越是浓妆艳抹的女人，就越容易被诱惑牵着鼻子走。不仅限于性的诱惑，就连那些盗窃成癖的人也一样，这是通过统计而得到了证明的事实。无论怎么气宇轩昂地大叫着秩序、规范、节度，说到底，这些不都只是被真面这一层薄皮所支撑起的脆弱的砂城堡吗？

……当然是如此。我并不害怕。事到如今，即使再寡廉鲜耻地退缩不前，也是于事无补的。假面本身就是寡廉鲜耻的结晶，只是法律上没有遭到禁止而已。比起利用不被人察觉是假面的假面来乔装打扮自己，更加漠视规则的行为其实是并不多见的。总之也就是说，哪怕我能够想象出纵火妖魔的心理，可我自己却也并不是纵火妖魔。但如果这好不容易才找到的唯一一个纯粹目的并不是我所需要的东西，那我就不免有些忐忑不安了。当然，如果能够肯定已经再也没有其他的代替方案了，那么，用这种方法也是无可奈何的。即使如此也总比什么都不干要强吧。但我并不认为这凝结成瘰疬而疼痛不已的所有欲望都全部是类似于手段的东西。无论多么习惯于自由的节约,这样子也未免过于悲惨了。总之,还是把纵火暂时保留起来吧……

请稍等!写到这儿我才发现,不知是出于有意还是偶然,我漏掉了一个重大的事情。如果列举不法行为,首先应该举出的另一个恶魔就是"过路妖魔"。如果允许别的纯粹目的的伙伴加入到纵火妖魔的行列中,那么,过路妖魔跻身其间也没什么不合时宜的。而且不可能不合时宜。因为即使他不像纵火妖魔那样具有外观上的华丽绚烂,但从内心深处来看却不可能有比这种杀人更具破坏性的行为了……尽管如此,我为什么疏漏了这样的代表选手呢?不是正因为是代表选手才反而被疏漏了吗?因为对纵火都提不起兴趣,所以,不是打一开始我就认定,除了更高级别的破坏冲动,没有什么能引起我的兴趣,从而把它置于考虑之外的吗?

外向的非和谐型……以猎人自称的我的假面在耳闻破坏冲动之后犹豫不决、不知所措,这似乎是一件颇为出丑儿的事情,但既然事实如此,又有什么办法呢?尽管说起来是有点啰嗦,但那绝不是因为我的胆怯。我并不是因为觉得应该否定胆怯才否定胆怯的。事实上,无论去哪个地方搜寻,别说过路妖魔、纵火妖魔,就连"妖魔"这两个字也根本找不到。……那时,曾经唆使了假面的如同一千伏电流似的东西,与这种破坏冲动是完全异质的、奇妙地黏黏糊糊地纠合起来的……尽管找不到恰当的描述方式,总之它是具有与破坏正好相反的性质的东西。

当然,如果说我的内心里完全没有破坏的冲动,也未免言过其实。为了让你也体验到与我相同的痛苦，我巴不得剥开你的脸皮，为了让整个世界上的人们变成瞎子，我曾设想过从空中抛撒麻痹视觉神经的有毒气体，说真的，我不止一次两次被这种冲动所攫住。的确我还记得，即使在这些手记中也曾好几次破口大骂别人。因此才更是觉得意外……但仔细想来……那种发泄郁愤的方式全都是出现在假面做好以前的，而在假面做好以后，即使是进行同样的抗议，也总觉得发生了某种微妙的变化。或许真的是发生了变化吧。也正因为发生了变化，假面才想把自己的自由消费在其他的事情上。那种冲动并不是只顾自己破坏而让假面来帮忙收拾犯罪残局的消极性东西……可我究竟想说什么呢？……难道是渴求着什么爱呀、友情呀、相互理解呀之类的古典式和谐吗？……抑或是想尝一尝那种具有适度的甜味和黏性的、使人轻松感觉到体温的、在庙会的摊床上大声叫卖的棉花糖呢？

我就像一个欲望得不到满足的婴儿那样焦灼躁动，走进了路边的一家咖啡馆，将冰淇淋和冰水轮番灌进喉咙。我的喉咙深处有一个如同拳头般顶起来的欲望之瘤。想做点什么，却又不知道该做点什么才好。照这样下去，就会要么什么也做不成，要么只能勉为其难地做出自己根本不想做的事情吧……可就在什么也没做的过程中我已经开始后悔不迭了……我不禁有一种如同强忍着穿上了湿漉漉的袜子似的悲凉而濡湿的感觉……假面罩着的部位就像蒸汽浴一样闷热无比，让人差一点流出鼻血来……似乎该认认真真地帮他一把了……尽管我知道这是可笑的，但我却必须成为自己的精神分析医生，耐心地将自己的欲望加以整理、分析和筛选，探明那郁积于欲望之瘤中的物体的真相，并给它命名。

如果有必要的话，我不妨先道出自己的结论。那就是性欲。你觉得好笑吧？的确，就绪言的庄严感来看，这是一个过于陈腐的结论。一旦明白了上述结论，就连我也发现，对此自己并不是完全没有预感的。只是它陈腐得犹如代数入门，所以，如果没有根据地附和它，难免有贪婪浅薄之嫌，让人难以忍受吧。没想到自尊心这玩意儿居然可以和貌似水火不相容的厚颜无耻泰然相处。

这第三本手记也已经所剩不多了。即便老是拘泥于假面的试运转，也是迫不得已的。尽管这样说很琐碎，但我认为，还是事先把“纯粹的自由的消费实际上就是性欲”这一结论的论据阐述清楚为好。自由的消费无论显得多么纯粹，其自身也是不会产生价值的——（如果说起价值的话，毋宁说倒是存在于自由的生产这一方吧。）——而且我并不想固执地认为自己的逻辑是绝对正确的，但是，我第二天的行动都是在这种性欲观的诱导下进行的。既然我期待着你裁决的公正性，那么，我自己也就必须是诚实而坦白的。

只要不故意作梗的话，那么，对假面之所以不屑一顾于纵火和杀人的心理状态是不难理解的。首先，假面本身就是对世间的常规所进行的一种重大破坏行为。纵火和杀人是否能真正成为更高层次上的破坏，这是无法用单纯的常识来予以回答的。如果想弄清这一点，最好是设想一下当我着手大量生产与自己所使用的假面同样精巧的假面并广泛普及时的社会效应。或许假面会赢得爆发性的人缘，而我的工厂也会一再扩大，以至于整天劳作也供不应求吧。某个人突然销声匿迹了。另一个人却同时分裂为两个人、三个人，身份证不再有效，搜捕犯人的照片也失去了作用，甚至连相亲的照片也被撕得粉碎后弃置路旁。熟识的人与陌生的人混杂在一起，以至于所谓“不在犯罪现场的证据”这种观念本身也遭到了崩溃。不仅不能相信别人，甚至也失去了怀疑他人的根据，人们不得不悬空处在人际关系百废待兴的状态中，就像是面对着一面什么也照不出来的镜子。

不，或许必须准备好迎接更难收拾的局面。人们无不变得比已经看不见的他人更加透明，以此来摆脱看不见他人的不安，从而开始不断地更换并追求新的假面。当这种习惯日常化了以后，所谓“个人”等等词语就会变成只能在公共厕所的乱涂乱写中才能看到的卑猥之物，而像“家庭、国民、权利、义务”等作为个人的容器或包装之类的词汇就会变成不加以耐心的说明就无法被人理解的废词吧。

人们真的能够忍耐这种一切重新开始、状态不断反复的情形，并从那种失重的状态中发现相应的崭新规则并创造出崭新习惯吗？当然我并无意断言它不可能。关于人非同一般的适应能力和变形能力，已经被用战争和革命谱写的历史所证明。但人们是否真的具有如此开阔的胸襟，可以在此之前——在允许假面肆无忌惮地横行之前——放弃行使自己组织防疫班的防卫本能呢？我认为这乃是一个问题。无论个人的欲望怎样被假面所迷惑，社会的规则也必然会建筑起坚固的街垒，表现出奋力抗击的势态。比如说，在官署、在公司、在警察局、在研究所，禁止工作时使用假面等等。甚至不难想象还有某些走红的演员们会更积极地提倡脸的版权，掀起反对自由制作假面的运动吧。举一个更贴近的例子吧，为了爱的山盟海誓，或许丈夫不得不对妻子、妻子也不得不对丈夫保证道，绝不佩戴假面。在商场上甚至可能诞生一种新的方法：在每次交涉之前都必须彼此确认一下对方脸上的皮层。在考入公司的面试现场,或许会看到一种奇怪的习俗:用针来戳弄应试者的脸部,以确认他是否会流血。甚至警察在进行审问时将手搭在脸上的动作是否合法,也有可能被搬进法庭加以争论,还可能引起学者撰写长篇研究论文。

而一旦到了这种地步,报纸上的生活顾问栏甚至会连日登载某个被假面欺骗了的姑娘的哭诉吧(她却故意忽略了自己的假面)。其回答也会同样显得不得要领和不负责任:"在订婚期间一次也没有让对方看过自己的真实面孔,这种不诚实当然应该遭到谴责。但持这种意见的你不是也还没有完全从真面的人生观中解放出来吗?不欺骗人,也不被人欺骗,这才是假面成其为假面的缘由。趁此机会,你也重新制作一个假面,以改变心境并重新开始新的人生,如何呢?只有彼此不计昨日之嫌,不烦明日之忧,才会寻找到生存于这个假面时代的价值吧……"结果,无论怎么被人欺骗,成为话题中心的也依旧是被人欺骗的不是。即使这已经被作为问题提了出来,也还没有达到能够压倒欺骗之乐趣的程度吧。尽管在这一阶段里已经孕育着矛盾,但仍然是假面的魅力占据了统治地位。

当然,经过一番正负的相抵运算,也并不是就没有出现某些明显的透支现象。推理小说的热潮理所当然地衰退了,暂时取而代之的是重新描写双重人格、三重人格的家庭小说。然而一旦假面的储备达到平均一个人五种以上时,错综复杂的情节就会超出读者的忍耐程度,除了满足一部分时代小说迷的需要之外,小说的存在理由就有可能消失殆尽了。不仅限于小说,连本身就该由假面唱主角的电影和戏剧，也因为没有固定的主角登台而变成了某种抽象暗号式的东西，不可能再吸引一般大众的兴趣了。另外，还有大部分化妆品厂家被迫倒闭破产，美容院也不得不接二连三地卸下招牌，广告代理商也只得减少了两成以上的收入。于是各种作家协会一齐概叹假面所引发的对人的破坏，而美容研究专家与一部分皮肤科医生们也无疑会摆开一场围绕着假面给皮肤带来的危害的辩论阵势。

不过，这种东西能否具备比禁酒同盟颁发的小册子更大的效力，是值得怀疑的。而且，我旗下的“假面制造株式会社”理应已成长壮大为在全国具备接受订货、进行加工销售等网络的庞大垄断企业，堵住一小撮不满分子的嘴巴乃是举手之劳。

问题恐怕会出现在那以后的一段时期。假面的普及一旦达到饱和状态，那么，所谓好奇心、稀奇感的阶段便宣告终结，假面自身的日常性也就开始恢复了。这一时期，那种轻微的罪恶与堕落的气味——以前被认为是给摆脱令人烦恼的人际关系后的解放感增味添香的药品——便陡然开始散发出烂熟了的纳豆[①]才有的恶臭，让人再度不安起来……这一时期，人们开始发现：处在节日兴奋的心情中原以为不过是某种景色的那些假装的恶作剧，其实根本就不是恶作剧，而是有可能殃及自己的十分棘手的犯罪行为……举些例子来说吧，有可能出现专门盗取他人真面的不法分子，还有国会议员进行欺诈谎称暂时借用公款却长期不还，某名画家作为婚姻诈骗罪的惯犯受到起诉，市长因偷盗自行车的嫌疑而被拘捕起

① 蒸后发酵而成的甜(咸)大豆食品。

来，社会党的干部进行类似于法西斯分子的演说，银行的董事因抢劫银行而站在了法庭上，诸如此类的滑稽事件频频发生，人们最初怀着观赏临时戏棚中的杂耍似的心情一边笑一边看，但猛然回过神来，才发现那些与自己一模一样的他人正在自己眼前干着偷摸盗窃的勾当……是的，很可能迟早会直面这样一种事态。如此一来，好不容易才得到的不在犯罪现场的证据，不是也会在拒绝有罪的证据时，遭到无罪的证据的抛弃，反而变成累赘吗？欺骗的乐趣一旦面对被欺骗的不安，早就会变得气息奄奄了吧。而且当处于那种像是用唾液把悔恨的苦涩稀释了一样的心境时，或许是反映了教师们教育目标的丧失吧——因为丧失了应该形成的人格观，所以出现这种情况在所难免——上学的孩子们明显地减少了，他们正集团性地四处流浪。如果耳闻这种传言，一个大部分成员都是孩子父母的社会就必然会幡然改变态度，引起恐慌和动荡，开始齐声咒骂假面的诱惑。作为风向标的新闻评论员们很快就会开始倡导假面的登记制度吧，但遗憾的是，假面与登记制度就如同没有大门的监狱不具备意义一样，乃是水火不相容的死对头。被登记了的假面已不再成为假面。至此舆论也哗然大变了，人们也转而抛弃假面，以至于为了驱逐假面而敦促政府的介入。这一运动采取了市民与警察相联合这样一种历史上罕见的形式，而禁止假面的法令理应很快就会得到实现。

但政府害怕事态的发展出现过头的现象，这一点过去与现在都不会改变。最初尽管扬言要取缔，但也至多只按轻微犯罪论处。其软弱的态度反而刺激了一部分人的好奇心，导致了地下工厂与黑市买卖组织的猖獗，结果，一个让人联想到美国禁酒法时代的混乱季节到来了。于是，尽管有点亡羊补牢的味道，但也不得不对法令进行修正。假面的佩戴只限于被认定脸上有明显的损伤，或者以治疗为目的、由医生给重症的神经病患者开具了处方的场合，然后由有关官署颁发许可证，这意味着假面受到了与麻醉药同等的严厉管制。但伪造文件、收买技师等事件屡禁不止，不久，上述特殊例外也遭到了废止，甚至任命了假面的专门检查官，使假面成了彻底的取缔对象。虽然如此，假面的犯罪仍旧毫无衰退之势，照样是报纸社会版的热门题材。终于出现了一些将假面当作制服佩戴的右翼团体，乃至在引发了袭击政府要员的恶性事件之后，法庭才不得不采纳了这种意见，即哪怕是仅仅使用假面，也就等于犯下了凶恶的谋杀罪。甚至舆论也不加思索地支持这一举措。

（追记——即便是作为酩酊大醉时的遐想，上述的文字也是非常有趣的。假如那团体所属的成员有一百名，那么，每一个成员都同时具有百分之一的嫌疑和百分之九十九的无罪证据，也就会形成这样一种颇具诡辩性的结果：有犯罪的行为，却没有犯罪者。乍一看，似乎是一起智能性犯罪，可实际上却让人感到某种动物式的残忍，这是为什么呢？尽管可以认为，这是由那种犯罪行为完美的匿名性所造成的结果，但所谓完美的匿名，乃是指把自己的姓名作为祭品奉献给某个完美的集团。与其说它是一种为了自我防卫所采取的智能性策略，不如说是濒临死亡的个体所表现出的本能倾向。就像面对敌人的侵略，民族、国家、同业工会、阶级、人种、宗教等的集团试图首先建立起以忠诚为名义的祭坛一样。个人在死亡面前常常是受害者，但对于一个完美的集团来说，死亡只不过是一种单纯的属性。所谓完美的集团本来就应该是带有施害者性质的团体。作为完美集团的例子，可以举出军队，而作为完美的匿名的范例，则可以举出士兵，这样一来就会便于理解了吧。……但如果这样想的话，我的遐想中就似乎存在着某种矛盾。不能把军队的制服当作与谋杀罪相等的东西来加以裁决的法庭，为什么在对待戴着同种假面的右翼集团时却采取了那么严厉的态度呢？与其说国家把假面视为反对秩序的恶，不如说国家本身便是一张硕大的假面，所以才在内部顽固地拒绝着其他假面的重复吧。那么，在这个世界上最为无害的人便当数无政府主义者了……）

如此看来，只要不麻痹大意，被好奇心所迷惑，那么，有一点便是确切无疑的：假面的存在在其本质上是破坏性的。因为他足以与谋杀罪匹敌，所以纵火妖魔自不待言，就是与过路妖魔相比，也可以毫不逊色并驾齐驱。假面自己就仿佛恰好是破坏这种行为本身似的……他现在正徘徊于因自己的存在而遭到破坏的人际关系的废墟之中……即使如今再也不会为类似的破坏冲动而心跳，也没什么不可思议的吧。无论欲望如何化作肿瘤疼痛不已，破坏也会仅仅因自己的存在而心满意足的。

出生还不到四十个小时的假面那乳臭未干的具有向心性质的欲望……撬开水蛭的巢穴刚刚逃跑出来的饥饿的越狱者的欲望……如果这手铐的印痕还栩栩如生的贪婪胃袋还在紧咬着食物

不放的话，那又能有什么样的自由呢？

不，坦率地说，也并非完全没有答案。本来，欲望这东西就不是那种值得争论和理解的东西，只需感受到它的存在便足够了。还是痛痛快快地说个完吧。总之，就是那种为了种族而宁愿成为祭品的痉挛式的冲动。这一点我从走上大街的那一刹那起便已经清醒地意识到了。那么，在此之前干吗需要像是自我辩解似的兜圈子呢？难道是出于以为兜圈子便可以多少避免耻辱的想法吗？不，尽管像是又在自我表白了，但是，有一点我确实可以断言：事到如今，我不再在乎什么耻辱了。我所在乎的只有一件事，那就是我忍不住想把与你之间的关系试着重叠在那种欲望之上来对照一下，即使你不愿意。

所谓与你之间的关系，当然是指假面那种寡廉鲜耻的空想。无论企图感受什么、希求什么、尝试什么，所有的一切无不与那种空想联系在一起，以至于好不容易才开始忘却了的那种嫉妒的毒素又再次卷土重来，在血管中开始了逆向运动。而且即便它发展为有关明天计划的空想也没什么好奇怪的。对此就连假面也不得不畏首畏尾，进退维谷。假面的自由完全处于与他人之间的抽象关系之中，在这一点上，与被折断了翅膀的鸟儿完全相同。所以作为好歹免除了被追赶的厄运、进入了停战状态的假面来说，也最终不得不噤口不语了。

如果假面用甜言蜜语来哄着我，并且一直显得多虑和见外的话，那么，不仅仅是假面，就连我自己也很容易被手段化的……无论我的脸怎样属于假面，可身体却依旧是原来的我自己……最好闭上双眼，认为光明已从这个世界上消失而去了……很快假面就会和我融为一体，使我再也找不到不得不嫉妒的对象了……如果触摸着你的人是我自己，那么，被你所触摸的人也当然就是我自己了，这没有任何可犹豫的余地……

（栏外注——想来，这都是一些为我所用的道理。如果对于自己来说是属于同一个人，而对于别人来说却是另一个人的话，那么，不就意味着我有一半是另一个人吗？就连我们黄种人本来也并不是黄种人。只是由于被肤色不同的人种取了这么个名字，我们才成了黄种人。忽视脸的这一规则而只把下半身作为人格的基点，这就无异于骗术。如果自始至终拘泥于下半身的同一性，那么，即使是对于假面的流氓行为，我自己也应该责无旁贷地承担起责任来吧。我甚至在空想中毫不留情地谴责你的背叛，因嫉妒的毒素而周身战栗不止，可一旦说到自己的事情，就立刻美其名曰“纯粹的自由的消费”，甚至没有想过这会多么伤害你呀。我真是妄自尊大。结果嫉妒便成了只坚持权利不承认义务的东西，与那种专供玩赏的猫没什么区别了……）

假面一边如此规劝我，一边装出一副什么也没有感觉到的糊涂表情，首先从一般的欲望开始，一个接一个地放在各种筛子上筛选，以便让我明白，那些欲望乃是应该被保留下来的欲望，他绝没有唯恐天下不乱的意思。不过，一旦提到纯粹意义上的欲望，没想到其种类是如此稀少和单纯。如果可以把破坏冲动排除在外的话，那么剩下的便没有一样是特别费事的欲望了。比如说，尽我所想到的全部罗列如下：

首先是被称作三大欲望的食欲、性欲和嗜睡欲。此外一般的还有排泄的欲望、解渴的欲望、逃跑的欲望、占有的欲望、玩耍的欲望等。至于稍为特殊一点的则有自杀的欲望，以及烟、酒、麻药等引发的中毒欲望。如果再进一步将欲望加以广义的解释，或许还可以列出名誉的欲望、劳动的欲望等等。

但是，仅仅使用“自由的消费”这第一道筛子，其中的大部分就会迅速落选。事实上，无论睡魔多么厉害神奇，它本身是不可能成为目的的。最终它不过是为了变得更清醒的手段而已，无论从哪个角度来看，它都应该属于自由的贮藏吧。以同样的理由可以把排泄、解渴、占有、逃跑、名誉、劳动等的欲望暂时排除在讨论范围之外。……但是，唯有这最后一项“劳动”有点让我踌躇。如果把它简单地与排泄一起作为手段来论处，或许难免被斥为冒失粗陋。的确，如果考虑到其结果所产生的东西，或许劳动是应该居临于所有欲望之上的。倘若不创造物品，也就不会有历史和世界，甚至关于人的认识也不可能成立。而且，只要劳动是以为了超越劳动而劳动这一自我否认为媒介的话，它自身便可以成为目的。并且，无论怎样将自我加以目的化，它既不像占有欲和名誉欲那样丑陋不堪，也不会给人以荒凉的印象。即使处于那种状态中，世上的人们也只会一边点着头，一边感叹道：“那家伙干得可认真呐。”哪怕是有所怨恨，也不会去对此吹毛求疵。因为社会上只存在着赚钱发财的工作，还有受到高度赞扬的工作……

但令人惋惜的是，那样一种过于受到祝福的状态，对于假面来说，是不堪忍受的。如果不以某种形式违反禁忌，那么，特意戴上的假面就失去了意义。"唯有假面独具的自由"，首先应该是不法行为。（现在我对研究所的工作感到近六成的满足……倘若有人要剥夺我的工作，我甚至还可能产生近九成的依恋……尽管如此，我过去不是在没有假面的情况下妥善处理过来了吗？）为劳动而劳动，即使它通过了第一道筛子的筛选，但在第二道筛子上也难逃被淘汰的厄运。申明一下，我并不是在此论述什么价值。只是在讲述一个不在犯罪现场的证据得到了保证的越狱犯心中的欲望罢了。

在剩下的欲望中，食欲似乎也会在这第二道筛子上落选。免费饮食与其说是目的，不如说是手段，所以打一开始便不予讨论。我曾经在哪儿听说过有关不得暴饮暴食的法律。被禁止的食欲，如果不是在战场或监狱，是很难发现其事例的。如果一定要找出一个例子，或许会想到提供人肉食品吧。但这与其说是食欲，不如说给杀人行为增添色彩的因素更强烈一些吧。而且前面已经决定将杀人的欲望保留起来。

尽管自杀也被列入了禁止项目中，但它并不是那种在真面的情况下就干不出来的行为，而且假面好容易才刚刚逃离了"活埋"的险境。如果现在自杀，还不如打一开始就什么也不做为好。而玩耍的欲望也一样，与其把它看作一个独立的单位，不如采纳这样一种立场，即认为它时而像是逃亡的变形，时而像是没有对象物的劳动的一种那样，是很多东西的复合物。另外，关于中毒的嗜好，其实与醉酒相同，只不过是假面拙劣的模仿罢了……目前我正处于最佳的酩酊状态中，所以，就没有必要再把它作为问题来讨论了吧。

经过如此这般的几重筛选，作为最符合条件的东西最终剩下的便是祭祀品式的痉挛了。

可是，对于这个道理你作何感想呢？是的，当然是指这个道理。那天夜里，我只是得出了这样一个道理：要想纯粹地消费自由，除了性犯罪以外别无选择。尽管我得出了这个结论，可实际上却并没有做任何一件带有犯罪色彩的事情。既不是没有兴趣，也不是缺乏机会，反正只是没有诉诸行动罢了，所以，我在这里所问的也仅仅是其道理而已。

我并没有抱着什么天真的期待，以为能够得到你的赞同。或许你的眼睛早已明显地看到了其中某些愚蠢的缺陷，而且因为你已经在现实中体验到了那种缺陷的破绽，所以不能不承认那种缺陷的存在。不过，我却没有看到那种时辰，至今也没能发现那种缺陷。那是因为……或许……是想对假面的强行劝说采取一种勉强服从的形式，以便向自己隐瞒这样一个事实：那其实正好是我自己的愿望。

这样说来，我一方面对踢翻那种在性方面严禁入内的告示牌之类的行为有着强烈的抵触感，另一方面却从一开始便感到了同样强烈的被诱惑感。仔细想来，这也并不是没有道理的。尽管我竭力回避它，但是，只要不对性犯罪加以肯定，那么，让假面来诱惑你的计划实际上也就不可能成立。如果是仅此一回的诱惑，也许不会有什么问题，但如果还想让假面与你的关系持续下去，并由此而创立一个崭新的世界，那么，我就无论如何也必须对打破性的戒律这种行为抱以热爱拥护的态度。否则，怎么可能不被嫉妒侵蚀到骨髓，而忍受住那种双重生活呢？看来那假面琐碎的劝说也肯定是出于我有意识的挑逗。

是的，很可笑。一旦被勉强给予了符合道理的根据，我就立刻对假面的欲望产生了彻底的共鸣。事先表明一下，我并不是像饥肠辘辘、口干舌燥的人那样，对性有什么饥饿感。假面被吸引的东西归根到底仍然是对性的禁忌进行冒犯这一点。倘若没有禁忌意识，那么是否还能感到那种战栗般的魅力，是大可怀疑的。而且在直面这种魅力时，那最让人担忧的名叫嫉妒的毒素也似乎迅速地丧失了毒性，而我就俨然像口含着消毒的药丸一样，开始投身于流氓的冲动中。

一旦以流氓的眼光再度环视四周，整个街道看起来就像是用禁止性入内的告示牌组合起来的奇怪城堡一般。如果这城堡修筑得坚固结实倒也罢了，可它的每一个栅栏都遭到了害虫的蛀蚀，处处可见铁钉剥落，一派即将腐朽的破败景象。所有的栅栏都流露出等待人们入侵的表情，撩拨着街道上过往行人的心。可走近一看，那虫蛀的斑孔和铁钉脱落的痕迹全都是伪装的假象，实际上绝不会让人再跨越雷池半步。所谓性与性的禁忌，究竟是什么呢？就在低头思索那伪装的含义和栅栏的由来的瞬间里，每个人都不得不变成一个流氓。不过，他自己也无异于那栅栏中的一个。所以，流氓必须在自己的欲望中倾注痛苦和悔恨的泪水。他在打破性的禁忌的同时，也踩碎了自己的栅栏。但是，一旦对栅栏的存在开始了思索，那么，不究明其正确的来历，心灵便得不到安宁。所谓的流氓，大体上都是些一旦发现谜语便会不惜牺牲一切来破解谜底的死心眼的探索者。

于是，我也作为那种探索者中的渣滓，决定首先去窥视一家酒吧。我倒并没有期待会发生什么特别的事情，只是对这样一家把伪装起来的虫眼和铁钉印儿明目张胆地当作招牌的店铺抱有一点小小的兴趣罢了。而且店内贩卖的乃是酒精和伪装的假面。对于现在的我来说，这儿无疑是恰到好处的场所。

正如预期的那样，我感到惬意和舒适。把伪装的灯光遮蔽起来的那种伪装的黑暗……在伪装的微笑下面隐藏着的伪装的颓废……就恍若在梦中一样既不能犯恶也不能行善的那种悬浮在天空中的欲望……伪善与伪恶刚好糅合在一起的汞合金……一坐下，全身的毛孔便豁然打开了。我要了一杯加水的威士忌，然后马上开始耍弄起邻座一个姑娘的手指来了（她穿着深蓝色的衣服）。不，不是我，是假面在耍弄着她的手指。姑娘的手指汗津津的，可那汗水就像是撒弄了淀粉一般沙棱棱的。姑娘只是任其摆弄着。如果说她没有生气是撒谎的话，那么她生气了也同样是撒谎。无论做什么，都与不做是一个样，而什么也不做，与什么都做也是一个样。

一旦我开始撒谎，姑娘也跟着撒谎。她似乎又马上开始想起了别的事情来，但我却做出一副没有注意到的样子。为了报复水蛭、你，还有我的真面，今夜我要占有这个姑娘。不，其实不必太介意。因为在这儿所有的事情迟早都可能发生，同时又不可能发生。我说谎，然后是那姑娘说谎。接着，已经说不清其间的来龙去脉了，突然那姑娘问起我是不是一个画家，使我不知所措。

——为什么那么问？莫非我有什么地方像画家吗？

——不，总是要做出一副什么也不像的样子，这不就是画家吗？

——的确如此……那么，化妆这玩意儿是为了给人看呢，还是为了隐藏什么？

——两者兼有之吧……姑娘用指头抓起一块小年糕嚼着，一边说道……无论哪一种，归根到底不都是出自真心吗？

——真心？……我突然像是自己耍的魔术露了馅一样沮丧不已……让那种玩意儿见鬼去吧！

于是那姑娘冷冰冰地把皱纹聚拢到短短的鼻梁上，说道：

——真讨厌！这种心照不宣的事情，干吗要抖落得那么露骨呢？……

完全正确！……无论什么真东西，在这里都变成了出色的假东西，无论什么假东西，在这里都作为出色的真东西而畅通无阻。在距离成为流氓只有一步之遥的地方，往禁忌的栅栏上随意涂抹遮丑的画面，似乎是这种场合约定俗成的规则……如果醉得更厉害一点的话，甚至连戴着假面的自我意识也会变得岌岌可危的……在我的手心里，那姑娘的人腿就像是已经厌倦了一样开始打起了哈欠，看来该是撤退的时候了。最终什么也没有发生，但我却并不在乎。即使是只用手指直接触摸了一下那禁忌的栅栏，确认了它的坚固性，这也应该看成一种收获吧。即使不情愿也罢，反正明天我必须得对准你的栅栏进行拼命的攻击……

那以后的事情就像是用望远镜观察到的那样，分不清哪是远哪是近。但我还是没有做出诸如凭着酒兴扯掉假面之类的失态举止，而且告诉计程车司机的目的地也并不是自己的家，而是隐身之处。所谓真面与假面之间的距离，无论他们的接合面制作得多么精密高超，也无论使用多么烈性的黏合剂，都不是可以轻易填平化零的。就因为那微不足道而又清醒无比的间隙，我整个晚上都一直梦见你。在梦中，你好像不停地哀求着我什么，又好像是在警告着流氓不准接近你。或许这些只不过是我后来牵强附会地加上的想象吧。那以后我好像还梦见过一次监狱。

*　*　*

到了第二天依旧醉得厉害。整个脸都已经肿了起来，感到一阵阵刺痛。或许是由于回来之后的护理不够充分，导致脸部因为黏合剂而红肿起来。洗完脸，顺便把胃里的脏东西全部吐了出来，这才觉得舒服了一点。但时间还不到上午十点。三点过后出门便可以了，所以决定再躺两三个小时。

尽管如此，也可以说这长达一年的努力都押在了一瞬间里。几小时之后便会迎来那重大的时刻，可那会是怎样一种狼狈相呢？想到这儿，甚至连我也可怜起自己来了。无论怎样辗转反侧搜寻被窝冰冷的部位，也照样无法入睡。真是的，得意忘形地傻喝了那么多酒，究竟有什么可乐的，要那样瞎折腾呢？……觉得自己好像也没什么必须得记起的事情，可是……戴着假面，自以为变成了一个透明的人，在大街上东游西荡……栅栏……禁忌……是的，我已经开始变成流氓了……除了高分子化学研究所代理所长这一个头衔以外，本来理应彻底无味无臭无害的我……居然为了翻越那道栅栏而不得不成为一个流氓……

为了清晰地唤醒昨夜的印象，我想拼命地抖落掉头盖骨里残留的醉意。可是，昨晚曾经显得那么鲜明的流氓心理却再也回不来了。或许是因为没有戴假面的缘故吧。对，肯定是如此。就在戴上假面的瞬间里，那种打破戒律的欲望便会再度复苏的。无论是在多么无害的人中间，也必定潜伏着某些能够对假面有所反应的犯罪者。

我并不是在说“所有的演员都具有犯罪者的倾向”这样一种极端的言辞……比如说现在也有这样的一个事例：总务科的某位科长在公司内部的运动会上每每都对化装的队列表现出特殊的兴趣，并显示出超群的才能，因而变得闻名遐迩，可他本人却是一个满足于现状的世上罕见的乐天派……但是，这种善良的日常世界与那种犯罪的世界相比，其实并不一定就绝对安全。当人们明白了这一点的时候，是否还能与犯罪保持一种无缘的状态呢？这是令人置疑的……人们每天都孜孜不倦地在计时卡上打上下班的时间，请人雕刻印章或是制作名片（还在名片上印上头衔），兢兢业业地挣钱储蓄，测量衣领的尺寸，在欢送会上集体留言话别，投入人寿保险，登记不动产，邮寄暑天的问候信件，往身份证上张贴照片……似乎是若忘记了这其中的某一项，就会很快被人弃置不顾似的。很难相信会有人居住在这样一个世界中却从来不曾想过要变成一个透明的人……

尽管如此，我好像还是在短暂的一瞬间里打了个盹。仿佛已经起风了，风刮在套窗上的声音惊醒了我。头痛和呕吐已经多少平息了一点，但还没有完全恢复。

我想把澡盆的水烧开，可不巧正好断水了。或许是水压太低，没法送上二楼。我想干脆去公共澡堂算了。可究竟是戴上假面呢，还是缠着绷带去？犹豫了半晌，最后还是决定戴着假面出去。

一想到绷带留给其他客人的印象，我就不免顾虑重重，再加上还有一种想法，就是要在各种条件下试一试假面。（一戴上假面，心中立刻就恢复了信心。）为了找钱包，我摸了摸上衣的口袋，于是某个坚硬的东西碰到了我的手。原来是气手枪和金色的悠悠。我又回想起了在途中遇到管理员的女儿的情景，于是把悠悠和肥皂一起包在手巾里走了出来。

遗憾的是，没有遇上那个姑娘。倒不是我预感到了什么，反正我决定避开附近的澡堂，故意朝相隔一个车站之远的邻街的澡堂走去。澡堂才刚刚开门，客人为数不多，浴池里的水也显得清澄洁净。我将身体浸泡在浴池中，为排解残余的醉意而忍受着沸腾的热气。这时我猛然发现对面的角落里有一个身穿黑衬衫入浴的男人。不，不是衬衫，而是文身。由于光线的折射看不太清楚，但给人一种就像是罩着一层剥落下来的鱼皮似的感觉。

最初我尽可能装出一副不屑一顾的样子，可一旦注意到了那个人的文身，目光就越来越难以挪向其他地方了。并非对文身的图案有什么特别的兴趣，只是文身这一行为本身就如同某个卡在我喉咙口上的名字一般让我放心不下。

或许是从中感到了一种与假面的血缘关系吧。的确，在假面与文身之间存在着一个引人瞩目的共通性：即两者都是人为的皮肤变形。破坏天然的肌肤，使其改变为别的某种东西，这是两者共同的意志。当然也不乏迥异之处。假面正如字面所表示的那样，最终也仅仅是一张“假”的面，而文身却被同化了，成了皮肤的一部分。并且假面可以提供给自己不在现场的证据，而文身却炫耀着自己，使自己更加显眼。在这一点上，较之假面，文身更接近于绷带蒙面。如果只是提到引人瞩目的问题的话，就连我的水蛭窝也绝不会逊色于假面吧。

尽管如此，我还是弄不明白：如此勉为其难地进行文身，到底是想炫耀什么呢？……不过，或许连他本人也回答不了……正因为回答不了，所以才具有了炫耀的意义吧……大致说来，所谓的怪物，全都喜欢谜语，常常提出一些莫名其妙的问题，然后从答不上来的人那儿勒索罚款，并以此作为买卖……的确，文身也具有那种强迫人回答的质疑书式的性质。

其证据是，我自己就正在殚精竭虑地试图寻找出答案。比如说，权当自己也文了身，以便从内心来揣摩那心理。于是，我首先感到的便是那种宛如荆棘般从天而降的他人的目光。我曾经通过水蛭窝体验了同样的感觉，所以是不难理解的。然后，天空渐渐地远去了……尽管周围还辉映着白昼的光芒，然而唯独自己所处的这块地方变得一片漆黑……是的是的，文身乃是被流放的罪犯的标记……因为是罪孽的标记，所以连阳光也弃它而去了……但不知何故，我却一点也没有走投无路的感觉，也没有丝毫的内疚感……毋宁说这才是理所当然的……因为我已经主动把罪孽的标记镌刻在了自己身上，用自己的意志将自身从这个世界上彻底埋葬掉了……事到如今，我没什么可后悔的……

那男人从浴池里站了起来。他身上那被掩映在樱花丛中的般若像，一边弓着身子，一边冲洗着米黄色的汗水。我竟然怀着一种同谋犯的心情，从他那拒绝的姿势中体验到了一种爽快的感觉。是的，假面与文身的血缘关系并不在于其形式，而是在于它们居住在由真面所画出的分界线的哪一侧这一点上。既然有人能够忍受文身，那我为什么不能忍受假面呢？

不过，在澡堂的出口我竟意外地被那个文身的男人找了碴儿。当长袖衬衫遮住了他的文身之后，他显得年纪也轻了，个子也小了，给人的感觉大不如刚才。尽管如此，他毕竟平时一直养成了对人的戒备心理和威严的习惯，所以其威吓人的技术确实是高明。

他用嘶哑的声音责备我不该用唐突的眼光盯着他看，要我向他道歉认错。既然他那么说，想必也确实有冒犯他的地方吧。本来只要照他的要求道个歉也就了结了，但倒霉的时候总是祸不单行。由于长时间浸渍在热水中，脸上被假面罩住的部位就像热汤一样滚烫沸腾，差一点就要供血不足了，以至于我来不及仔细思索便贸然说道：

——文身不就是为了给人看的吗？

不等我话音落地，那男人的拳头便飞了过来。但我保护假面的本能也毫不示弱，显得敏捷而神速。他最初的一击显然扑了个空，这似乎更加刺激了他。他冷不防搂住我，使劲地用手捅我，想瞅准时机朝我的脸上猛击一拳。最终我被逼到了某个地方的木板墙边上，不知道是对方的胳膊还是我的胳膊——因扭揪在一起早已分不清彼此了——斜着由下往上地撬开了我的下巴。就在这一瞬间里，假面哧溜一下滑落了下来。

这打击非同小可，就像是在公众面前被人猛然扯掉了裤衩一样。不过，对方的震惊也不在我之下。他用与外表极不相称的、胆怯而尖细的声音嘀咕着一些莫名其妙的话语，迈着就像他自己才是被害者似的悻悻步态，很快地逃了出去。我就像是已经半死了一般，揩拭着汗水，重新把假面戴上。好像旁边还有些看热闹的起哄者，但我哪里有勇气去环视四周呢？如果是在杂耍席上，或许我还能捧腹大笑吧，但……下次外出时，切记不要忘了带气手枪。

（追记——那文身男人自不用说，就是在那些刚好在场的起哄者眼里，我的悲喜剧又会是怎么回事呢？无论怎么大笑，事情也不会就此了结的吧。或许那情景会化作一生难忘的记忆存留下去。但究竟会以怎样的形式呢？……会像炮弹的碎片一样插入心脏吗？……还是会狠狠地打在眼球上，以扭曲世界的模样呢？……无论如何有一点可以清楚地断言：他们再也不会把视线固定在他人的脸上了。他人会变得如同亡灵一般透明，世界会变得如同用淡淡的色彩所描绘的玻璃画一样满是缝隙。而世界本身就会像假面一样看起来令人难以置信，被无法言喻的孤独感笼罩得严严实实。但没有必要因此而引咎自责，因为他们所目睹的才是真实的东西，他们得以看见了更深刻的真实——显露于人们眼睛面前的只有假面，真实的东西是不可能用肉眼直接看到的。真实的东西尽管让目击者的眼睛疼痛难忍，但也无疑会赐予人相应的补偿。

已是二十多年前的事了，我曾看见过被遗弃的婴儿尸体。那尸体仰面滚落在学校背后的草丛里。我想我是在去捡棒球时偶然发现的。尸体像橡皮球似的鼓胀着，全身泛着微微的红色。我觉得那尸体的嘴巴周围好像还在微微动弹着，于是走近仔细一看，原来是无数的肉蛆咬破那嘴唇后正蠢蠢蠕动着。大吃了一惊的我接连好几天都咽不下饭菜。当时的印象只是觉得残酷而恐怖，但经过岁月的变迁——或许那尸体也随着时间而一同成长吧——唯有那像蜡制工艺品一般光滑的肌肤所泛起的微红，被笼罩在一层静寂的悲哀中保留了下来。如今，我也并不特别想从那尸体的记忆中逃遁出来，不，毋宁说对那记忆百般疼爱。每当我想起那尸体，就会被拽回到人与人之间的感情中，使我想到除了塑料之外，还有一个可以用手触摸的世界。那尸体作为一个世界的象征，无疑会永远与我一起生存下去。

不，我并仅仅是为了那些素昧平生的他人而进行着这样一番辩解。如今，我的这种担忧已开始与你也产生了某种关联。即使觉得创伤过于深重，也务必请你相信我的话。因为那并不是创伤，而只不过是偷窥了假面的内幕之后的印象所留下的有点过于强烈的记忆罢了。就像婴儿的尸体对于我所具有的意义一样，什么时候你也肯定会怀着怜爱的心情回想起这种记忆的。）

* * *

临出门时，因为包扎伤口、更换黏合剂等等耽误了一会儿工夫，所以，尽管本来打算途中顺道去采购打火机、记事本、钱包、假面专用的日用品等等，但最终还是决定径自奔向目的地。在刚好四点时到达了电车站前面的汽车站，我要在这里守候你从每周星期四举行的手工艺讲习会归来。恰逢傍晚的杂沓刚刚开始的时刻，只听见那种繁华地带的嘈杂声音如同咸菜桶里面的密匝劲儿一般，以超饱和的浓度淹没了周围的空间。可不知为什么，我却觉得出奇的岑寂，就仿佛是置身于枯叶开始凋零的树林之中。或许刚才的打击还残留在心际，从内部压迫着我的各种感官吧。一旦闭上眼睛，那些释放出强烈光线的无数星辰，就会像成群结队的蚊子一般翻卷起漩涡。或许血压也升高了吧。委实是一次沉重的打击，但似乎也并不全是坏事。屈辱作为一种刺激疗法正驱使我去打破戒规。

我从嘈杂地段稍向里拐去，决定躲在银行大楼的屋檐下等你走来。因为这儿的地势高出了一截，所以视野显得特别开阔，但不少人都在这里等人碰头，因而也不会太引人注目，不必担心在自己发现对方以前反倒被对方先发现。你参加的讲习会是在四点结束，所以，即使你错过了一班车，也应该在十分钟以内到达这里的。

尽管如此，我以前从不曾想到过你参加的这种讲习会居然会对我有利。如果允许我斗胆说一句的话，好几年乐此不疲地去参加一种毫无用处的讲习会，这本身就证明了女人的存在乃是模糊不定的。特别是你居然选择了制作纽扣并如痴如醉，这确实具有一种非同寻常的象征性。迄今为止，究竟你对多少颗大小不等的纽扣进行了打磨、着色以及抛光呢？其实并不是要利用它们来挽留某种东西，而只是一直非实用性地制作着实用性的东西而已。当然我并不是在责备你。我从不曾与你唱过反调。如果你真的是抱着热情沉湎于其中的话，那么，我倒是愿意由衷地祝福那纯洁无瑕的目的……

……但是，打这以后，你自己也将是主角中的一个了，所以用不着一一按照时间的顺序来加以说明了吧。只有一点是必要的，那就是翻开我心灵的皱襞，将潜藏着的寄生虫那寡廉鲜耻的嘴脸暴露在光天化日之下。不一会儿，第三辆汽车抵达了，你从车上下来，然后从我站立着的银行前面走了过去。我开始启动脚步紧随其后。你的背影依旧滑润鲜明楚楚动人，以至于让我感到了一丝胆怯。

在去往电车站的岔路口附近，我追上了你。我必须想法在你由这儿走到电车站的几分钟内说服你。我不可能强人所难，也不可能对你死搅蛮缠。我故意装作无意中捡到了你制作的皮纽扣——事实上那是我预先从家里拿出来的——一边交给你，一边蓦地将早已准备好的台词说给你听。

“这是不是你掉的东西？”

你毫不掩饰自己的惊讶，为了查明其中的原因，瞅了瞅手提包的底部，又看了看手提包的金属卡口，脸上是一副百思不得其解的表情，将小小的视线投向了我。我忖度道：切不可因让她开口说话而错失良机，所以，我豁出去了，灵机一动说道：

“会不会是从帽子上掉下来的呢？”

“帽子？”

“耍魔术时还会有兔子从帽子里跳出来呐。”

可你一笑也没有笑。不仅如此，反而把如同外科医生的钳子似的视线固定在了我的嘴角上。那是一种连你自己也肯定没有意识到的忘我的凝视。倘若这凝视再持续三秒钟的话，或许我就会感到一种被看穿的可能性并迅速地狼狈逃窜吧。但这种事是不可能的。我的假面的成功性已在所有的机会中证明完毕。只要不像刚才那个文身的男人那样用手臂来使劲撬打，或者直接用嘴唇来接触（两种皮肤的温度差是很难瞒天过海的）的话，是绝不可能引起人怀疑的。更何况我有意识地将声音降得比平常更低沉。即使不这样做，因为利用了人工嘴唇的闭合，所以像“ha”行、“ma”行、“wa”行之类使用嘴唇的发音也已经彻底变音了。

看来还是有些多虑了，只见你马上挪开视线，恢复了通常那种凝望着远方的表情。但自从遭遇了你的那种凝视之后，我心中的那个流氓也开始变得退避畏缩了。假如你就那样拂袖而去的话，或许我也会认为，这对双方来说都是再好不过的结局，从而索性中止我的计划吧。毕竟处在光天化日之下，而且又是在你的面前，所以假面的效果也多少减退了一些。但是，你也产生过一瞬间的犹豫。再加上我的周围涌动着贪婪的海底原生动物似的杂沓，所以，我刚刚萌生的念头还没有来得及扩散便被它们彻底地吮吸干净了。我甚至来不及仔细推敲你那一瞬间的犹豫在我们之间所产生的磁场倾斜所包含的意义，便瞄准你的犹豫不失时机地使出了我早已准备好的第二招。

（栏外注——“磁场倾斜”这种说法是非常妥帖的。我似乎隐隐约约地预感到了那一瞬间的重大意义。但仅仅凭一种预感，既构不成自我炫耀，也构不成自我辩解。可是，如果连这种预感也没有，从而删减了这里的数行文字的话，那将会怎么样呢？……仅仅是想到这一点也让我毛骨悚然……或许我就会因钝感之罪而被宣告滑稽的徒刑，所作所为无一不成为笑料，甚至连这本手记也不再是假面的记录，而变成纯粹的滑稽丑角的记录吧。丑角也没什么不好的，只是我不愿意成为没有意识到滑稽的丑角。）

或许你还记得吧，当时我若无其事地用一种已经倦于问路的口吻向你打听公共汽车的车站。我不知道你是否已经察觉到了，我之所以选择打听汽车站，并不是仅仅为了争取时间而突发奇想的临时主意，而是经过深思熟虑后设下的巧妙圈套。

首先，那个汽车站在同一系统的线路中，是唯一与电车毗邻的汽车站，却又处在一个与此不太相称的稍嫌僻静并不大显眼的位置上。其二，它位于电车站的背后一侧，如果不巧妙地利用地下通道，便不得不从遥远的天桥上绕个大圈才能到达电车站。其三，那地下通道的结构非常复杂，很难用语言说明清楚那为数众多的出入口彼此处于怎样一种位置关系中。最后一点是，如果利用地下通道，那么，从这儿到你所乘坐的电车站站台的距离与直接穿越电车站内的通道时所走的距离并没有太大的差别。当然你是知道那个汽车站的。

我等着你的回答，内心紧张万分。为了不让你看穿我的用意，我的全身都变得僵硬无比了。要是没有戴着假面的话，即使你欣然给我指明了道路，我也怀疑自己是不是会步伐大乱。不仅如此，我甚至不相信自己能够巧妙地掩饰自己呼吸的急促和紊乱。我抱着像是被囚禁于薄薄的玻璃罐——即使打一个喷嚏也会破碎成粉末的比纸片还要薄的玻璃罐——中的心情，一直不安地等待着。不可否认，我已显得相当焦躁，但你的回答很费了些工夫也的确是事实。为什么不得不犹豫呢？我对你的犹豫深感不安。这种事情具有一种性质，即无论是接受还是拒绝都应该毫不犹豫地迅速作出决断。越是犹豫不决，就越是会增加不自然的成分，以至于最终落到被人无故猜疑的境地。如果不愿意，只要说一句“不知道”就可以了结的。可既然犹豫再三，那就意味着已经有一半答应了。既然有一半答应了，也就再没有拒绝的借口了。或许我还是再加一句话为好，以便你更快下定决心。正在这时，一个年轻男人急匆匆地从我们俩中间通过，就像是要粗暴地把我们俩强行分开一样。留神一看，原来我们俩已成了引人注目的障碍物，正在杂沓的人流中翻腾起漩涡。你好容易才从那漩涡中恢复了原有的姿势，用偷窥似的视线回头看着我。这一次那眼神瞅着我的上半身，就像是瞅着一幅年历画一样。我想，这是一种带着不满的眼神。当我为了缩短与你之间的距离，促使你下定决心而向你开口搭腔时，你终于给了我一个回答。

当我听到你的那种回答时，内心禁不住因事情的顺利进展而拍手叫好。与此同时，不知道为什么又陷入了一种遭到背叛的痛苦心境中。……幸好男主角是我，可要是换成了另一个陌路人，又会怎么样呢？……你在犹豫了一阵之后才作出了允诺的答复……也就意味着这件事本身就赋予了允诺一种不得不犹豫的意义……就是说，隐隐约约地暗示了某种近于禁忌的栅栏似的东西……而且，如果是在明白这种情况的前提下才作出允诺，同意在七八分钟内——换算成距离，则合数百米的范围内——与我一同并肩前行，那么，即使把它理解为超出了普通善意之上的某种东西也是理所当然的吧……至少作为拾得了纽扣的回报未免代价太大……如果允许我直截了当地说的话，其实你是在有意识地挑逗对方内心中的那个流氓……而既然你在有意识地进行挑逗，那么，你也就……

不，这结局就不错了。我本来就是期待着这个样子才制订的计划，所以，岂有抱怨的情理?！万一恰好相反，遭到你的拒绝，那么，迄今为止的所有辛劳不都会归于泡影吗？尽管还可以改日再来，可是，即便这第一次可以用偶然性来搪塞过去，那第二次也就难以逃脱故意所为的嫌疑了，因此那样做也就只会加深你的戒备心吧。是的，现在这结果就不错了。通过假面重新收复你，并通过你再去收复所有的他人，这可不是一件单从字面意思就能够想象出来的无味无臭的乐事，而需要我去打碎性的禁忌的栅栏，彻底地做到寡廉鲜耻。这一点我不是昨天夜里才痛切地感受到了吗？既然我是要跨越禁忌的栅栏，那么，大可不必因为对方表现出允诺的意思而兴奋不安。不能让“没有留心到”之类的辩解通行无阻。如果说自己想打破栅栏，而又不想让对方打破栅栏，那么，除了采取强奸的方法之外已别无选择。但是，如果采取那种单方面的流氓行为，那么，通道的恢复也就变成了绝对不可能的事情。假面也就必须因那种一次性的行为从这个世界上销声匿迹，并且不留下任何存在过的痕迹。倘若只用强奸便解决了问题，也就用不着特意借助假面的力量了。或许光靠我那变成了水蛭窝的真面也就足够了。

的确，从道理上讲或许是那样的。可是，就在我与作为活人的你结伴而行、沿着阶梯而下、走向人满为患的地下通道时，我被你那种压倒一切的实在感所折服，感到一阵紊乱和迷惑，因无法形容的苦恼而差一点窒息。如果有人指责我缺乏想象力的话，我也确实无言以对，但就一般情况而言，利用触觉来进行想象，不是鲜而有之的事情吗？我并没有把你想象成那种玻璃制作的偶人，或者仅仅只有语言的记号，但那种触觉性的实在感毕竟是只有在伸手所能抵达的距离之内才能被感觉到的东西。我那靠近你的半边身子就像是在晒了过多的日光浴之后一样变得敏感不已，甚至连每一个毛孔都如同被炎热炙烤着的狗一般吐出舌头连连喘息。而且一想到具有那种触觉的你正以某种形式做好了接纳他人的准备，我就不由自主地陷入一种难以忍受的悲哀之中，仿佛自己是一个戴了绿帽子而且被毫无理由地撵出了家门的性无能的丈夫一样。如果是这样的话，昨天那种无视对方的无耻空想反而显得要稳妥得多。即使是强奸，不也远比这种想法更为健全吗？我又一次使假面的面相作为他人的脸浮现在脑海中，我开始对蓄着络腮胡、身穿怪异的服装、一直戴着太阳镜的那种猎人型的面孔感到一种泉涌似的厌恶和憎恨。同时，对于没有马上拒绝那张脸的你，我也产生了一种陌路人的生疏感，难过得就像是瞥见了撒满宝石的毒药一般。

但假面不同，他具备一种能力，可以吸收我的苦恼并转化为养分，犹如沼泽地的植物一样使欲望之树枝繁叶茂。仅仅因为没有被你拒绝，他就像是好戏已经开场了一般，瞅准那耸立在无领的浅褐色罩衫上、如同盛满果汁的陶罐似的颈项，牢牢地打入了想象的牙齿。在我看来，就连你在假面眼中也不过是讨他喜欢的女人中的一个罢了，所以谴责他的粗暴无礼也是无济于事的。……是的，我和假面相距那么遥远，仿佛中间隔着一道令人目眩的深渊。但是倘若说起两者的差别，又不过是只有几毫米的面孔表层不同罢了，其余的一切都是共同拥有的，所以，或许可以认为两者是单纯的语言翻新游戏吧。然而，我想请你想一想一张唱片的纹路。即使从那么简单的结构中也能再现出好几十种音色，更何况人的心灵，又怎能因它同时响起两种对立的音色而大惊小怪呢？

当然不必大惊小怪。现在就连你自己也发生了分裂。就像我是双重的存在一样，你也变成了双重的存在。如果说我是戴着别人的假面的另一个人，那么，你就是蒙着本人的假面的另一个人……一种并不让人惊讶的组合……本来我是为了蓄意制造第二次相遇才制订这个计划的，谁知结果适得其反，似乎就要导致第二次别离了。或许我的算计出现了天大的失误吧。

既然已经意识到了这一点，那就赶快掉头回去好了，可是……不，即使不掉头回去，只要打听一下汽车站的位置，然后一声不响地暂缓实施剩下的计划也未尝不可……可究竟出于什么理由要那么恬不知耻地跟在假面的屁股后面呢？……对此是否真的值得加以说明，我没有把握。但我那遭到背叛的爱在走投无路之后竟然变成了憎恨，而那试图恢复通道的愿望在惨遭挫折之后也化作了复仇之心。既然已经沦落到这步田地，那我就索性来彻底追查你的不贞吧。尽管动机已截然相反，可在行动上却与假面步调一致了。……但是，请稍等片刻。我记得好像在这手记的最开头部分也曾多次使用过“复仇”这个词语……是的，是使用过……当时，所谓利用假面来欺骗你，以报复真面的傲慢，想来似乎完全是制作假面的一种借口而已。不久，便开始倾向于“恢复与他人的联系”这一想法了，以至于对你进行诱惑的意义也变成了更加内在的、冥想式的东西，接着在掺和了肉体性的因素之后，以嫉妒的形式酿就了情感的爆发，并通过这种嫉妒，让自己被口干舌燥似的爱的痉挛所攫住，被禁忌的栅栏所阻拦，从而使自己流氓化，最终再一次成了复仇的俘虏。

但在这最后的复仇中确实存在着某种难以让人释然的东西。

追查你的不贞，这到底是怎样的一种复仇呢？是想抓住把柄，倾听你的忏悔呢，还是迫使你离婚？纯属无稽之谈。我怎么会因那点事情而放弃你呢？如果我和你的关系只能通过一种方式——即从你和假面所打烂的禁忌的栅栏上的窟窿中窥视你的不贞——才能得以成立，那么好吧，我就一辈子窥视下去吧。而且，复仇不正是通过这种颠倒的持续而将得到充分的实施吗？因为伴随着我的分裂，你也不得不永无止境地忍受同样的分裂。既不是爱，也不是恨……既不是假面，也不是真面……或许只有在浓密的灰色中我才找到了大致的平衡。

* * *

不过，对于我一落千丈的绝望，这次本该得意忘形的假面相反却失去了冷静。十分钟以后，在地下通道尽头的餐馆里，你一边用咖啡匙搅拌着咖啡，一边漫不经心地说了一句话。就是这句话剥夺了假面的自信心，将他逼入了自问自答的境地中，就仿佛同时用两面镜子在对着照一样。

“正巧我丈夫出差去了……所以……”

所以怎么样呢？你也没有接着说下去，假面也没有打算问。不过，如果作一番常识性的解释，似乎可以理解为接受了邀请的辩解。“所以，没有做饭的必要，在外面就餐也无所谓。”但在那嘲弄的语气中有一种向自己进行自我主张的坚定和果敢，还有一种用手指敲打着假面（他正因自我陶醉而沾沾自喜呐）的鼻子尖的效果。……在那之前，两个人究竟谈了些什么呢？……是的，假面用那种像是在某个地方读到过的台词赞美你手指形状的漂亮，顺便还问起你右手大拇指上因制作纽扣而磨起的伤茧，但你的手并不因此打算从假面的视线中逃离开去。见此情景，假面又把不包含名字、职业、住所等一切条件的，如同代数方程式一般的人际关系作为话题打开了话匣子，以此来试探你的心情。我想就是在这时候你说出了上面那句话。假面从不曾怀疑过诱惑的主导权掌握在自己手里，只是迫不及待地觊觎着恣意操纵你的机会，可这时就连他也只能怔怔地流露出畏葸的神情，好像一个和对方约定不得跨越雷池半步的小孩被对方突然甩了出去一样。

（栏外注——这样说来，我还确实记得自己那时候的狼狈相呐。我甚至怀疑你是不是已经发现了我就躲在假面的背后。）

仔细想来，的确无法找到证据来说明：诱惑者是假面，被诱惑者才是你。假面自以为手段高明，可事实上或许根本就与假面的诓骗手腕毫无关系，而是你自己心甘情愿地任人诱惑。尽管这么说，如今又不可能重新再来，所以，也算是为了鼓励自己吧，假面不得不作为一个诱惑者越来越主动地投入到自己的角色中。

但是，无论他装得多么像一个诱惑者，都不可能给这样一个事实——即你因此而变得格外像一个被诱惑的女人——带来任何变化。这就好比如果征服一只手，就只有一只手被背叛，如果征服两只手，就会遭到两只手的报复一个样。比如说，呆在那餐馆里时，假面就竭力避免话题中再次出现你“丈夫”的事情。因为照前面的情况发展下去，很有可能满不在乎地让水蛭窝也成为话题；无论怎么表白说那是别人的事情，也毕竟是很可怕的。不过，一旦你流露出根本无意提及那些事以后，假面就又变得怒不可遏了。所以真是一件两头犯难的事情。的确，这无疑是对“他”，即我自身的漠视。或许可以称之为极不愉快的侮辱。那么，是让你提起那些事才好吗？似乎又很难如此断言，所以真是进退维谷。可如果你提起“他”的事——尽管不情愿——也会起到牵制假面的作用吧。作为诱惑者，他毕竟只能期望你一直是他的同谋者。

如果你只用下嘴唇奇怪地嗤笑，我就会感到烦恼……如果你的视线穿越了我透视远方，我又会为此而痛苦……如果你拒绝了我敬给你的酒，我就会责怪你……如果你喝得起劲，我又会耿耿于怀……总之，我就像是浸渍在冰窟里，又同时被滚烫的开水浇洒了一身似的。一旦我的左眼朝着你撕开面包的手头——暂且撇开你因制作纽扣工艺品所受的伤不论，你的指头就如同浸泡在水中的兔皮一般柔软而富有弹性——送去宛如观赏战利品似的秋波，那么，我的右眼就会很快像一个不得不出现在妻子与旁人私通的现场上的戴绿帽子的丈夫那样因痛苦而扭曲了身体。这恰好是一种由一个人扮演两个角色的三角关系，也是那种一旦在图纸上画成“我”、“假面——另一个我”与“你”这样一种图形，就会变成普通直线的非欧几里得的三角关系。

吃完饭以后，仿佛周围的时间一下子凝固成了胶状。或许是由于天花板的凝重所造成的感觉吧，结实得失去了平衡的混凝土墙柱巍然耸立在中央，暗示着所支撑的物体的重量。而且，这地下餐馆里没有窗户，以至于以二十四小时为单位的太阳时间也无法找到插足的余地。有的只是不具备周期的人工照明。墙壁的外面是被垂直地向下劈开的地层和地下水，从这儿流淌而过的乃是至少有数万年单位的时间吧。只要我们这样一直等待下去，你的“丈夫”——那个本该前来驱逐我们的时间的人——就永远不会归来。时间啊，快快加以浓缩，变成一个仅仅容纳我们两人的大瓮吧。如此一来，整个大瓮穿过街道所抵达的地方就会成为我们的新床。

但无论是我还是假面，事实上对你真正的用意都一无所知。你最初只是喝着咖啡，然后是吃饭，无所顾虑地答应了这宗显而易见的交易，没有半点的反抗，甚至让人产生错觉，以为这是你久已期待的事情……假面以为事情正按自己的计划进展顺利，一时兴奋不已，但是……你那如同把灰浆刷遍意识的每个角隅般的坚毅态度，马上使假面坠入了疑神疑鬼的境地。当然你并不显得简慢无礼。尽管接受了邀请，可如果你显得简慢无礼的话，就证明你过分意识到了禁忌的栅栏，那样或许反而好驾驭一些。然而你不乏温柔，也不曾忘记微妙的客套，甚至没有半点胆怯的意思，显得大胆、自然、闲适。总之，与平时的你毫无区别，你还是你自己。

这种无恙反倒使假面惊慌失措。期待着诱惑的人所特有的那种如同即将融化的糖果似的呼吸、被内心的闪光照射得头晕目眩的那种刺眼的视线，以及那种期待的兴奋，究竟隐藏在了哪儿呢？……或者说中间隔着一张白色圆桌的我们俩的关系只不过是偶然插入太阳时间的页码中的一片奇特的干花吧。……或者说把手搭在禁忌的栅栏上，翘首等待着对方不久也与自己一起承担起破坏重任的那一瞬间的期盼，也无非是假面的一厢情愿吧。……倘若是这样，那么，吃饭的终结同时也就是这场心血来潮的见面的心血来潮的终结罢了……

侍应生以一种装饰性的、虚无的礼貌态度收拾着用餐后的餐桌。只见杯中水的表面泛起了一阵皱纹，想必是地铁驶了过去。假面心情焦灼，毫无意义地絮叨着，其间还不时想法夹入一些带有暗示性联想的语言，但不仅没有得到对方的赞成，甚至连拒绝的反应也没有看到。我也斜着假面的那一副狼狈样子，怀着挖苦讽刺的心情向他送去了喝彩声，但对于没能抓住你不贞的证据又感到有点遗憾。

但就在这种状态持续了近二十分钟左右时……你记得吧……急不可待的假面突然伸出脚，把自己的鞋尖贴近了你的脚踝附近。一丝几乎看不见的动摇掠过了你的脸，你的视线固定在了空中，一片阴翳落在了眉间，嘴唇不由自主地颤动着。然而你还是静静地、带着宛如让光明渐渐显现的黎明时的天空一般的宽容，包容了假面那正在恶作剧的脚。假面的内心盈满了笑容。那笑容就像是被切断了出路并带着电一样，使假面的中枢变得麻木了。看来猎物终于到手了。并没有发生所担心的事情。假面几乎将所有的意识都凝聚在了从鞋尖传来的你的触觉上，最后终于噤口不语了，似乎开始收回了欣赏沉默的对话的闲趣。

实际上，哪怕是百无聊赖的闲谈，一旦开了头，也会成为非常危险的东西。比方说，因庭院里的树木而使谈话变得投机，或是没有子嗣的夫妇突然成了话题，或者在比喻和形容中情不自禁地夹杂一些化学用语，一不留神，甚至很有可能罗列出背叛假面的证据资料等等。人因自己的分泌物而污染了日常生活，其程度远远超过了狗的屎尿所造成的危害。

但对我来说，这却是一个残酷的打击。你那被诱惑的悠闲神态，是我从不曾想象过的一面，而对于假面来说，它却是多么富于魅力的东西啊。正因为没有估计到，所以更显得是一次特别可怕的冲击。而且我这只接触到你脚踝的脚也确确实实是我自己的脚，尽管我能清醒地意识到这一点，但却又只是停留在相当间接的印象上，就如同是一件如果不集中所有的精力便无法对准焦点的、在遥远的想象中所发生的事情一样。如果脸是不同的，那么肉体也是不同的。尽管对此我不无预感，可一旦作为事实得到证明，我就不能不再次因痛苦而扭曲了身体。如果光是脚踝便落得这个样子，那么，当你的整个身体作为可触性的存在被我感知时，我是否还能保持正气呢？是否还能抗拒那种渴望当场剥去假面的冲动呢？我们这种已经达到紧张的极限状态的超现实的三角关系，是否还能承受更大的压力并保持现有的形态呢？

* * *

啊，在那廉价旅馆的某个房间里，我是怎样咬紧牙关地忍受着苦行啊。我既没有剥去假面，也没有勒死你，而必须用粗大的麻绳将自己捆绑起来，然后钻进一个只把眼睛部分打开的口袋里，目不转睛地看着你遭人强暴的样子。无处宣泄的叫喊声堵塞在喉咙里呼噜呼噜地直响。真是太轻率了！……过于轻率了！……从相遇算起还不到五个小时，无论怎么说都太轻率了！……至少哪怕是再反抗一会儿也行啊，可是……那么，依我看要过多少时间才能心安理得呢？是六个小时？还是七个小时？抑或八个小时？……真蠢啊，这种推理未免过于滑稽可笑……无论是五个小时、五十个小时，还是五百个小时，其淫乱的性质是不可能有什么不同的……

那么，为什么不痛痛快快地给这糜烂的三角关系打上句号呢？莫非是为了复仇？或许是吧。尽管不无那种因素，但好像仍旧还有别的动机。如果单纯是为了复仇，那么，当场剥去假面不是最为有效的方法吗？但我却害怕了。假面将我平稳的日常生活无情地抖搂出来彻底打碎的残酷举动固然是可怕的，但返回那种没有面孔的、被囚禁的日子却更加可怕。恐怖支撑着恐怖，使我就像一只失去了腿脚而无法下到地面的小鸟一样，不得不一直跳跃。……但是，似乎还不仅仅如此……如果真的不能忍受的话，还有一个办法，那就是让假面活下来，而让你死去。你的不仁不义已成了不可动摇的事实，而且幸运的是，戴着假面的我还有不在犯罪现场的证据……无疑这正好是对戒律所进行的一次了不起的打破……假面也肯定会心满意足的……

但我却没有这么做。为什么呢？是因为我不愿失去你吗？不，其实正因为不想失去你，才有杀死你的理由。向嫉妒寻求合理性分明是徒劳的。瞧，那个曾顽固地一直拒绝我、把脸扭向一边的你，此刻被假面压在自己身上，眼看着正分裂成两半延展开来！可惜的是，灯是灭着的，我无法用肉眼来确认这一切……成熟和幼稚奇妙地共居一处的下巴附近……腋下灰色的瘊子……盲肠手术后的疤痕……混杂着白发的一绺卷发……伸开的两腿中央那栗色的唇……这一切转眼之间就要被侵犯被征服了。如果可能的话，我想在白昼的灯光下无一遗漏地看个清楚。你一看见水蛭窝就顽固拒绝，一看见假面就欣然接受，既然如此，那么被人看也就不会有什么可抱怨的吧。不过灯光对于我自身来说也是不合时宜的。首先不可能再摘下眼镜，再有，过去和你一起去滑雪时腰部受伤留下的青斑，还有其他我自己不知道而你却有可能知道的种种肉体的特征，都会在灯光下暴露无遗。

然而，作为看不见的补偿，我对膝盖、手臂、手掌、手指、舌头、鼻子、耳朵等视觉以外的所有感官都进行了一番总动员，以便集中力量来捕获你。呼吸、叹息、关节的动弹、肌肉的伸缩、皮肤的分泌、声带的痉挛、内脏的呻吟等等，只要是从你身体中发出的信号，我都一个不漏地加以接收……

尽管如此，我毕竟没有能够成为一个死刑执行者。全身的水分已被渐渐榨取殆尽，变得越来越干燥，好几个小时里，我不得不忍受着这悖德的行为，忍受着这场殊死的搏斗。在苦闷中，死亡也失去了平时所想象的那种深刻性，甚至杀人也不再是比那种小小的野蛮更为粗野的行径了……那么，你认为究竟是什么使我选择了那种忍耐？……或许你会觉得奇妙，可实际上就是你在遭到侵犯时依旧保持着的那种威严……不，说成是威严又有些可笑……那绝不是什么强奸，也不是假面对戒律单方面的打破，既然你一次也不曾表现出拒绝的神情，那么或许应该看作一种同谋者的关系吧……同谋犯向伙伴显示自己的威严，这不是变成了喜剧吗？……也许有一种更准确的说法：你所流露出的乃是充满自信的同谋犯的神情吧……所以，无论假面怎样全力拼搏，他不要说成为一名凌辱者，甚至连流氓也是当不了的……你是凛然不可侵犯的存在……尽管这给你的不义不贞不会带来任何变化……而且，也不会给那种像铁锅中的煤焦油、像雨过天晴后的喷烟、像与泥土一起沸腾的热泉[①]等一样

---

① 泉水温度超过八十摄氏度的泉。

狂热地煽动起我的嫉妒这一事实带来任何变化……但是，正是由于那种凛然不可侵犯的态度，使你最终没有屈服于假面。这预料之外的事态完全超出了我的想象，彻底压倒了我。

至今也不能说我已经充分理会了你那种充满信心的私通所具有的意义。似乎也不能把它说成是所谓的好色。如果属于好色的话，理应有某种更近似于卖弄风骚的东西处于显眼的位置上。但你自始至终就像是在举行某种仪式一般，从不曾失去一本正经的认真劲儿。这是我无法理解的。在你内心中究竟发生了什么样的事情呢？我甚至无法去追溯其间的踪迹。而且糟糕的是，当时播下的败北感化作了消抹不去的斑痕一直残留到了最后……至少是残留到了正在写手记的现在……这种自虐的内疚比嫉妒的发作还要可怕。好容易戴上假面，打开了通道，把你邀请了进来，可你却逾越了我，迅速地消失在了某个地方。而我就和戴上假面之前一样，被孤独地留在了原地。

哎，我并不懂得你。我决不认为只要有人发出邀请，你就会不顾对方是谁，接受那邀请，并正儿八经地扮演一个女人的角色……可是，我又无法找到你并不是那种女人的证据。或许在某个我所不知道的地方，你本来就是一个天生的妓女吧……不，妓女是不可能那么严肃地扮演一个女人的。妓女即使可以使流氓得到满足，也不可能鞭笞他的卑微，使他充满自虐感吧。那么，你究竟是什么样的人呢？尽管假面拼命地想打破栅栏，可你的手却连栅栏也不碰一下，便一溜烟地滑了过去。就仿佛是风一样，不然，就像是神一样……

其实我真的不懂得你。如果想再试验你的话，似乎就只剩下了自取灭亡这一条路。

* * *

第二天早晨——虽说是早晨，可也已经接近中午了——直到走出旅馆，我们几乎都没有说过话。前一天晚上我不断地做了好多梦，比如说匆匆忙忙地想要出发上哪儿去呀，或是途中丢失了车票呀等等，在睡觉的过程中，好几次因担心假面会脱落而不安地惊醒过来，致使疲劳像木桩一般钉在了眉间的中央。但是，我之所以能够不像你那样让疲倦和羞耻明显地镌刻在脸上，无论怎么说都是假面的功劳。但也正因为假面的缘故，我既不能洗脸，也不能刮胡须。睡得浮肿的脸被一成不变的假面紧紧箍勒着，开始往外长出的胡须头儿也被假面阻挡住了，让人不舒服的事情真可谓多如牛毛。一旦变成这个样子，假面也真够悲惨的。我巴不得早点与你分手返回隐身之地。

我点燃了最后一支烟。就在我那一直被迫扮演受到损害的角色的真面刚要从一旁说一句引发你自责的什么话时，你以惯有的踌躇表情拿出了那颗钴绿色的纽扣，使我不由得大吃一惊。原来，这并不是我拣到的那一颗。这是另一颗你耗费了半个月的时间精心摆弄成的纽扣。当时，我只是觉得你那如痴如醉的样子令人生气，但此刻重新看来，似乎又终于明白了你的心情。在一层层反复涂成的漆台上，那像是用针挠成的银边线条一边妖冶地纠缠在一起，一边轻轻地晃荡着。你的喊叫甚至连声音也没有，就仿佛是被密封了一样。我从那颗纽扣联想到了受老妪宠爱的孤独的猫咪。……如果说它天真无邪，或许的确就是天真无邪吧……可一想到这就是对“他”不屑一顾于你的纽扣所发出的竭尽全力的抗议，就不禁让人感到这又是一种充满绝望和痛苦的行为……本来想责备对方，可现在却反倒遭到了对方的责备，这使我的一败涂地也终于达到了登峰造极的地步。“女人是被剥夺者”——胡诌这种蠢话的人究竟是哪个地方的哪个家伙呢？

外面的一切就像是镀了一层铬似的在阳光中显得模糊朦胧。现实的东西唯有残留在鼻腔内的你的汗臭。对脸部稍加护理后便一头倒在了床上，醒来时早已是拂晓时分了。算来我已经昏睡了近十七个小时。脸上就像是被锉子锉了一般火辣辣的。打开窗户，一边眺望着渐渐开始泛蓝的澄清的天空，一边用凉湿布给脸部做冷敷。不久，天空变成了那种与你送给我的纽扣一模一样的颜色，随后又变成了被螺旋桨搅拌后消失在船尾的那种海水的颜色。我不由得胆怯起来，狠狠地抓住手臂和胸口的肌肉，以至于疼痛不已，情不自禁地发出了呻吟声。……这是一种何等毫无意义的纯粹啊！在这种蓝色之中不可能有能够生存下去的东西。昨天的事情也好，前天的事情也好，全都像被截断了生息的根茎，只等消失而去了。如果把计划只作为一种形式来考虑的话，或许并不是不可以说已经取得了大致的成功，但在这种成功中，究竟又有谁得到了什么样的收获呢？假如真的有收获者，那便是毫不怯懦并光明正大地扮演了女人，如同具有厚重感的巨大影子一般从假面中间穿行而过的你一个人。然而，现在这里所拥有的却只是天空的蓝色和脸上的疼痛……理应作为胜利者的假面，此刻在桌子上就如同一幅挥霍尽了欲望之后的春画一般显得疲惫而愚蠢……干脆把他作为靶子来练习气手枪射击吧……然后再把他砍个粉碎，不留下任何痕迹，权当作什么也没有发生过一样，如何呢？……

但不一会儿，天空的蓝色褪去了，街道开始呈现出白昼的模样。于是，感伤的怨尤也犹如老旧的疮痂一样陡然剥落了。我再一次被强制性地拽回到了水蛭窝这一无法逃避的现实中。尽管不能把那种节日的烟火似的梦想托付给假面，可是，如果放弃了假面，生活在没有一扇窗户的石牢中乃至最终埋葬自己，那岂不是更糟糕吗？虽说这两天还没能定下心来，可一旦找到了这三角关系的准确的重心，那么，巧妙地取得平衡并把握住假面，也并不是不可能的。无论一时性的情感有多么强烈，最终道理毕竟会在花费时间制作而成的计划一边的。

草草地吃完饭后，提前离开了隐身之地。事隔一个星期，我又必须得重新恢复出差归来的“我自己”这个角色了，所以今天又换成了已经久违的绷带蒙面。出发时，我看了看自己映照在窗户玻璃中的脸，不由得大吃一惊。真是丑陋啊！以至于我不得不再次对假面带给我的解放感刮目相看。假如就这样径直回家的话——因为这对于我自己来说也是一种颇具刺激性的想象——那么，带给你的影响也会是非同小可的吧(想必昨夜的触觉还原封不动地驻留于你的身体中)。似乎很有尝试一下的价值。但这也是基于我自己能够忍耐的前提才可能做到的事情。遗憾的是，我缺乏信心。昨夜的触觉现在还残留在我的记忆里。或许我会像发作了似的暴露一切，进入狂乱状态，甚至对你大加谴责吧。无论这是一种多么充满了苦恼的东西，眼下我都无意改变这种三角关系。就“我自己”而言，我想把与你的见面安排在待我接触了已经彻底醒来的外部世界，紊乱的心情得以平稳之后。

但是，那外面的世界真的已经彻底醒过来了吗？……研究所的大门还关闭着。我从小门走了进去。只见口含牙刷，鼓捣着花盆的门卫惊讶得一瞬间里什么也说不出来。他想急匆匆地往大门口跑去。我阻止了他，只向他要了钥匙。那闻惯了的药品气味就像是一双穿习惯了的鞋子。没有人影的研究所大楼就像是一幢亡灵馆，里面只驻扎着臭味、脚步声等等之类的回音。为了与现实握手言和，我把出勤表的姓名卡翻到正面，匆忙地换上了工作时的白制服。黑板上写着委托C班助手进行的实验的中间报告，成绩相当喜人。但也仅限于这一感慨了，然后就什么也想不起来了。在这栋建筑物中，被竞争心和名誉感所驱使，燃烧起嫉妒心，悄悄地找到外国的文献以争取领先地位，还因人事问题大伤脑筋，因实验和计算的偏差而歇斯底里，总之，从中感觉到生存的价值，并努力工作的那个人，其实并不是我，而是与我相似的某个其他人，而我好像只不过与臭味、脚步声一样，是回音的同类罢了……如果是这样，倒也挺让人为难的。因为规则截然不同。技术有技术自身的规则，无论脸发生了多么大的改变，技术也不会因此而受到影响。或者说，如果自身中间不大致具备像水蚤与水蚤、海蜇与海蜇、寄生虫与寄生虫、猪与猪、黑猩猩与黑猩猩、野鼠与野鼠这样一些各种阶段和层次上的人际关系，那么，化学和物理学不是都没有意义吗？不，真是信口雌黄！人际关系其实只不过是人的劳动的一丁点附属品罢了。否则，就只能放弃作为权宜之计的假面剧，赶快自杀算了……

不，都怪自己的心情在作祟吧……因为阒无一人，所以，唯有臭味的脚步声才显得格外引人注意……不可能仅仅因为一点儿不会给任何人带来麻烦的皮肤伤疤就影响到工作的进行吧……无论怎么说，这儿的工作都属于我……无论是成为一个透明的人，还是成为一个被处以劓刑的人，抑或变成一副河马似的嘴脸……只要能够摆弄机械，能够进行思考，那么，我这只圆规的脚就应该自始至终地站立在这份工作之上。

突然我想到了你。有一种说法是这样的：女人乃是将圆规的两只脚站立在爱情之上的动物。尽管是真是假大可怀疑，但据说女人只要有爱情便能够幸福。那么，现在你幸福吗？……突然我用自己的声音呼唤着你，盼望听到你回答的声音。我拿起听筒，拨动了号盘，但当第二次铃声响起时，我又挂断了电话。因为我还没有做好精神上的准备。我依旧诚惶诚恐。

不一会儿，研究所员工们都开始一个个前来上班了。其中一个人向我送来了夹杂着惊讶却又不失安慰的问候。于是，建筑物和我都终于恢复了人的气息。看来是我多虑了。情况尽管并不特别好，可也并不那么糟。在研究所里，把工作当作与他人之间的通道，而又用假面来弥补其不足的地方，一旦适应了这样的双重生活，那么，合在一起就会造就一个杰出的人物。不，假面并不单纯是真面的代用品，无论遇到什么样的禁忌的栅栏，它都被赋予了"免费进入"这样一种对真面来说恍若梦幻一般的特权，所以，我同时享有的岂止是一个人，而是好几个人的生活。总而言之，首先是要适应这种生活，养成按不同的时间和场合轻松地更换服装的习惯。这就像一张唱片的纹路能够同时演奏出好几种音色一样……

下午，发生了一起小小的事件。实验室的一角有四五个人正把脑袋凑在一起。当我若无其事地走近一看时，处于中心位置的一个年轻助手马上慌里慌张地想要藏起什么东西。一问才知道，并不是什么非要隐藏不可的东西，而是一张为了解决朝鲜人出国问题的签名纸。我并没有责备他，他却啰里啰嗦地开始道歉认错了，而旁边的那一伙人也颇为尴尬地关注着事态的发展。

……难道没有面孔的人连为朝鲜人签名的资格也没有吗？当然那个助手并没有恶意，或许只是凭直觉留意到了其中含有可能刺激我的因素，才出于怜悯之情而对我敬而远之的吧。的确，如果人打一开始就没有面孔的话，那么什么日本人、朝鲜人、俄国人、意大利人、波利尼西亚人等等因种族歧视而导致的问题是否也会发生，那就大可怀疑了。尽管如此，这个对长着另一种脸的朝鲜人抱着如此宽容态度的青年，为什么却对没有面孔的我如此迥然相异呢？莫非是说人在进化的过程中由猿类独立出来时，并不是像通常所解释的那样依靠手和工具，而是依靠脸来区别自己和猿类？

但是我并没有表现出不满，只是请求他们让我也签上了名字。这一来大家都在内心里如释重负地松了口气。但这确实是一种让人事后回想起来都觉得恶心的尴尬……到底欠了谁的情而不得不做出这种违心的事情呢？……"脸"这堵肉眼看不见的墙壁阻挡在我的每一个所到之处……即便如此，果真还能够把这称为"彻底醒来的世界"吗？

我陡然感到一种难以忍受的疲惫，随即编造了一个恰当的借口提前返回家中。我还缺乏自信来断言自己已经彻底恢复了真面的心境，可即使再等待下去，似乎也不会有太大的改善吧。反正脸上都蒙着绷带，只要不出声，就不必担心有人会看穿自己情绪的波动，而且，这种波动也并不只限于我一个人，毋宁说，看见你情绪波动却又装作视而不见，倒更让人劳心费神吧。我反复告诫自己：即使遭遇那种令人目眩的惊慌场面，自己也切不可在那种惊慌的挑逗下变得飘飘然。

但在事隔一周后又来迎候我的你，身上却一点也没有流露出内疚的迹象，甚至连动作和表情的每一个细节都好端端地盈满了久违一周的微笑，对你的坦然，我好一阵子都只能感到一片茫然。这就像是把一周前的你原封不动地安放在冷冻运输机上运送了过来一样。在你看来，或许我已经变成了一种稀薄得无须花费精力来隐藏秘密的存在吧。或者说佛面鬼魂、厚颜无耻才是你真正的面目吧。这样一来，我也就不得不恶作剧似的催促你向我报告在我外出期间所发生的事情了。可你面不改色心不跳，一边热心地收拾着我的衣服，一边用那种像是独自一人玩着积木游戏的小孩似的天真口吻，喋喋不休地拉开了家常：诸如邻近的房屋违反建筑占地比率，开始了扩建工程，而以此为契机相互开始了向报刊投书的大战呀，小孩因狗的叫声患上了不眠症呀，院子里种的树长得太高太大，枝头都伸到了外面的道路上呀，打开电视时得关上窗户呀，电动洗衣机噪音大，需要换新产品呀等等之类的琐碎话题。这和昨夜那个不惜让成熟女人的情感如喷泉一般恣意涌流的你是同一个人吗？这真是难以置信……尽管我是在做好充分思想准备的前提下开始假面与真面的分裂的，可是，为此却照样进行了艰苦卓绝的奋斗，没想到你却泰然自若地忍受了突如其来的分裂，并在事后不留下一丝懊悔的阴影……这究竟是怎么回事？……这也太不公平了！……干脆把一切都抖搂出来，告诉你我什么都知道，如何呢？……假如此时我手里拿着那颗纽扣的话，肯定早已一声不响地把它撂在了你的面前。

……但结果我却只能像一条鱼似的缄口不语。挑明假面的真相也就不异于解除自己的武装。不,如果能够因此而将你拽到一个与我对等的场所,那么解除武装也是无所谓的。可这收支相抵的买卖分明太不合算。即使剥去了你的伪善,可你的假面却多达一千张或一万张,依旧会源源不断地拿出新的假面来,而我却只有一张假面,除此之外,甚至连一张普通的真面也没有剩下。

我这久违了一周的家就像海绵一般充分吸收了日常性,在以前,墙壁、天花板、地上的榻榻米看起来无不显得坚固结实,可现在我却不得不看穿这样一个事实:对于一度体验了假面的人来说,那种坚固结实的感觉只不过是一种成了习惯的禁忌的栅栏而已。而且,栅栏的存在与其说是一种实际存在,不如说只是一种规则。与此相同,卸下了假面的我也只是一种淡淡的梦幻般的存在,倒是假面——通过假面接触到的那另一个世界——才以一种实在感映现在我的记忆中。这不仅针对我们家的墙壁,而且也针对你……从那种只能以死亡来衡量的绝望的败北感出发,我开始对虽然还未经过一个昼夜,但却肆无忌惮地通过触觉而漫延开来的你的实在感产生了一种像是萎靡似的饥饿感。我开始战栗了。据说鼹鼠如果髭须不接触到什么东西的话,就会患上神经官能症。我也在寻求着某种手感……就像深知那是一种剧毒却又无法戒掉的中毒患者(而且眼下已经药物短缺了)一样……看来我已开始出现了脱瘾症状。

我已再也不能忍受了。怎么着都行,反正我想赶快游回到可靠的陆地上。原以为是自己的家,可实际上却只是一个临时客栈,我甚至觉得只有假面——不仅不是“假”的面，反而唯有他才能治愈我的晕船——才是真正的陆地。我借口说突然想起了出差期间耽搁了却又不得不赶紧做的实验，在吃完晚饭后又马上出门了。我说那是一个不能中途停止的实验，所以有可能就在那里留宿。尽管这是没有先例的事情，可你却只是微微浮现出带着点怜悯的表情，并没有流露出半点猜疑的神色和不满的举止。实际上，没有面孔的怪物无论是外宿也好，还是编造什么借口也好，你都是不会在意的。

我来到了隐身的公寓附近，急不可待地给你打了个电话：

“他……回来了没有?”

“嗯，不过，刚才又说有工作……”

“是你来接的电话，真是太好了。我正寻思着，如果是他来接的话，就赶快挂断。”

尽管这是我自己不假思索地怀着轻松的心情说的话，以便让人听起来有条有理，谁知你沉默了半响之后，才用细细的声音说道：

“真可怜啊……”

这句话吧嗒一下子落在了我的心里，就像是不含其他成分的纯酒精一样很快漫遍了我的全身。想来，这句话便是你关于“他”所发出的第一次感慨。但是，我不可能拘泥于这种事情。圆木也好，铁桶也好，如果不尽快投掷到我的手能够触及的地方，我就要被淹死的。……的确，如果“他”是实际存在着的话，那么，这幽会就不免过于冒失吧。说不定什么时候他会因某件事突然闯回来的。即使不闯回来，挂来电话的可能性也是充分存在的。白天另当别论，可在现在这个时间离家出走，该怎么解释才好呢？我想，要是你疑心这一点的话，就会犹豫不决吧。谁知你没有表现出半点的踌躇，马上就答应了下来。或许你并不亚于我的手忙脚乱，为寻找到可能抓在手中的物体，正在浪涛之间奋力挣扎吧。原来你也是一个普通的无耻之徒。是一个伪善者、厚脸皮、刹那主义者、淫妇、女色鬼……尽管我在绷带里面咬牙切齿，露出下瘪的冷笑，可不一会儿，就觉得冷飕飕的，身体颤动起来，封闭了我的牙齿，冻结了我的冷笑。

你究竟是什么人？

决不拒绝，决不胆怯，也不打碎栅栏，便顺利地穿过了栅栏，并反过来对诱惑者进行诱惑，使流氓陷入自虐，自己却凛然不可侵犯。你，究竟是什么人？说来，你还从不曾打听过假面的名字、姓氏、职业……就像是早已看穿了假面的真相一样……假面的自由，假面不在现场的证据，在你的做法面前无不变得黯然失色……倘若有神明存在，就请神明把你任命为狩猎假面的长官好了……反正我迟早都会被你捕获的……

* * *

在安全楼梯下面的胡同里，有人向我打招呼。原来是管理员的女儿。她又在催促悠悠的事情了。在那一瞬间里我刚想要回答她，却又因过分的惊愕而差一点跳将起来拔腿逃跑了。因为与那姑娘订立合约的人并不是我，而是假面。我终于忍住了。由于惊慌，我所能够做的最多是装出一副不知所云的样子。就我而言，除了认定这姑娘看错了人以外别无他法。

但那姑娘全然不把我的演戏当作一回事，只是一个劲儿地催促着悠悠的事。莫非那姑娘只是单纯地以为“假面”与“绷带”乃是一对兄弟，所以，与其中一个约定的事情便理应自动转告了另一个吧？……但这种期望性的推测却因姑娘接着说出的一句话被彻底粉碎了。

“不要紧的哟……因为这是秘密游戏……”

原来打一开始就被她看穿了！尽管如此，可怎么会被她看穿的呢？我在什么地方露出了破绽吗？莫非她从门缝里偷看了我正在戴假面时的模样？

但那姑娘只是左右摇晃着脑袋，重复念叨着一些使莫名其妙的理由显得更加莫名其妙的话。归根结底，我的假面不过是连发育迟缓的姑娘的眼睛也瞒不过去的低档货色罢了……不，毋宁说正因为她是一个发育迟缓的姑娘，才反而看穿了我的假面吧。这就像假面无法欺骗狗一样。比起大人那种分析性的眼睛，倒是未分化的直观常常显得更为敏锐。假面甚至巧妙地骗过了最亲近的你，所以，怎么可能有那样一些缺陷呢？

不，这一体验的意义并不是像寻找不在现场的证据那样一种单纯的东西。我猛然发现了“未分化的直观”这样一种无底的深渊，再也无法忍受那逐渐涌动的战栗了。那种直观所暗示的东西很可能一举粉碎我这整个一年来的所有体验……我希望你能想想看，那种暗示不正是姑娘不囿于绷带与假面这类的外表，而径直看到了我的本质的标志吗？那种眼睛是确确实实存在着的。在姑娘的眼睛看来，我所做的一切肯定是相当滑稽的。

陡然间，无论是对假面的热情，还是对水蛭的怨恨，全都变成了难以忍受的空虚之物。那发出呻吟不断旋转的三角形也像停了电的游乐园里面的电动火车一样慢吞吞地中止了运动……

我让姑娘在门外等着，从房间里给她拿来了悠悠。姑娘再次小声嘟哝道："这是秘密游戏哟。"然后，掩饰不住嘴角的微笑，一副稚嫩的表情将悠悠缠在指头上，顺着楼梯跑了下去。眼泪莫名其妙地涌上了我的眼眶。洗完脸，卸去软膏，涂上黏合剂以后，再把假面戴在了脸上，可是，在假面与我的脸之间却突然出现了罅隙。可哪里还顾得上这些！……我就像阴霾的天空下风平浪静的湖面一样，以多少有点悲哀但却充满信心的明晰，不断地自言自语道：只要信任那种眼睛就行了。如果真的希望与他人相遇，那么，无论是谁，除了努力返回到那种直观以外已别无选择。

* * *

那天晚上，当我结束与你的第二次幽会返回到公寓以后，终于打定主意开始写这本手记了。

事实上，那天夜里我差一点就在做爱的过程中卸下假面了。就连那管理员的姑娘都轻易地看穿了我的假面，而你却毫不怀疑地接受了他的诱惑，这情景真让我难以忍受。更何况我早已疲惫不堪。假面已经不再是重新获得你的手段，而仅仅变成了追查你的背叛行为的隐形相机。我本来是为了恢复自我才制作假面的，可一旦制作完毕，假面却随心所欲地逃离了我。当他改变初衷准备美美地享受一番逃亡的乐趣时，这一次是我阻挡在前面妨碍了他。处在两者之间，只有你没有受到任何伤害。如果让这种状态持续下去，最终会是怎样的结局呢？或许今后一旦有机会，"我"还会图谋杀死假面吧。而假面为了永久地阻止这种报复肯定会不惜一切手段来牵制我。比如说以“杀掉你的计划”来还击我……

归根结底，倘若不想让事态恶化，就只能请求你也一起到场，在三者达成协议的基础上彻底清算这种三角关系。而且我已经开始写这本手记了……尽管假面最初对我的这一决心极端蔑视，只因手记不是那种伴有实际行动的东西，所以，虽说进行了一番嘲弄讽刺，最终却也默不作声地没有加以阻止……那以后已过了近两个月。其间又幽会了十几次，每次一想到迫在眼前的别离，我就有一种切肤之痛。这并不仅仅是一种措辞。我真的感到了一种切肤之痛。我失去了自信，以至于中间好几次欲中断写这本手记。我甚至戴着假面睡觉，以祈求童话般的奇迹从天而降，比如某天早晨睁眼一看，发现假面已牢牢地黏附在我的脸上，变成了我自己的真面。然而这种奇迹当然不会发生。我只能不断地写下去。

这种时候，给予我最大鼓励的事情，就是站在人们看不见的安全楼梯的背后悄悄观察那个玩悠悠的姑娘。这个背负着那种巨大的不幸——连自己都不能清楚地意识到自己的不幸——的姑娘，与那些为不幸而烦恼的幸福之人相比，不知要幸福多少倍。或许正是这种不怕失去的精神状态培育了那种直观吧。我也渴望着像那姑娘一样忍受失去的痛苦。

碰巧我看见今天早晨的报纸上刊登着一张奇怪的假面照片，好像是某个地方的野蛮人的假面。整个脸上那种像是套过了绳子似的印痕形成了几何图案，蜈蚣模样的鼻子蜿蜒匍匐在脸的中央，一直延伸到头顶上，还在下巴处垂吊着几个不规则的莫名物体。尽管印刷得不太清晰，但我却像中了魔一样出神地看着。于是，与那照片重合在一起浮现出来的有野蛮人刺了青的脸,还有用布蒙住脸部的阿拉伯女人,随后我又想起了从某个人那儿听说的事情——据说《源氏物语》中的女人们把露出脸部与露出阴部视为一码事。不对,不是从某个人那儿而是从你那儿听说的。是假面在一次幽会时从你那儿听说的。到底是出于什么目的说那番话的呢?她们认为只有头发才是展示给男人看的,据说即使在死亡之际也要用袖兜遮掩住脸部。就在我为了判明你的意图而联想到各种各样遮掩脸部的女人时,突然,那样一个没有脸存在的时代所发生的事情,就像画卷一般铺展开来,使我不由得大为震惊。那么,这不就意味着脸并不是自古以来就被展现在光明中的东西,而只有当文明将白昼之光对准脸部时,人的中心才被安置在了脸上吗?……倘若脸并不是从一开始就存在着,而是被制造出来的东西,那么,下列这种事情就是可能的:我自以为制作的是假面,可实际上却并不是假面或别的什么,而正好是我的真面,相反,自以为是真面的东西实际上却是假面……不,够了够了,事到如今,那种事怎么着都无所谓……看来假面也已经妥协了,所以就到此告一个段落吧……只是如果可能的话,我想接着听听你的告白……尽管不知道我们将何去何从,但我认为,至少还留有商量的余地……

昨天为了这最后一次幽会,我把这个隐身之处的地图交给了你。此刻,约定的时间已经临近了。有没有什么写漏了的东西呢?即使有,也来不及了。假面正与你依依惜别。那颗纽扣当然是属于他的东西,所以就和他一起埋葬掉吧。

到此你也已经读完了。床头枕边的烟灰缸下面放着钥匙，你就用它打开衣橱看看吧。在正面的胶靴左侧，放着假面的尸骸和那颗纽扣。至于如何处置，就随你的便吧。我先一步回家去了。我由衷地祈祷着，盼望你能像以前那样，以一副什么事也不曾发生过的表情从容地归来……

在灰色手记背面的空白处，从最后一页开始添写的只供自己阅读的附录

我一直等待着……整个冬季，我就像是那种遭到无数次践踏、直到出现可以昂首挺胸的暗号为止都只能静静等待的麦芽一样，不抱任何感情地一直等待着……

我想象着你在那仿佛一开始就以一张老人面孔诞生的公寓的隐身处里，恐怕没有闲暇舒展一下膝盖，一直阅读着这三本手记的模样。而我变成了像是只具备等待这种单一神经纤维的原生动物，只是凝然不动地漂浮于没有光明也没有色彩的空虚期待中……

但奇妙的是，我脑海里所能浮现出的东西就只有你的姿势，不知道为什么，根本无法追踪这手记可能在你内心所描绘出的轨迹。不仅如此，甚至连这手记的内容（我曾经反复阅读，对其中的所有细节都了如指掌，以至于可以当场背诵）也像是透过弄脏了的玻璃所看见的风景一样，根本找不到记起它的线索了。我的心就如同晒得半干的鱿鱼一般变得又冷又咸。或许是因为我已经绝望了：事到如今，无论怎样挣扎都已无法从头再来。如此说来，这种空白状态也是在结束了一连串的实验，终于舒了口气时常常经历的现

象，而且那种实验规模越大，其带来的空白也就越是根深蒂固。

所以，我内心的想法是：斗胆下注赌博的结果，无论掷骰子的点数如何，一切都随你而定。我知道，如此暴露假面的真相会伤害你，使你蒙受耻辱，但是毕竟你也背叛过我，伤害过我，所以，我们也算是彼此相抵了吧。尽管这么说，也并不意味着我改变了态度，无论你对这手记表现出什么样的反应，我都没有半点意思要去找你的碴儿。即使事态比戴假面以前还要糟糕，即使我们的关系被封闭在冰柱中，作为一种相应的解决方法，我都已经做好了充分的准备来接纳一切。

不，即使不能解决，至少也可以收拾一下残局吧。痛苦的悔恨、焦灼、败北感、诅咒、自虐性的感伤……把这样一些充满怨恨的情愫彻底包裹起来，不管是好是坏，也总算就此完成了大任——上述这绝望的叹息彻底淹没了我的心灵。当然，也并不是没有乞求好运的心愿，然而，我没有突然在床上扯下假面，而是采取了手记的形式，或许这本身就是挂起白旗宣布投降的标志。无论结局如何，都肯定远远胜过那种不正常的三角关系——片刻也不停息地、像癌细胞一样不断繁殖的嫉妒的自体中毒症。

回头想来，也并不是完全没有收获。乍一看，白白辛苦了一场，一切依旧，但是，那种体验绝不可能不留下任何影响地消失而去。至少我看透了这样一个事实：真面也只是不完整的假面而已。仅此一点不也是莫大的收获吗？或许是过于乐观了，但这智慧迟早会化作巨大的力量，即便被封存于永不融化的冰柱中，也能够使我在很大程度上去探索冰柱中的人生，无须再像从前那样瞎折腾一气了……但是，这一切可以留待你带着投降的条件回来后再慢慢思考。因为眼下除了等待还是等待……

我就像一个断了线的木偶一样，瘫软在起居室的榻榻米上面，只想着尽可能减少对时间的流淌所感到的抵触心理。被窗棂和邻居的屋檐所切割了的白蒙蒙的矩形天空，看起来像是监狱围墙的延伸。但我并不打算挪开自己的视线，毋宁说想尽可能加深那种错觉。被囚禁的并不只是我一个人。把这整个世界看作一个监狱，正好与我此时此刻的心境一拍即合。于是我进一步张开想象的翅膀，设想每一个人都在拼命地逃离这个世界。然而，就像尾骨一样实际上只是一种赘物的假面，已经沦落为意想不到的脚链，似乎没有一个人能够挣脱它成功地逃亡。……但是，我却不一样……虽说只是很短暂的刹那，可毕竟唯有我经历了那围墙对面的事情……尽管我无法忍受那过于浓密的大气而当即逃回了原地，但总之我知道……只要那围墙的存在没有被否定，那么，只是作为对假面的不完整的模仿，真面就没有任何理由在我面前抱着优越感……而且，既然你也听到了我的告白，那么，至少关于这一点，你是不会提出异议的吧……

但是，随着那锁闭天空的混凝土围墙渐渐失却了光亮，并开始融入了黑暗之中，我开始被一种仅仅靠顺应时间的努力怎么也无法排解的焦躁感所袭击和困扰。你究竟读到哪儿了？如果我知道你每小时的平均阅读页数，那么就可以大致推算出来……如果是一分钟一页，那么就是六十页……从那以后已过了四小时二十分钟，所以，如果快的话，该就要读完了吧。不过，也可能有一些地方让你难以释然，以至于不得不停滞不前吧。就像晕船一样，总有些地方不得不咬紧牙关加以忍耐吧。尽管如此，无论多么费时，也最多不会再超过一小时了吧。……一想到这里，我猛然间莫名其妙地跳了起来，随即又转念想道：哪里有必要从床上跳将起来呢？但是，此刻怎么也没有心思再躺下睡觉了。我起身打开电灯，顺便把水壶放在煤气炉上。在从厨房折回来的途中，突然有一股你的气息掠过我的鼻子。好像是从卧室入口处的梳妆台附近传来的化妆品的气味。

蓦然间，一种像是被人往喉咙里涂了一层复方碘溶液似的发作性的呕吐感攫住了我。马上，似乎又是裸露在外面的水蛭窝所产生的反应。但对于已经一度扮演完了假面剧主角的我来说，事到如今，是否还有资格去对别人的化妆品头论足呢？必须得更宽容，必须赶快从老是拘泥于化妆、假发之类的稚童状态中毕业。于是，我决定模仿厌恶症的治疗法，将全部意识集中在化妆的心理上。化妆……脸的加工……这确实是对真面的否定……是将表情加以变形，尽可能更接近其他人的一种勇敢尝试……但当这种化妆取得预期的效果时……她们真的还能够不对这种化妆感到嫉妒吗？……似乎并没有那种迹象……也确实是有这种滑稽的事情呐……那些嫉妒心十足的女人们，对于占领了自己脸部的别人，却没有表现出任何的反应，这究竟是怎么回事呢？……是缘于想象力的贫乏呢，还是基于自我牺牲的精神？……抑或是自我与想象力两者都处于过剩状态，以至于无法区分自己和他人？……这样一来，好容易瞄准的目标也偏离了靶心，似乎不可能成为化妆厌恶症的治疗法了。（但现在可不同了，如果是现在，我会接着这样写道：女人们之所以对自己的化妆不感到嫉妒，或许是因为她们依靠直觉看穿了真面价值的衰落吧。也正是因为与财产无缘，才本能地感觉到，真面的可贵只不过是世袭财产乃是身份之保障的那种时代的遗物罢了。她们不是比如今还仰仗着真面的权威性的男人们更加现实、更符合道理吗？不过，只要在孩子们面前，女人们也声称禁止化妆。毕竟还是在某个地方抱着一抹不安吧？即便如此，与其说应该从女人们信心的匮乏中，不如说应该从小学教育的保守性中，去探寻这种事态的责任。如果决定通过小学教育来彻底发挥化妆的效用，那么，自然而然地男人们也就可以不加抵抗地接受化妆了……不，还是算了吧。事到如今，无论怎样坚持主张其他的可能性，也只能是死到临头强装镇静了。归根结底，如果说有什么事情是显而易见的话，那么，或许就只有一件，那就是假面也最终没能医治好我潜在性的化妆恐怖症。）

为了排解情绪，我打开了电视机的开关。背运的时候尽是倒霉事。这不，电视上播放的海外新闻，正在报道美国的黑人暴动。以衣衫褴褛、瘦弱的黑人们被警察强行带走的画面为背景，播音员一副事务性的腔调絮叨着：

——迎来了漫长而漆黑的夏天，人们一直担心的纽约的种族暴动出现有关人士所预计的结局。在哈莱姆①街头上充满了戴着头盔的黑人、白人和五百多名警察，这是继一九四三年夏天以来的又一次戒备状态。在各个教堂里，与星期日礼拜一起举行了抗议集会，警察的眼睛和黑人市民的眼睛里无不笼罩着轻蔑与怀疑的神色……

我陷入了一种难以忍受的心境中，就像是牙齿缝里卡着锋利

① 美国纽约市曼哈顿岛东北部的黑人居住区。

的鱼刺一般，交织着疼痛和郁闷。不过，在我和黑人之间，除了同样被视作歧视的对象，几乎没有任何共通之处。但黑人们有可以联合的伙伴，而我却是伶俜一人。即使黑人问题可以成为一个重大的社会问题，我也始终只能停留在个人的框架里，不能越出雷池半步。但我之所以从那暴动的画面中产生了一种快要窒息的感觉，或许是因为我联想到了与我一样丧失了面孔的男男女女数千人聚集在一起的情景。我们也会像黑人们那样勇敢奋起，向偏见挑战吗？这是不可能的。如果说还有什么值得考虑的行动的话，最多也不过是唾弃相互的丑陋，伙伴与伙伴之间开始彼此殴斗吧……否则，就是一溜烟似的逃窜，直到那一帮同类彻底从自己的视线中消失为止吧……不，倘若真的如此，还算是可以忍耐的吧。然而，我似乎确实被那种暴动迷住了。或许没有什么必然性，只是因一点微不足道的契机，我们怪物集团便对准那帮一本正经的家伙们的脸，开始了大肆攻击。是出于憎恶呢，还是出于实用性的阴谋——即砸碎他们正常的脸，以增加一个伙伴？无疑两者都不失为重要的动机，但有一点更为重要——我受到了另一种愿望的驱使，即作为一个士兵将自己埋没在暴动的大风大雨之中。的确，只有士兵才是完美的匿名性的存在。即使没有面孔，也照样履行使命，照样被赋予存在的理由。或许没有面孔的部队才出人意料地是理想的士兵集团。或许毫不畏惧地向着为破坏的破坏突进，才是理想的战斗队伍。

是的，如果是在空想中的话，或许的确是那样的吧。但在现实中，我却依旧是茕茕孑然。是把气手枪藏在口袋中，甚至不曾打算瞄准一只小鸟的我。我已经厌倦了。我关掉电视机，再看看表，预定的时间早已过去了一个小时。

我也不免惊慌失措了。侧耳倾听着外面的动静，就像每隔几分钟便一边确认时间，一边看着开始不断增高水位的洪水一般心急火燎，惴惴不安。听，响起了脚步声！……但从隔壁的狗开始大声吠叫来分析，很可能是另外的人。那么，这一次呢？……还是不对……如果是你的脚步的话，不可能发出那种像支撑不住体重似的响声。又过了一会儿，传来了汽车停下之后开闭车门的声音，但遗憾的是，那响声处于背后胡同的方位上。我越发失去了镇静。究竟怎么样了呢？莫非发生了什么没有预料到的变故？比方说交通事故，或者流氓的袭击……如果是那样的话，至少该挂个电话来呀……无论你多么喜欢流氓，也……不，那可不行。即使是开玩笑，也还有能开与不能开之分……那种经历只具有一层过于敏感的薄薄的皮肤，切忌用那种说法来提及它……

既然如此担心，那就干脆出去看看，如何呢？不，别着急。即使现在出门去看，也只会中途相左的。如果光是阅读的话，即便是早已读完了，可是，该怎么回答我呢？或许正是为了归纳阅读后的印象，额外地耗费了时间吧？况且我还委托了你埋葬假面呐。即使把手记作为物证保留下来，但为了拭去噩梦所有的痕迹，或许你也会决定把假面和纽扣敲碎打烂吧。那样的话，或许会耗费比预计更多的时间吧。无论如何，剩下的都只是时间的问题。说不定你已经走到了这附近呐。再过三分钟，你就会站在大门口，像平常一样短促地按响两声门铃……是的，还有两分钟了……不，还有一分钟了……

不对不对，从头再来一次吧。还有五分钟……还有四分钟……还有三分钟……还有两分钟……还有一分钟……在不断重复的过程中,已经到了九点,十点,最终到了近十一点。我的意识因过分紧张,就如同一个打开的铁筒一般,与遥远街角的喧闹声发生了共鸣。只听见它提高了呻吟声,战战兢兢地嗫嚅着反问对方:到底会有什么样的可能性呢?……除了回到这里以外,还会有别的什么去处呢?……但是,什么回答也没有……这是理所当然的……不可能有别的回答……只要你小心翼翼地没有读错这手记的话……

然后,我突然提高嗓门骂了起来。我一边骂着,一边用慌张的手势往脸上缠着绷带。匆匆掩上房门以后,我便飞身跑了出去。到底在磨蹭什么呢?这种事不是该早点下定决心吗?或许已经为时太晚!为时太晚?!什么为时太晚?究竟是出于什么目的说那种话的,我自己也不知道。但那预感就像怪物的深喉一样阴暗,充满了不祥的热气。

……而且那预感真的兑现了。抵达公寓时差点就已经十二点了。房间的电灯已经熄灭了,也没有人的迹象。我因为自己傻乎乎地一直等到现在这个时辰而一边破口大骂,一边拾级而上,咽着口水打开了房门。从下巴到心脏就像是一层薄薄的蜡纸一样发出哧哧的声响。我在确认没有响声之后,悄悄点亮了灯。原来你不在这里。也没有你的尸体。房间的样子与我出门时不差分毫。桌子上整齐地排列着三本手记,甚至连我写有"希望你先打开第一本第一页"的留言条也还像以前那样被压在墨水瓶下面。……那么,你没有来过这个房间吗?……我越发糊涂了……与读着读着不见了人影相比,倒是还没有读便早已行踪不明带给人的负担要轻一些，但两种情况均属于意外变故，在这一点上并没有区别。我瞧了瞧衣橱，只见假面和纽扣上都完全没有用手触摸过的痕迹。

不过，请等一等……这气味……是的，这夹杂在霉臭与尘土味中间并微微带着色彩的气味，分明就是你的气息。那么，你到底是来过这儿的。但留言条原封不动地搁在老地方，这或许是你漠视手记的标志……你专程到这儿来，又做出这种举动，你葫芦里究竟卖的是什么药呢？

我漫不经心地浏览了一下那留言条，结果大吃一惊。尽管还是那张我用过的纸片，可上面的字迹却不是我的。原来是用你的字体在纸条的背面写给我的一封信。看来你是在读完手记后失踪的。我终于面临着自己预想中最糟糕的事态了。

不，切不可如此草率地使用“最糟糕”这三个字眼儿。那封信的内容超出了我迄今为止的每一种预想，彻彻底底在我的意料之外。无论我曾经多么恐惧、惶惑、烦恼、痛苦、忧虑，其实那一切都已算不了什么。如同只添加一笔，跳蚤就会变成大象的那种猜谜画一样，我所尝试的一切已经变成了与自己的意图截然不同的东西。假面的决断……假面的思想……与真面的搏斗……还有企图通过这手记来达成的我所有的愿望，全都变成了一场微不足道的滑稽短剧。真可怕。谁又能想象到，自己会给自己带来这么多的嘲笑和侮辱呢……

* * *

妻子的信

在长筒靴里死去的不是假面，而是你。知道你的假面剧的人，并不只是那个玩悠悠的姑娘。就连我也从那最初的一瞬间起……即从你称之为磁场倾斜并自鸣得意的那一瞬间起，就已经彻底识破了一切。请不要用“你是怎样识破的呢”之类的问题来羞辱我。当然我感到惊恐、迷惑、无所适从。因为这是一种无法从你平时的言行中想象出来的果断做法。尽管如此，在目睹你充满自信的模样的过程中，我不由自主地陷入了一种错觉，那就是你也肯定知道我已经看穿了事情的真相。你在心中有数的情况下，为了默不作声地继续演戏而不断地催促着我。最初我感到很是恐惧，但马上又改变了主意。我猜想这或许是你对我的一种犒劳。于是在我的眼里，你的所作所为尽管好像有些羞怯，但却俨然像是在细腻而柔情地邀请我与你共舞一样。而且你一本正经得让我惊讶万分，在目睹你继续佯装受骗的过程中，我的心越来越充满感激之情，所以，才能够那么温驯地跟随在你身后。

不过你从头到尾都误会了。你说我拒绝了你，其实这纯属谎言。难道不是你自己拒绝了自己吗？对于那种想拒绝自己的心情，我似乎也能够理解。既然事情成了这个样子，除了休戚与共已别无选择——当时我也几乎有一半绝望了。正因为如此，你的假面使我感到非常高兴。我甚至怀着幸福的心情这样想过：所谓爱就是彼此剥下假面的游戏，为此，为了所爱的人，就必须努力佩戴假面。因为如果没有假面，也就失去了剥下假面的乐趣。你明白我这样说的意思吗？

你不可能不知道吧。到最后你不是也怀疑过“自以为是假面的东西其实是真面，而自以为是真面的东西其实是假面”吗？当然如此。无论哪个人，如果他是一个被诱惑者，那么，他肯定是在充分了解了这一点的基础上才接受诱惑的。

不过，假面已不会再回来了。最初你也似乎是试图利用假面来找回自我的，但不知不觉之间，却已经只把它当作了逃离自己的隐身蓑衣。那么这样一来，假面就不再是假面，而与其他的真面一个样了吗？狐狸终于露出了尾巴。我说的不是假面，而是你。假面只有在让对方明白是假面以后，才会具有罩上假面的意义。即使是被你视为眼中钉的那种女人的化妆，也绝不会企图隐瞒化妆的事实。归根结底，并不是假面有什么不好，而是你在假面的处理方式上过于无知。其证据是，尽管你罩着假面，却一事无成。坏事也好，好事也好，全都一事无成。只会满街溜达逛荡，然后写冗长的告白，那种啰嗦劲儿就如同嘴里衔着尾巴的蛇一样。无论脸上是否有烧伤，也无论是否罩着假面，这样的你不是都没有任何变化吗？你已经不可能再召回假面。既然假面已经不会回来，那么，我不是也不能再回来了吗？

尽管如此，仍旧是一种可怕的告白。那感觉就像是身体没有毛病，却被强行拽上了手术台，被几百种形状怪异、不知道其用途和使用方法的手术刀和剪刀全身解剖一样。请你抱着这种心情再重读一次你所写的东西，你肯定也会听到我的哀鸣的。倘若时间允许的话，我甚至想为你一一解释那哀鸣的含义。不过，在这倏忽之间，似乎你就要回到这里来了，我感到很可怕。一面说着脸是人与人之间的通道，一面却像海关的官吏那样只想着自己这道门，如同海螺似的你。尽管只是扣留住了本来就关在栅栏内的我，却又虚张声势，俨然像是翻越了与监狱围墙一样高高耸立的栅栏，犯下了拐带妇女罪似的虚荣的你。然而，一旦焦点开始对准我的脸，便马上张皇失措，一句也不商量就立即钉死假面之门的你。诚然，正如你所说的那样，或许世间充斥着死亡。但是，四处播撒死亡种子，不也正是像你这种对他人一无所知的人所进行的勾当吗？

你需要的并不是我，而无疑是一面镜子。无论什么样的他人，对于你来说都不过是映照自己的镜子罢了。我不想再次折回到那种镜子的沙漠中去。就因为那种一生也消化不了的愚弄，我的内脏已经差一点快要撑破了。

（接下来有两行半被涂抹掉的文字，但已无法辨认。）

* * *

……真是一次意想不到的打击。你识破了我的假面，却一直佯装着被骗了的样子。一大堆长着蜈蚣似的脚的耻辱感选中了我的腋下、背肌、侧腹等最容易起鸡皮疙瘩的部位，开始咕咕噜噜地四处爬着。看来,感受羞耻的那些神经的确是宿居于皮肤的表面。我因耻辱的荨麻疹而活像溺水的尸体一样变得肿胀了。尽管我嘴里还念着"决不想变成没有意识到滑稽的丑角"之类的台词,可这些台词本身却也早已变成了丑角的台词,所以真是不可救药。你已看穿了所有的事情。那么,我不就像是虔信虚假的咒文,却完全不知道人们正瞅着自己看,以为只有自己一个人变成了透明人,在演着独角戏一样吗?一大堆耻辱感正耕耘着我的皮肤,在被耕耘的皮肤的田垄之间种植着海胆的棘刺。不久我也将肯定被迫跻身于棘皮动物的行列之中……

我一边摇摇晃晃着,一边久久地呆立在原地。我看见影子也跟着人一起晃动。这倒不仅仅是心理作用,而是真的在晃动吧。不管怎么说我的确是干了一件天大的蠢事。看来我是在某个地方坐错了汽车。到底需要返回到哪儿,才能换乘到正确方向的汽车呢?我一边摇摇晃晃着,一边凭借着那张沾满污迹、难以辨认的地图追溯着记忆的线路。

那个决定写手记的妒火中烧的深夜……那个第一次向你搭讪的诱惑的午后……还有成为流氓的前前后后……终于看到假面完成的那个带着浅笑般色彩的黎明……那个开始制作假面的风雨将至的夜晚……还有在此之前那个漫长的绷带和水蛭窝的时代……追溯到这里还不行吗?……倘若到了这里还不能换乘的话,那么,就不得不追溯到对面一侧,去那里查找错误的出发点。莫非就像你所认为的那样,不管外面的容器如何,我内部的东西从一开始便只是一摊腐臭了的水吗?

但这并不意味着我全盘认同了你的意见。特别是难以赞同你的这种看法:播撒死亡种子的乃是像我这种对他人一无所知的人。我认为对他人一无所知这种说法本身尽管精辟而有趣,但若是把它视为一种超越结果之上的东西,则无论怎么说都不免有胡乱猜疑之嫌。对他人一无所知,最终是一种结果,而并非原因。因为——尽管手记中也已写到过——现代社会所需要的只是一种抽象的人际关系,所以,即使像我这样失去了面孔的人也照样可以毫无障碍地接受薪水的支付。这样一来,作为一种具体的人际关系的邻人的存在,便越来越受到废物式的对待,至多也只是在书籍中或是在家庭这个孤岛中苟延残喘。无论电视中的家庭剧怎样不断吟诵着甜蜜得腻人的家庭赞歌,但人们被衡量其价值,核定其薪水,接受生活权的保护,都不过是在那个只剩下了敌人与流氓的外部世界中。每一个他人那里都萦绕着毒物与死亡的气味,以至于人们不知不觉之间都变成了他人过敏症患者。孤独固然是可怕的,但被邻人的假面所背叛则显得更加可怕。至少那种愚蠢地对邻人抱着幻想,落伍于现代社会的傻瓜蛋,我是决不想做的。这貌似平庸至极的每日的重复,也似乎只是被日常化了的战场而已。人们拼命地致力于在脸上放下卷帘门,锁上大锁,以严防他人的入侵。如果得手的话——就像我的假面所尝试的那样——甚至会梦见这样一种难以兑现的愿望:逃离自己的脸,变成一个透明的人。他人绝不是那种想了解便能了解的简单存在。关于这一点,倒是以为用一句"对他人一无所知"的话便能射中他人要害的你,更像一个染上了严重的对他人一无所知症的患者吧。

不过,事到如今对那种琐屑之事揪住不放也是无济于事的。重要的不是道理和辩解,而是事实。有两点必须指出,因为它们袭击了我，确实带给了我致命的伤害。其一，不用说就是你残酷地披露道，你识破了假面的真相，却一直装着被骗了的样子；其二，是你毫不留情地穷追猛打，说我费尽心思夸夸其谈什么不在现场的证据，什么匿名，什么纯粹的目的，什么打破禁忌等等，可在现实中却没有一样付诸行动，只能勉强写什么废话连篇的冗长的手记。

我对假面寄予了铁盾一般的厚望，可他却比平板玻璃更脆弱地被打了个粉碎。这样一来，我已毫无反驳的余地。经你那么一说，也的确觉得那假面与其说是假面，不如说更接近于一张新的真面。如果我还固执地坚持"真面乃是对假面不完整的模仿"这一见解的话，那么，也就意味着，我不辞辛劳地制作出来的乃是赝品的假面了。

或许是那样吧……我猛然间想到了不久前在报上看到的那张野蛮人的假面。或许那才是真正的假面吧。或许只有像那样实现了从真面的彻底飞跃，才能获准被称为真资格的假面吧。那凸出的大眼珠、尽是牙齿的大嘴巴、串珠编织的鼻子，还有从那鼻子的根部与两端各自伸展出枝头，在整个脸上翻卷起漩涡，长长的鸟羽像轮辐一样环绕在周围。越看越让人毛骨悚然，显得那么怪异诡谲，充满了非现实的感觉。可如果是权当作那假面戴在了自己脸上，再来凝视它的话，就会渐渐地读懂那假面的意图。它似乎是一种热切的祈求的表现：渴望超越人类，跻身于神明之列。这是一种多么令人战栗的想象力啊！是试图正面向自然的禁忌进行挑战的强烈意志的浓缩。如果一定要制作假面的话，或许我也该选择这种假面吧。这么一来，理应打一开始就不用陷入那种偷偷摸摸地躲着别人视线的心态……

真是无稽之谈。因为我是在那种情形下说的那种话，结果反倒被你挖苦地形容为形状怪异不明用途的手术刀和剪刀等等。如果光是怪物就足够了的话，那么，即使不拿出假面，只亮出水蛭窝不也行吗？诸神变了，人也变了。从主动让脸变形的时代开始，经过像阿拉伯女人、《源氏物语》中的女人们那样的蒙面时代，终于抵达现在这种真面的时代。当然我并不打算将此断言为一种进步。因为既可以把这看作人对神的一种胜利，同时也可以视之为人对神的恭顺的标志。因此，明天的事情是不得而知的。说不定到了明天，又会降临一个再度拒绝真面的时代。不过，总而言之，目前与其说是诸神的时代，不如说是人的时代。我的假面之所以以真面为基准，也并不是毫无理由的。

不，还是算了吧。理由已经太多了。如果悉心寻找的话，肯定会像牢骚一样应有尽有。但无论怎样发牢骚，都不可能推翻你所指出的那两个事实。特别是对你指出的第二点，即我的假面最终一事无成，仅仅只流于拼命辩解这一点，看来我只能亲身去加倍证实它的存在了。丢人现眼的事真是太多了。如果只是滑稽和失败倒也另当别论，可那样一种体验倘若也只能等于零的话，也未免过于悲惨了，哪怕是进行解释也让人羞愧不已。就连说是绝望也显然缺乏诚意。不在现场的绝好证据、无限制的自由，还有收获，全都为零。事后还拼命地写报告，主动推翻不在现场的证据，真是没治了。如此这般，和那种没有阴茎却心理上性欲旺盛的污秽的阳痿者有什么两样呢？

是的，或许只有那部电影的事情是值得记录下来的。记得是在二月初的时候，但在手记中却没有提及。与其说是因为它与手记的内容没有关联，不如说是过于有关系——让我感觉到那就像给好不容易开始的假面制作泼了一瓢冷水似的——所以才故意避开了。然而我已经落到了该落到的田地，所以，事到如今再迷信什么兆头也毫无意义了。而且，或许是事态有所改变的缘故吧，有关的印象也变成了截然不同的东西。的确，那远远不是一般的残酷。那是一部风格怪异的作品，所以没有引起什么好评，但如果说起《爱的另一面》，我想你也至少该记起这是一部电影的名字吧……

* * *

——在死一般阒寂的生硬的风景中，一个服装朴素淡雅但却清洁苗条的姑娘，宛若妖精一般露出透明的侧脸，迈着像是在滑行似的步履向前行走着。姑娘在画面上从右向左行进，所以让观众看到的只是左侧的半身。背景是一栋混凝土建筑物，姑娘将观众看不见的右肩几乎是紧贴在建筑上向前行走着。那情景仿佛是觉得这世间太过刺眼一样，恰好与她充满哀愁的侧脸非常吻合，从而更强化了她让人怜爱的印象。

在同一条人行道靠近车道的一侧，有三个流氓模样的年轻人忽而倚靠在护栏上，忽而用一只脚搭在护栏上，等候着猎物的到来。其中一个看见了那姑娘，于是马上吹响了口哨。但姑娘就像是完全不具备接受外部刺激的器官一样，没有表现出任何反应。被挑逗起来的另两个同伙迅速离开原地，走近了那姑娘。他们用娴熟的动作从后面抓住姑娘的左臂，一边往回拖，一边咕哝着什么猥亵的话语。姑娘就像是听天由命似的停下了脚步，慢慢地回过头来望着年轻人这边。……于是，我们这才看见了姑娘那张第一次暴露在观众面前的面孔。其右侧的半边脸因瘢痕和伤疤早已是面目全非、彻底变形了。(尽管片中没作详细的说明,但后面的台词中多次出现了“广岛”这个地名。由此看来是原子弹爆炸的后遗症。)年轻人惊愕得无声地呆立不动,而姑娘却又恢复了那张美丽的妖精似的侧脸,若无其事地离去了……

然后姑娘又走过两三条街道。每当遇到右侧没有适当的遮蔽物或是必须横穿的十字路口时,她都要与那种绝望般的考验殊死搏斗。(我如同身受,差一点就要离席而去。)不久终于来到了四周被带刺的铁丝网包围起来的八栋营房前面。

那些房子也真是奇妙得很,就像是突然回溯到了二十年前似的,过去的陆军士兵们穿着当时的军服在院子里成群地徘徊着。脸上是一副刚从墓地中苏醒过来似的空幻表情,一些人一边发出号令,一边自个儿重复着那个动作;另一些人每前进三步,就站在原地不动,不断地举手行最高敬礼。其中给人印象最深的莫过于一个老兵的模样,他就像是被人撵走似的不停地吟诵着天皇给军人下的告谕。尽管一句句话已经被磨灭而失去了意义,但整体的轮廓和语调却栩栩如生地保留着原来的样子。

这儿原来是旧军队的精神病医院。患者们对战败的事实一无所知,在二十年前便已停滞了的时间里,忠实地生存于过去之中。但那穿过阴森凄凉的景象向前行进的姑娘的脚步,却轻盈快捷得恍若另一个人。尽管姑娘和他们并没有相互搭话,但却渗透着作为同样被剥夺了时间的人相互之间的那种温柔的安慰之情。不久,姑娘在房子的一隅开始了洗濯工作。旁边的管理员向她表示感谢。这是姑娘自发选择的每周一次的奉献。抬头望去,只见房屋的间隙中有一块沐浴着阳光的空地，孩子们正在那儿无忧无虑地玩着棒球。

然后画面变了。这一次出现的是姑娘在家庭中的生活场景。她的家是一个对白铁皮玩具进行锻压加工的小工场，俨然是一种散文式的落寞之地。但姑娘的左脸和右脸相互交替出现，给画面增添了色彩变化，于是在那单调的风景中产生了微妙的折射，以至于排列在工作现场的那种廉价的脚踏式锻压机也开始发出了悲怆的哀鸣。而且就在这日常的细节被一一详尽地加以追溯（甚至达到让人心烦意乱的程度）的过程中，我们渐渐明白了：所有的东西都正在为姑娘那绝不会来临的明天，为她那绝不会得到补偿的半边美丽的容颜而伛偻着身体表示哀悼之意。我们也发现，这种同情反而逼迫着姑娘陷入一种难以忍受的心境中。所以，即使有一天当她被这样一种冲动——发作性地将硫酸泼洒在那另一半正常的脸上，以使它变得和丑陋的一半一模一样的冲动——驱使着干出某种傻事，也绝不会给观众带来唐突的感觉。当然，那么做也解决不了任何问题。但是，既然找不到可以代替的手段，就没有资格去责备姑娘。

有一天，姑娘突然问她哥哥道：

——看样子眼下战争还不会开始吧？

但在姑娘这种问话的口吻中却没有半点诅咒他人的感觉。她并不是祈望对那些平安无事的人进行报复才说出这种话的，而只是寄予着一种朴素的期待：一旦战争开始，事物的价值准绳就会全部颠倒，比起脸，倒是胃，比起外形，倒是生命本身，更可能成为人们关注的焦点。而回答她的哥哥对此也是心领神会的，只是淡淡地和着她的口吻说道：

——嗯，眼下嘛……不过关于明天的事情，就连天气预报也都不一定靠得住呐。

——是啊。如果明天的事情那么轻易就知道了，那算命先生不是就做不成买卖了吗？

——是哟。无论是战争还是别的什么，大都是在开始以后，才发现它已经开始了。

——真的是那样呐。就说受伤吧，如果受伤之前就知道了的话，就不会受伤了吧……

以一种就像是在等待某个人的来信似的语气谈论战争，这本身就会酿造出一种痛切而绝望的氛围。

但在街头上却没有任何东西使人预感到胃和生命即将收复它们的权利。为了姑娘，摄影机在整个城市中来回奔走四处寻找，但所能看见的却只有近于乖张的饱食和对生命毫不吝惜的浪费。废气的深海……无数的工地现场……垃圾处理场呻吟不止的烟囱……四处疾驶的消防车……游戏场与特价商品柜台那种疯狂的嘈杂……不断鸣响的报警电话……叫嚷不止的电视广告……

终于姑娘沉不住气了。她思忖道：不能再这样等待下去了。于是，很少求人的她恳求哥哥，要哥哥带她去某个遥远的地方做一生中唯一的一次旅行。她把语气的重点与其说放在了“一次”上，不如说放在了“一生”上。哥哥留心到了这一点，但又没有信心再强迫她去忍受孤独。既然没有拯救她的方法，那么，至少装作不知道而答应她，也算是分担不幸的唯一一种爱的表现吧。

在这种情况下，几个星期之后，兄妹俩到某个海边去旅行。姑娘留意着尽可能将受伤的右脸转向暗处，只让哥哥看见她美丽的半边左脸，头发上扎着饰带，一副从未有过的快乐样子。妹妹说“大海是没有表情的”，哥哥说“不对，大海是一流的饶舌者”。不过，意见的分歧也仅限于此，他们俩就像一对恋人一样，任何些小的词语都很快因对方的共鸣而膨胀到了两倍的规模。她还叫哥哥递给她一支烟，她学着抽烟的模样。不久，兴奋化作了惬意的疲惫，两个人各自躺在并排铺放的床上。其间，从事先打开以看见月亮的窗户上落下了一滴金黄色的水点。这水点沿着大海与天空的接壤处慢慢向两侧漫延开来。见此情景，妹妹不由得叫了声哥哥，可哥哥没有回答。

妹妹眺望着逐渐升起的如同金色鲸鱼般的月亮的脊背，好一阵子期待着什么，但随即转念一想：这是一次为了中止等待的旅行。于是，她把手搭在哥哥的肩上，摇醒他，嗫嚅道：

——哥哥，你能吻吻我吗？

哥哥一阵惊慌失措，可又不能一直装着入睡了的样子。他眯缝着眼睛，回望着妹妹那像陶器般透明的侧脸，既不能谴责她，也不能答应她。但姑娘毫不胆怯。——到了明天，或许一定会爆发战争的……像是在哀求，像是在喘息，又像是在祈祷似的，她一直嗫嚅着，将嘴唇贴近了哥哥。

就这样，那充满绝望的对禁忌的破坏便在愤怒与欲望这两种不合拍的槌子之间开始了近于疯狂的不完全燃烧。爱与厌恶……善良与杀机……融解与拒绝……爱抚与殴打……被两种相反的热情所摆弄而决不允许人清醒过来的一种加速度的坠落……但如果把这称为鲜廉寡耻的话，那么，同时代的人没有一个可以幸免被牵连到这种鲜廉寡耻罪之中。

天球旋转了半周，已接近黎明了。这时，姑娘一边注意着哥哥入睡的呼吸声，一边悄悄起床开始更衣。她把早已准备好的两封信放在哥哥的枕边，蹑手蹑脚地走出了房间。就在隔扇被关上的同时，睡着了的哥哥睁开了眼睛。从他半张着的嘴唇中传出了愚蠢的呻吟声，一串眼泪顺着脸颊流进了耳孔。他离开床铺，爬到窗边，从栏干的格棂的缝隙间露出眼睛，牙齿咬得嘎吱作响，往外面望去。不久，只见那白天鹅般的姑娘朝着已经膨胀起来的黑色大海，碎步疾走着。白色的天鹅好几次被波浪推回到原地，但她还是奋勇向前，在波浪中忽隐忽现，一直向大海中游去。

当他再也不能忍受膝盖跪在地上的疼痛时，他看见远处有一排并列摆放着的红色灯盏。就在他被那些红灯分散了注意力的刹那间里，早就变成了一个点的白色妹妹一下子消失得无影无踪，再也没有出现第二次。

* * *

按照惯例，丑小鸭的故事肯定是以天鹅之歌来结束的。机会主义也真够聪明的。但只需变成那天鹅来设身处地想想看吧。无论别人为自己高唱什么样的颂歌，这都是死亡，是明显的败北。我讨厌这样。我想拒绝。即使我死去，也没有人会认为我是天鹅，而且我还有获胜的希望。……当初在看这部电影时，我觉得非常恼火，甚至不屑一顾，可现在不同了。我不得不再次对那个姑娘感到由衷的羡慕。

总之，她采取了行动。特别是她巧妙地打破了坚固的禁忌的栅栏。即使最后的死亡也是她自己选择的结果，所以一定比什么都不做要强得多。因此她能够使无关的陌生人也产生痛苦的悔恨之情，诱发出同谋犯的恐惧。

好吧，我也给侥幸活下来的假面再提供一次（也仅限于这一次）机会吧。无论怎么样都行，反正我要依靠行为来打破现状，将自己的尝试从虚无中拯救出来。幸运的是，换装的衣服、气手枪都还原封不动地保留着。我一解开绷带，罩上假面，心理的频谱就会顷刻间出现变化。比如说，真面那种“已经年满四十岁了”的心态就会变成“才刚满四十岁”的心态。照了照镜子之后，我马上萌生了那种遇到老友后的怀旧感。那种久违了的假面独特的醉意和自信又发出虫豸般的声音开始了充电。所以我说不能贸然下结论。假面既不正确，也没有错误。并不是说正确的答案在所有的场合都是答案的全部。

我凭借着自己穿上了铠甲的热情，开始踏入了深夜的街头。一到这个时间，早已没有了过往的行人，天空中那像患了感冒的狗一样哗啦哗啦的声响落到了附近的屋檐周围。从这直逼喉咙的大风来看，或许不久就会有一场大雨来临。我索性在附近的电话亭里翻开电话簿，试着查找了两三个你有可能去避难的地方——你的娘家、你过去的同班同学的家和你表妹的家。

但三个地方都不了了之。他们含糊的反应，让人觉得如果想相信，也不是就不能相信，如果怀疑，也不是就不能怀疑，所以很难判断。因为也并不是完全没有预计到这种局面，所以，倒也并不特别沮丧。如果是那样的话，干脆直接去好了。离国营电车的末班车还有一段时间，如果来不及的话，还可以叫计程车去。

渐渐地，怒火冲上了心头。我并不是不理解你的愤怒，但那最终不过是被迫与丑角为伍了这样一种自尊心与虚荣心的问题罢了。尽管无意像对待尾骨那样来对待你的自尊心，但事情是否真的落到了非写绝缘书不可的地步，毕竟还是大可怀疑的。那么我问问你：在那部电影中，哥哥所亲吻的到底是妹妹的哪半张脸？你答不上来吧。因为你对我并没有像那个哥哥对他的妹妹一样鼎力相助。即使你承认假面的必要性，也只限于那种绝不会违反禁忌的、被家畜化了的假面。……但是，从下次开始你得留神。下次袭击你的将是野兽般的假面。既然我已被你看穿了真相，那么，下次的假面就是不再具备让嫉妒弄得头晕目眩的弱点且能专心致力于打破戒律的假面了。你自己挖掘了自己的墓穴。是的，从来不曾有过光凭写写画画便能得到一个好结果的先例。

突然传来了女人尖厉的脚步声。于是，只有假面留在了原地，而我却消亡了。来不及思考，假面便迅速隐藏到了旁边的胡同里，打开手枪的安全装置，屏住了呼吸。这么做又会怎么样呢？仅仅是一出为了测试自己的戏剧呢，还是一本正经地企图干某件事情呢？或许直到那女人进入攻击范围为止，直到作出最后的决断的那一瞬间为止，都无法肯定给予自己一个准确的答案。

但是，想想看吧。我真的能够依靠这种行为变成一只天鹅吗？能够使人们感到一种同谋犯的哀愁吗？越想越觉得徒劳。只有一点是明确无误的，那就是我最多只能成为一个孤独的、遭到抛弃的流氓犯。除了被免除滑稽罪之外，不可能得到任何酬劳。或许这就是电影与现实的差异吧。……总之，除此以外，再也找不到战胜真面的途径，所以，只能是无可奈何的事情。当然，这并不是假面一个人的责任，毋宁说问题的症结正好存在于我的内部，对这一点我并不是不知道……但是，那种内部并不是我一个人的内部，而是所有的他人共通的内部，所以，我不可能独自一人来承担这个问题……当然如此，我拒绝罪孽的转嫁。……我憎恶人……难道对每个人都要承认辩解的必要性吗？

脚步声越来越近了……

但这以后发生的事我绝不会再记录下来了吧。记录这种行为，或许只是在什么也没有发生过的时候才是必要的。